芸文庫

『日本文学史序説』補講

加藤周一

筑摩書房

目次

『日本文学史序説』補講

編集協力
田中茂実
石原重治

まえがき

これは、二〇〇三年九月三日から七日までの五日間、加藤周一先生を囲んで開いた第二期白沙会の信州・追分での合宿学習会の記録である。テキストは加藤先生の主著『日本文学史序説』（ちくま学芸文庫上・下。章立て・引用ページは同書による）を用いた。

白沙会は、学生から主婦、教員、編集者まで多様なメンバーだが、文学・文学史の専門家はいない。そんな私たち会の全員が、あらかじめ思い思いの質問を出し、取捨選択しながら先生に講義していただくというかたちですすめた。午前中二時間・午後三時間近くの実に濃密な日程で、臨時の教室として使わせていただいた宿舎・油屋さんの食堂は、時間になると飲み物を交えた歓談の場に早変わりし、〝補習授業〟はさらに盛り上がった。

観光客の姿が消えた初秋の高原で私たちは何を考えていたのだろう。日本文学の細かな味わいについて、中国や西洋にくらべてのその明らかな特徴について、文学にあらわれた思想について――もちろん、それらを大いに愉《たの》しまなかったはずがない。しかし、それだけではない。自著の解説やすでに語られたことの要約ではなしに、ひろく芸術・文化、政治、社会に及ぶ加藤先生の講義は、この国の現実と将来に私たちの思いを誘わずにはおかなかった。なし崩し的に右旋回する現状に歯止めをかけ、流れを変えてゆく途はあるのだろうか、あるとすれば何なのか。

書かれた時期にかかわらず、独創的で内外に共感をよび、普遍的価値を明示する基本的文献が〝古典〟だとすれば、『日本文学史序説』はまさに現代の古典である。古典は時代に応じて多様な貌を見せる。白沙会合宿学習会は古典としての『序説』の今日的な意味を学びあったが、読者もまた本書に多くの考えるヒントを発見されるにちがいない。

二〇〇六年初秋

合宿学習会進行役　山本晴彦

第一講

序　章　日本文学の特徴について
第一章　『万葉集』の時代

序章　日本文学の特徴について

『日本文学史序説』の〈序説〉はイントロダクションに近い言葉ですが、〈日本文学史〉というときに、私が何を意味し、何を理解しているかということを示したものです。〈日本〉といっても人によって解釈が違う。ある場合には「日本の旅券を持っている人」、ある場合には「日本語を話す人」というふうに解釈は異なる。それから、〈文学〉という言葉はもともと英語からの翻訳語ですが、――古典中国語に「文学」という語はありますが、英語からの訳語とは別の意味です――その意味も非常に多岐にわたっています。〈日本文学史〉は「日本の文学の歴史」という意味ですから、〈歴史〉という言葉から何を理解するかを短く、字引をひいて、字引に書いてあることに私の感想を付け加えたいと思います。それが第一部です。

字引は誰でも非常に短い時間で見られますから、字引はひいたほうがいい。一種の処世術です。日本語をしゃべるには日本語の字引を使うのが便利です。たとえば、いま外国語がたくさんカタカナで入ってきていますが、カタカナ語を使う人は英和辞典をひいていない。発音もアクセントの位置も違う、しばしば意味も違う。字引をひけばそういうことはおこらないですみます。

きょうはその三つ、〈日本〉と〈文学〉と〈歴史〉の概念を私がどう理解しているかということを字引をひきながらお話しします。もう一つは、まとまったかたちでは少ししか書いていないので、実際に〈日本文学史〉を書くときに意識的にどういう方法をとったかということを第二部でお話しします。

〈文学〉の定義

〈文学〉と〈歴史〉からはじめます。〈文学〉という言葉は明治以後の訳が多いと思いますが、まず諸橋轍次《もろはしてつじ》の『大漢和辞典』（大修館書店）、初版は一九五五〜六〇年です。五巻の565頁に〈文学〉という項目がある。中国語を主とした解釈ですが、諸橋がそこで用例に挙げているのは『論語』とか『史記』とか『漢書《かんじょ》』です。『漢書』は漢の歴史書で、唐代には『唐書《とうじょ》』があり、宋には『宋書《そうしょ》』というものがあります。『漢書』の成立は紀元の初め頃、中国の古典のなかでの〈文学〉の意味は、「学芸とか学問一般」というものです。これはわれわれが〈文学〉という言葉で使っているものと違うでしょう。いま日本で使っている意味の「文学」は学問ではない。諸橋の定義の第二は、「詩歌、小説、戯曲およびこれに関する学術」というもので、例として紀元三〜五世紀頃の王朝の史書『魏志』『宋書』をひいています。戯曲といってもその頃の中国には劇はあまりなくて、いま残っているテキストが多くは一四世紀以降ですから、そういう意味では〈文学〉という言葉は翻訳語です。章炳麟《しょうへいりん》（一八六九〜一九三六）という清朝末期の人の『文学総論』という本があって、そのなかに「文の法式を論じるの文学」と書いてある。これはほとんど西洋語の翻訳。要約すると、昔の中国には〈文学〉という言葉はあったが、「学問一般」という意味だった。だから、いまわれわれが考えているような〈文学〉というのは、ラテン語の litteratura の訳です。だいたい二〇世紀になってからのこと。日本は一九世紀後半にはすでに入っていて少し早かった。

そこでウェブスターの一九七四年版の字引をひきますと、litteratura の語源 littera は letter で言葉という意味、それがラテン語の litteratura になり、古フランス語になって英語に入った。中世英語で litteratura が出てきます。余談ですが、英語のなかのラテン語系の言葉の入り方はふた通りあるんです。一つはフランス語経由で、一二世紀に英国を占領した William the Conqueror 征服者ウィリアムという人を通してフランス語がずいぶん入っていて、英語化されて英語の語彙になっている。literature もその一つ。もう一つの入り方は、history がそうで、古代ローマ帝国が英国を占領したときにラテン語がたくさん入りました。

そこで、現在の英語では何を意味しているのかというと、二つのことを意味します。一つは、ある特別の主題についての文献、たとえば medical literature というと〈医学文献〉で、われわれのいう〈文学〉とは異なります。日本語の〈文学〉は英語の literature を翻訳したのだけれども、いまいっている意味では使っていない。それは〈文献〉などといって〈文学〉とはいわない。英語ではいまも生きています。たとえば、「お茶についての文献」というのを英語では literature on tea という。それが現在の第一の意味。第二の意味は〈文学史〉というときの〈文学〉であって、英語では Imaginative or critical, all writing in prose or verse. これを直訳すると「散文または韻文のすべての著作。ことに想像力を働かせた、あるいは批判力を働かせた文章」となります。文章がよくできているかどうかは関係ないが、しばしば科学的な著作やニュース報道からは区別されます。

フランスの一九七七年版ロベール *Robert* という字引をみると――フランス人は歴史が好きだということがよくわかります――、一二世紀初頭に litterature が初めて出てきたとあります。ラテン語の litteratura から来ていて、「書かれたものすべて」という意味。一三世紀になると、「知識の総体、すべての情報の総合」になります。まだ、いまいう〈文学〉にはならない。一五世紀になると、美的な関心の強いすべての著作物、あるいは美的な関心が強い限りでの書き物が〈文学〉だということになった。面白いことは、この字引は「文学とは言語のある種の性質の発展したものにほかならない」というヴァレリーの定義を引用していることです。La littérature n'est qu'un développement de certaines des propriétés du langage. 英語では The literature is nothing but development of certain characteristics of languages. だから言語が第一です。

ヨーロッパ語の翻訳としての〈文学〉という言葉を使う前の中国語と日本語には、〈文学〉という言葉はあったけれども、意味が違う。そういう言葉の例はたくさんあって、たとえば〈自由〉がそう。〈自由〉という言葉は中国の古典にも日本の古典にもあります。しかし freedom とは意味が異なる。ことにアメリカ人がいうのとは違うけれどね（笑）。とにかく〈自由〉を freedom の意味として明治のときに使い、それを中国に輸出したのです。〈革命〉もそうです。中国のほうがたびたび〈革命〉して日本はあまりしないけれど（笑）、〈革命〉という言葉はもともと中国にあって日本に入ってきたもので、これも意味が異なる。〈フランス革命〉とか〈五月革命〉というときの政治的な revolution を日本では〈革命〉という言葉を使って翻訳した。訳語が別の意味になる。それを中国は輸入したのです。〈中国革命〉とか〈文化大革命〉というのは日本から入った用例で、中国で以前から使っていた意味とはかなり違う。

中国の〈文学〉は詩文でした。詩と文章。規則がたくさんあって非常にきれいな文章のことを〈文〉といいました。しかし戯曲は入らない。それから、古典的な中国では小説も詩文には入らない。日本も同じ。たとえば人情本とか洒落本というし、和歌、俳句があるし、読本《よみほん》というものがある、歌舞伎は歌舞伎、能は能というでしょう。英語の literature はそれらを全部ふくみますが、全部ふくむ概念というのは日本にはなかった。一緒にまとめるという習慣はなかったのです。〈美術〉という言葉も日本語にはなくて、明治になってヨーロッパ語から翻訳で入れました。〈美術〉のなかに建築、彫刻、絵画が入るでしょう、それをまとめる日本語はなかった。中国にもなかった。そういうことが注意すべき点の一つ。

ということは、英語の字引をひいてそこに書いてあることを鵜呑みにするよりも、〈文学〉という言葉は日本になかったのですから、あらためて考え直したほうがいいんじゃないか、自分で定義したほうがいいんじゃないかと思う。「詩と小説と戯曲と文芸批評を文学と呼ぶ」といわれて、さようでございますかって簡単にいわないで、もっと狭義にも広義にも解釈できるのが〈文学〉という言葉なのです。

〈歴史〉の定義

次は〈歴史〉。何を〈歴史〉というのか、これも面倒です。〈史〉とは時勢の変遷ということです。ウェブスターの歴史の項目をみますと、ギリシャ語の historia がラテン語に入り、それが中世英語に入って history になった。その意味は、体系的に過去を扱う知識の一部分。〈歴史〉は systematically だから時々じゃだめです。the branch of knowledge を〈歴史〉という。もう少し詳しくいうと、「過ぎ去った出来事を記録し、分析し、相互の関係を求めて説明する、それを歴史という」とウェブスターは書いています。

これは非常に大事なことです。過去の事実を記録するだけでもないし列挙するだけでもない。戦争がありました、戦争に負けました、占領になりました、占領が終ったので独立しました、というのは過去の事実ですが、それを年代順に並べるだけでは〈歴史〉ではないという考えかたです。記録しているけれども分析していないでしょう。ことに過去の事実があるとき、それを相互に関係付けること correlating が大事です。戦争があって占領がありましたというのは過去の事件の列挙です。もちろん事実なのですが、列挙を歴史とはいわない。〈歴史〉とは「関係」をいいます。戦争して敗けた、勝ったほうに占領されたということには因果関係がある。戦争しなければ占領はないのですから、いちばん強い関係付けは因果関係です。こういうことがあったからこれこれがおきた、それは単なる列挙ではないでしょう。

しかし、かならずしも因果関係が直接的でなくても関係付けることがあります。たとえば明治維新のあと、農業国日本は工業的な近代国家に変っていった。どうして資本主義的な工業国に変ることができたのか。徳川時代の文化的遺産がそれを生み出した原因だったと、そう簡単にはいえない。条件の一つではあるけれども、日本の近代的発展がおこるためにはいろいろな条件があった。江戸からの文化的遺産は必要ですが、手工業の発達、高度に発達した労働集約型の農業、高い教育程度、全国市場の成立、官僚機構の発達も必要です。もちろん、いうまでもなく、大きな要素の一つは欧米からの影響でしょう。文化的遺産はそういうたくさんあるなかの一つの条件ということであり、それらが全体として関係付けられているということです。

フランス語でもだいたい同じ事情ですが、フランス語では少し言い回しが違うところがあって、それが面白い。ロベールの histoire のところをひきますと、これもラテン語から来た言葉で、フランス語には一二世紀の半ば頃にあらわれますが、その定義は、「過去における人類の発展と関係のある知識の全体」です。過去の事実に関する知識の全体ではなくて、人類の過去における発展 évolution の知識、人類の発展に関係のある知識なので、それに関係のない知識は〈歴史〉じゃないのです。過去にいろいろな事実がありますから、それを選択しなければ永久に歴史の本は書けない。どうやって選択するかといえば、人類の過去における発展に関係のある事実を択ぶ。l'évolution au passé de l'humanité. ユマニテ humanité は〈人類〉です。

日本ではそういう〈歴史〉の考え方は非常に漠然としていました。人類とはいっていない。フランス語だから〈人類〉となる。l'évolutionにはだんだん進展していくという意味があって、たとえば平安朝の末期、日本の過去のある種の文化がだんだんに進展していく、そのl'évolutionを叙述したいと思った。〈人類〉という考え方はないけれども、最初の〈歴史〉が出てくるのはその頃だと思います。一二世紀末から一三世紀にかけて短歌が非常に発展したでしょう。『万葉集』からはじまって、『古今集』『拾遺集《しゅうい》』(『拾遺和歌集』)から『新古今集』までの「八代集」です。『新古今集』の頃になると歴史意識が出てきた。歌が変ってきます。『新古今集』をつくった人たちは、ついに『新古今集』に達したと考えていたわけです。だから、歴史的に、徹底的に日本の和歌のl'évolutionを叙述したのです。それは短歌の〈歴史〉であって、ただ過去にこういう歌がありましたといっているのではない。そうではなくて、だんだんにそれが進展した、前のものを踏まえて新しいものが出てきた。藤原氏が権力を失って滅びたときに、どうしてそうなったのかを考えていって、だんだんに藤原氏の歴史を辿ったのです。僧正慈円《じえん》が書いた『愚管抄《ぐかんしょう》』は〈歴史〉です。『愚管抄』は過去の事実を列挙したのではなく、そのあいだの関係を求めた。その関係性とは、過去を押さえて、その上に新しいものを付け加えて変化していったという進展です。それが歴史の定義。『日本文学史序説』は文学史ですから、〈史〉という以上、過去の作品の単なる列挙を私は認めない。

ヴァレリーはこういうことをいっています。L'histoire est la science des choses qui ne se répètent pas. 英語では The history is the science about the things which cannot be repeated.「繰り返されない物事に関する科学が歴史である」。そのように私は〈歴史〉を定義し、『序説』では〈文学〉を広く定義しようとしました。

〈日本〉という言葉

最後は〈日本〉の定義。〈日本〉という言葉はいつからいい出したのかということです。日本の歴史の初めからあったわけではない。ヤマトタケルノミコトは〈日本〉とか〈大和〉なんていってないです。戦争中はそういういろんなでたらめを発明しましたね。〈日本〉という言葉が文献に最初に出てきたのは、平凡社の『世界大百科事典』によれば、中国の文献に出てくるのはだいたい七世紀の奈良朝の初期らしい。これは「たぶん」にしてください。断言はできない、それ以前には〈日本〉という言葉が使われた確かな証拠はないのです。

〈日本〉はよく同質的な社会だといわれますが、倭朝以降の日本人というのは人種的にいって「多数の和」を特徴としているのかというと、明らかにそうではない。古くは北のアイヌが少数民族です。アイヌと縄文人との関係ははっきりしないけれど、しかしアイヌがいたことは確かで、言語も信仰体系も生活様式も違うし、ぜんぜん別の人種です。

沖縄はちょっとむつかしい。非常に強い日本語の方言といえるかもしれない。あるいは、方言としての沖縄語が日本語になった、すくなくともそういう面があったのかもしれない。沖縄は長いあいだ政治的にも独立した存在でしたし、国際的な位置も違う。日本と中国との関係と、沖縄と中国との関係は違います。沖縄は古代日本と関係があったかもしれないが、その後の日本とは違う宗教体系があって、ことにシャーマニズムが盛んです。言語は方言とも別の言語ともいえるというすれすれのところです。現在の日本人でも、いきなり沖縄の方言を聞いたら何をいっているのかわからないと思いますよ。一週間くらい住んでいれば何の話をしているらしいということは、共通語がありますから、少しわかるようになってくるという感じ。私だったら沖縄語の会話を聞いているよりも、イタリア語放送を聞いているほうがわかります（笑）。イタリア語は話せないけれど、聞けばわかる言葉は少し多いかなという気がします。沖縄は少数民族といえなくはないと思う。

ずっと南下して、台湾。日本は台湾を植民地にして強い同化政策を採りましたから、台湾人は日本語をしゃべって、日本国籍になって、ある時期は日本人のなかの少数民族でした。台湾には日本人が行く前に二つの人種が存在していました。一つは山岳民族で、本土の中国人とは別の言語をもっていた。もう一つは、一七世紀の初めから大陸の中国人が台湾に大量に移住して先住民を山あいに追い上げ、沿岸部分は中国人が占領してしまった。彼らはそこに住み着いて子孫もできたから、それが数の上でも台湾人の圧倒的多数です。そこに日本人が来た。中国語も台湾語もできない日本人と三つ巴になったが、台湾が独立して日本人は帰ってしまった。台湾人と大陸の中国人は人種的には同型、言語は四〇〇年経っていますから違ってきています。中国南部地方の中国語と同じではない。

最後は、一九一〇年の合併以来の在日朝鮮人。在日朝鮮人のはじまりは合併によって移動が大量におきたためですが、そこにはまた同化政策があります。差別があった。

差別の劇的な事件は関東大震災のときの虐殺で、いかに差別が強かったかということをあらわしています。戦争に入ると差別はもっと激しくなった。日本人は朝鮮半島から朝鮮人を大量に拉致しました。台湾よりひどい。北朝鮮に一〇人ほど拉致されて日本人は激怒しましたが、数十年前の日本人による拉致は一〇人じゃなくて千単位、万単位かもしれない。北朝鮮に対して日本は賠償も何もしてないでしょう。拉致事件はもちろんけしからんですが、どうして大騒ぎをするのか。もっとけしからんのは過去の日本帝国です。「いや、そのときの朝鮮半島は日本の一部です」といった答え方をする人がいるけれど、それは違う、日本人のやりたがらない危険な仕事をやらせるために引っ張ってきたのだから。「慰安婦問題」もそうです。それも拉致だと思います。

とにかく、〈日本〉というとき、昔からいままで、同質的な、同じ人種でまかなっていたと簡単に考えないほうがいいのではないかと私は思います。文学上の業績でも、台湾人は何をしたのか、〈在日〉の人たちが何をしているのかということになると、ことに朝鮮半島の人は日本で日本語の教育を受けたから、日本語で書いた文学がたくさんあります。いまもっとも生産的で高い質を誇っているのは〈在日〉の作家たちです。そういうことを叙述しないといけない。日本文学の〈日本〉とは何かというときに、私の考えでは〈在日〉の人たちをふくみます。『日本文学史序説』はその点で充分じゃないと思う。自己批判です（笑）。ただ、その傾向はきわめて最近で、『序説』はそんな最近まで叙述していません。

〈文学〉の方法

日本の文学は日本語と古典中国語、書かれた中国語で現在は話されていませんが日本でいう漢文、その二つの言語で書かれたものという特徴があります。日本語のなかには、書かれた日本文学だけではなくて、口承の文学がある。世界の文学の大部分は口承です、文字のないところが多いですから。口承で伝承されたものをあとで活字に記録するということはあります。アイヌの文学もそうです。アイヌの文字というものはない。アイヌの人々が代々伝えてきた話を日本人なりロシア人なりが入っていって文字に記録するということもあります。

ですから、〈日本文学〉というのは、書かれたものと、現在は書かれたものだが本来口承のものと、古典中国語で書かれたものの三つの記録があって、三つとも考えなければいけないというのが私の方法の一つです。私が『序説』を書いたときよりも状況は少しよくなりました。だんだんそちらのほうに学界も動いてきて、支持がえられるようになりました。もちろん私だけの力ではありませんが。そういう意味で『序説』は戦後日本の文学研究に貢献したと思います。私がこれを書き始めた頃、そういうことを意識している人は極めて少数でした。

二番目は、日本のなかに〈階級〉があります。平安時代なら支配層としての貴族と地方に役人として送られた下層貴族、それに藤原氏に属さない人たちがいた。あとの時代になっても〈階級〉が三つくらいに分かれている。〈文学〉といったときに、どの〈階級〉の〈文学〉なのかということを意識することです。日本社会といってもけっして同質的じゃない。〈階級〉によって言葉も大いに違います。平安時代なら『源氏物語』と、『今昔物語』のなかに日本の話がたくさんありますが、それを比較すると、ほとんど同じ言語ではないと思えるほど違う。『源氏物語』は宮廷と貴族だけの話ですし、『今昔物語』に貴族はほとんど出てこない。

元禄時代の例でいうと、下層の武士階層である儒者の文章は、古典中国語を使って書いていました。新井白石《はくせき》や荻生徂徠《おぎゅうそらい》、貝原益軒《かいばらえきけん》などみなそうです。日本語で書いた〔井原〕西鶴《さいかく》と違う。西鶴は大坂の遊里の話が中心なんで、そういう場所の方言とか隠語といったボキャブラリーが動員されている。そのただの一語も白石や徂徠は使っていません。逆の場合も同じ。〈階級〉が違うといかに〈文学〉も違うかということです。

室町時代のところで能や狂言の話をして、農民一揆の檄文《げきぶん》を紹介したときに、「これは文学史ではなくて社会思想史だ」と批評されましたが、私はそうは思わない。

これはさんざん苦労した（笑）。能とか狂言とか「五山《ござん》の文学」といったものに係る日本人は人口の何パーセントだと思いますか。一〇パーセントもない。あとの九〇パーセントの日本人は〈文学〉とぜんぜん関係がなかったと断言していいのか、という問題です。もし断言できないとすれば、彼らは彼らの〈文学〉をもっていた。圧倒的多数はオーラル、口承です。その内容は多くの民俗学者が収集しています。今まで残っているものを探しても、彼らが書いたものはなかなか見つからない。そこで一揆のときの立札にさえも注目せざるをえない。

そういうものを私は大事にせざるをえない。彼らが文字を使って考えを述べたものだからです。それを「あれは文学じゃない」と切り捨てるなら、九〇パーセントの日本人には〈文学〉がなかったことになる。そんなばかなことはない。中国には中国の大衆の〈文学〉があり、ヨーロッパにはヨーロッパの大衆の〈文学〉があった。日本の大衆にもあったはずです。ただ、手に入れることがむつかしい。やっと探し当てたわけで、よく農民の文学的資料を探し当てたという批評ならわかるけれどね（笑）。

第三は外来文化。仏教や儒教といった外来文化が入ってくる前の日本人は、いったい何を考えていたのかという問題です。仏教国はたくさんありますが、日本はそれらの国々とは文化的伝統が違う。どうして違うのか。外国文化の影響を受けていない日本人のものの考え方とはいかなるものかという問題が、そういう意味で出てきます。文字別の切り方もできる。日本文化は高度に洗練されたものをたくさん生み出した。文字文化でいえば『源氏物語』から江戸時代の文学まで、また美術作品は天平の仏教彫刻から浮世絵・木版画まで、非常に程度の高い芸術をつくりだしました。

日本文化の核心にあるもの

しかし最近の歴史では、一五年戦争をおこして、南京虐殺をして、朝鮮半島でもひどいことをしました。それも日本文化の所産です。軍人だけでは戦争はおこせない。軍閥が国民をだまして戦争したといいますが、もちろん国民はいまのアメリカ人みたいに、だまされるけれど、それだけでは戦争できないのです。日本人が納得して本気でやる気にならなければ戦争はできない。日本人を戦争する気にさせた、あるいは南京で虐殺する気にさせたのは、単なる命令と組織だけではなく、同時に日本の文化でもあると思う。江戸時代に〔喜多川〕歌麿《うたまろ》の木版画をつくって、明治時代に漱石や鷗外を生んだ日本文化は、同時に南京虐殺の背景としての日本文化と同じです。もし、鷗外・漱石の文化に関心があれば、その関係はどうなっているのか。文化の核心《コア》にどういう問題があるのだろう、日本文化の中心は何だろうという問題が生じます。

一つの考え方は家永三郎方式で、日本文化のなかから外国の影響があると思われるものをどんどん引いていく。そうすると何か残るだろうから、残ったものが日本文化だと考える。これはなかなかむつかしい。だんだん引いていくと最後になくなってしまう。これは確かだというかたちをとって残らないという問題があります。

もう一つは丸山眞男《まさお》方式です。仏教や儒教など大陸の圧倒的な文化が入ってくる前の文献を一生懸命探すのです。「古代歌謡」とか『古事記』とか『風土記《ふどき》』といったもので、そのなかから日本的な、ほとんど外国の影響のないものを抽象しようとした。それを丸山さんは「古層」と名づけました。抽象したものが日本の歴史をずっと一貫していると考えたわけです。たとえば、ニーベルンゲンリート Nibelungenlied〔ニーベルンゲンの歌〕でも『旧約聖書』でも、前の神様が次の神様をどういう事情で生んだかというふうに叙述しますが、『古事記』では次から次へと神様を生んでいき、前と後との必然的関係がないのです。数え切れなくなって、どうして次の神があらわれたのか、わからない。『古事記』からいくつかの特性を抽出してみて、それが日本人のものの考え方ではないかと考えたわけです。よく見ると、その後もその考え方がずっと持続しているのではないか。それを丸山さんは「古層」、意識の古い層が続いているんじゃないかといった。〈日本的〉ということです。音楽用語でいう「執拗《しつよう》低音」、バッソ・オスティナート。コントラバスがずっと弾く音符では一本の線になる。その上をヴァイオリンかヴィオラがメロディーを弾いていく、というものに彼はたとえたのです。

ベクトル構成

私は丸山さんの方法論に大いに関心はありますが、それでは材料が少なすぎると思った。『日本書紀』ではもうすでに中国の影響があまりに強く出ている。その後は中国の影響が圧倒的に入ってきますから、純粋に日本的なものを探すのはきわめてむつかしい。それで私はベクトル合成という考え方を採った。

図に示したように方角のある量がベクトルです。

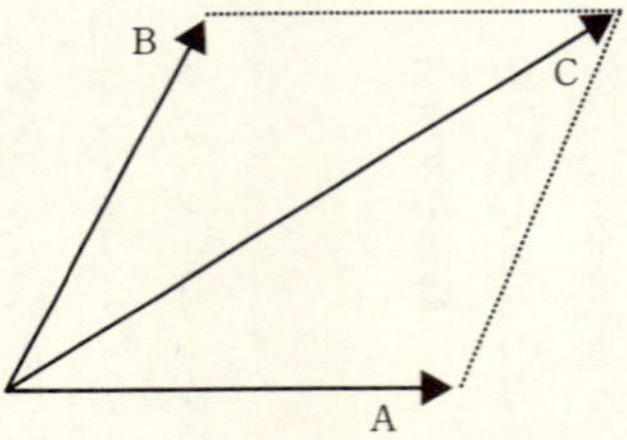

Bは仏教のように外国から来たイデオロギーで、これについては非常によくわかっています。われわれが知りたいのはAで、丸山さんのいう「古層」、日本人のイデオロギー、世界観です。どのようにしてAを知るのか。

AとBとのあいだに関係が生じます。BはAに影響を与え、AはBに影響を与えます。仏教以前の日本人の心に仏教の影響が入ってごちゃまぜになったものが〈神仏習合《しゅうごう》〉のかたちです。日本人のものの見方は、Bが入ってきたために変ってCになる。Cは非常によく観察できます、日本人のものの考え方の大部分はCですから。Bは中国人の考え方。そこで、三つのベクトルのうちCはBとAから合成することができるから、三つのうち二つがわかっていれば、第三のAを推定することができます。天に向うベクトルBの仏教を、地面と水平の方角に作用させた力は何であるかわかれば、

Aがわかる。ベクトル合成法では、三つのベクトル量があって、方角があって大きさがある。Bが非常に強力な場合、Cの方角に曲げるためにはものすごい力で引っ張ることが必要です。その力はどっちを向いているかといえば、水平方向でなければならない。Bを水平方向に低くさせますが、方角は同じ。

仏教の日本化とはどういう方角をとるのかということはわかる。たとえば、仏教は死んだあとのことを考えるでしょう、〈浄土〉に行けるとか。日本には〈浄土〉という考え方はぜんぜんなかった。ほんらい、仏教哲学というものは彼岸的なもので、全世界を説明するような包括的なものです。それが日本に入ってどうなったかというと、彼岸性が少し弱まります。鎌倉仏教というのは例外なのだが、しかし例外がわかるということは、つまり一般のかたちがわかることです。包括性も薄くなりましたから、お坊さんはお経を上げてお墓のことばかりいっているでしょう。たとえば、イラク戦争に日本人も参加したほうがいいかどうか、どう思いますかってお坊さんに聞いてみなければわからない。仏教寺院全体として戦争の問題にはっきりとした態度をとっていないからです。仏教伝来以降の歴史過程のなかで包括性が薄められ、だんだん分解していく傾向にある。

そういう試み（調査）は一度だけではだめで、儒教についても同じ試みをします。一七世紀から徳川幕府は公式のイデオロギーとして朱子学を採用した。朱子学というのは、やはり天に向う傾向があり、仏教と充分に対抗できるほど包括的体系です。それが江戸時代に入って日本化するとどうなったかというと、やはり天に向うほうは弱くなり、現実の日常生活に近づいて分解していく。個人倫理と病気の治療法に朱子学は変化していくのです。

この変化のかたちは変らない。キリスト教やマルクス主義の受容など、何度やってみても同じ形があらわれるのです。現世に対して抽象的・超越的な外来のイデオロギーは、かならず非超越的になって地上的・現世的で具体的・個別的な方向に変化します。そうすると「古層」なるもののなかに何があるかはほとんどわかる。「古層」なるものはよほど此岸的で、具体的で、実際的で、個別的なものではないかと推論できます。それが第三の方法論です。

〈文学〉の定義の拡大

四番目の方法論は、〈文学〉の定義をできるだけ広くとる。どうして広くとるかというと、いろいろな定義がありますが、日本の文学史は、中国の文学史や英国の文学史とは文学の歴史的伝統が違うわけで、どういう基準で〈文学〉の定義を選ぶかというと、それぞれ適当な定義をとればいいと思います。適当な定義とは何かというと、〈面白さ〉です。どういう定義をとれば日本文学史を知的に刺激的に面白くすることができるか。あるいは有益にすると言い換えてもいい。日本語で書かれたものだけを〈文学〉に限定しないで、落語のような口承のものも日本文学に入れたほうが面白くなる。古典中国語で書かれた荻生徂徠の全集は知的です。室町時代の一休の『狂雲《きょううん》集』もたいへん面白い。そういうものを除外しないほうがいいと思う。それには〈文学〉の概念を拡大しなければならないのです。一休は漢詩のかたちで書きました。和歌もつくったようにいわれていますが、おそらく事実ではないでしょう。江戸時代になって発明し、あとからくっつけたのでしょう。この〈文学〉の定義の拡大も、ある程度私のいったことが採用されて、いま〈文学〉の概念はかなり広く解釈されるようになってきたと思います。

最後、五番目の方法論は、『日本文学史序説』を書くとき、私はどの国の人にもわかるように書くという立場でした。あるいは、日本語の表現力には普遍性がある、別のいい方をすれば、日本語で書いたものが翻訳可能であるというふうに書くことができる、ということです。例外はありますよ、たとえば〝もののあはれ〟を英語で翻訳するのはむつかしい、非常に特殊な概念です。そういう場合は詳しく説明すればいい。一般には日本の文学を面白く叙述するのに日本語だけで書けるだろう、また書きたいという主張なんだけれど、ただ主張するだけじゃなくて、実際にやってみる。それは成功したと思います。たいていの翻訳者は翻訳しやすいといっています、概念が普遍的で、何語でもいえると。ただ、詩はむずかしい、意味は訳せても、日本語の音は翻訳ではわからない。それはどこの国の詩でも同じです。しかし大事なことは、日本人の考えのなかにある普遍的なことは日本語でみんなあらわすことができるという点で日本語は貧しいとか、あいまいだとか、表現力に限界があるなどという人は、日本語をあまりよく知らないと思いますね（笑）。

――日本文化の核心にあるものについて、もう少しお話を。

南京虐殺に向っていく、そういう流れができていくとき、それに対して抵抗しなかった。抵抗する力は日本文化のなかからしか出てこないのだが、その力は弱かった。

それはどの国でもそうですけれど……。

たとえば、米国はばかげたヴェトナム戦争をしました。約一〇〇万人の非戦闘員を殺すという非常に残虐で理由のない戦争でしたが、それに対するアメリカ人の反対はだんだん強くなっていって、とうとう戦争をやめさせた。どうしてアメリカ人は反対したのかというと、それはアメリカ文化のなかにばかげた戦争に反対する潜在的力があったからです。日本の場合は、その力が非常に弱かった。なぜそうなるのか、日本文化の核心にあるものと係っています。

人権意識の強弱というより、「長いものに巻かれろ」ではないかな。権力と国民との関係において、日本の文化は権力批判の面で弱かった。たとえば、鷗外・漱石を日本の文化がどういうふうに生み出したかということはそう簡単にいえないと思いますが、いわゆる〈和の精神〉の圧力は強かった。それは集団のなかの〈和〉です。集団のなかでは対立意見のないほうが理想的。

二つの集団が考えられます。一つは、個人主義的な考え方、人が集まれば意見が違うのは当たり前だという考え方です。しかし実際には、戦争をするかやめるか、集団はいずれかを決定しなければならない。そういう場合に、戦争をしようという人は多数で、戦争をやめようという人が少数でも、少数意見を少なくともある程度まで尊重する社会と、少数意見を押しつぶし、排除しようとする社会が考えられます。後者の場合、少数意見はないほうがいい。みんな同じ意見のほうがいいのです。強いて少数意見に固執する人には、「それでもお前は日本人か」という。

日本社会は少数意見が嫌いで、みんなの意見が一致して、仲良くしようという社会です。仲良くしようということ自体はいいことですが、少数意見をなくすにはどうするかというと、かなり時間をかけてみんなで説得する。たとえば「国民精神総動員」です。もういい出してますね、教育基本法を変えて〈愛国心〉を養成するとかね。それでもいうことを聞かないやつは集団の外に追い出して村八分にするか、それができないときは逮捕して牢獄に入れてしまう。少数意見をつぶすのです。最初は説得しようとしますが、説得できなければ暴力を使ってでもつぶしてしまう。そうするとみんな同じ意見になって同じ方角に進んでいく。

もう一つのやり方は、少数意見をつぶしてしまわないで残しておく。もちろん、集団全体は多数の意見で進んでいきます。そうすると、事態がまずくなってきて方向転換が必要になっても、日本社会のような全員一致の型では、新しい方向を主張する人がいない。少数意見がもともとないのだから、その支持者が多数になることもないわけです。転換をはじめる人がいない。ところが少数意見を尊重する社会では、多数意見に従って事態がまずくなれば、今度は少数意見の見方がふえていきます。それがある勢力に達したときに方向転換ができる。別の言葉でいえば、〈和の集団〉というのは、方向転換を必要としないかぎりではいい点もたくさんあるけれど、集団全体が方向転換をしたいときにできないのです。方向転換能力が低い。

米国の場合、ヴェトナム戦争の場合でさえ少数意見は生きていた。ことにそれがよく生きていた場所は大学でした。だから、「ティーチ・イン」は大学からはじまった。大学がみんな反対してももちろん戦争は止められないけれど、それがはじまりで周りにだんだん反対の人がふえていきました。ところが日本の大学では一五年戦争を止めようという動きはなかった。日本文化は、方向転換の必要のない領域、必要のない場合には威力を発揮する。〈経済成長〉が一つのいい例です。鷗外・漱石を生み出したのもまた一つの例だと思います。

アメリカ社会は個人主義的で、それ自身いろんなまずい点もありますが、方向転換が必要になると、今日の少数意見が明日の多数意見になって変ります。かならず少数者から出発します。いまでもそうです。イラク戦争反対の意見はアメリカ社会に存在している。彼らは逮捕されて殺されたわけではない。だれも聞こうとしないから戦争は進んでいくのですが、しかしだんだん状況がわるくなってきた。もっとわるくなれば戦争反対の意見はふえていくでしょう。ハワード・ジンとかノーム・チョムスキーがいい例です。いまチョムスキーを支持する人はほとんどいないですが、状況が悪化すればもっとふえていくでしょう。まず大学で、次に外に拡がっていく。ただし、朝鮮戦争は例外でした。少数意見が戦争を止めたわけじゃなかったし、湾岸戦争もそうです。今度のイラクの戦争はどうなるかわかりません。ヴェトナム型になるかもしれないが、アメリカにはストップする能力がまだあるだろうと思います。日本ははじまったらカタストロフ（破局）で、国が滅びるまでやめない。ヒトラーのドイツもわかりきっているのに方向転換ができなかった。日本と同じで、ベルリンが焦土になってヒトラーも死んで、悲惨な状態になってやっと降伏した。

そういうことが、原理的にはいえると思います。

――中国文学と違う点はどこに。

唐代の杜甫《とほ》から魯迅《ろじん》まで、中国の一流の文学者は政治的な人が多いのです。日本では鷗外や漱石は例外的で、文壇主流の大部分はそうじゃない。いまはひどい、ほとんど発言がないでしょう。文学者は文学者の集団のなかに組み込まれていて、たとえ一人でも自分の考えを主張するということが少ない。

日本の文学は具体的・個別的で日常に即しています。それは事実の問題。勅撰《ちよくせん》集の『古今集』は貴族がつくった詞花《しか》集です。国じゅうの詩を集めて一つの詩集をつくろうという考えは、中国から来たものです。詞花集をつくること自体が中国の直接の影響を受けていて、『懐風藻《かいふうそう》』も中国詩の影響を受けています。日本人が中国語で書いた詩は模倣に近い。

それほど中国の影響が強いにもかかわらず、杜甫がもっとも典型的で、中国の詩人は唐詩でも政治問題にふれていますが、日本ではそれがほとんどない。『万葉集』では山上憶良《やまのうえのおくら》くらいじゃないですか。憶良は過酷な税吏のことをうたっています。しかし『万葉集』は四五〇〇首余ですよ。そのなかにわずかしかない。憶良は万葉集の歌人のなかでも殊に中国の影響の強い人でした。だから、中国の影響のないところでは日本人はぜったいに政治問題・社会問題にふれた歌をつくらなかったといっていいくらいです。ヨーロッパの場合も詩人は政治問題にふれています。どうしてなんでしょうという問題が出てくる。貧乏とか、税金が高いとか、旱魃《かんばつ》があったとか、政府が戦争して兵士が死ぬとか、働き手を兵隊に取られて困っているとか、そういう問題にふれている詩はほとんどない。最初の勅撰集である『古今集』の序文には中国の詩集のことをうたっています。その『古今集』ですらただの一首もない。桜が散るのは残念だとか、川が赤くなるほど紅葉が流れたとか、そういうのばかり。それは誰の責任だというのではない。政府が紅葉を流しているのじゃないからね（笑）。あれだけ中国を模倣したのにテーマはぜんぜん違う。日本人は私的空間、身の回りの日常生活に密着していて、そこから離れない。抽象的・普遍的な方向へ行かない、それは日本文学の特徴の一つです。

ただ、江戸時代の歌舞伎は、『忠臣蔵』でも一種のプロテストといえないことはないと思う。言論の弾圧があるから、建て前は足利時代になっている。名前を、大石内蔵助を大星由良之助なんてだれでもわかるように変えて、室町幕府のことだとしてある。それはまったく検閲対策以外の何ものでもない。あのくらいの事件になると社会的・政治的関心はあります。

将軍と天皇と米国

『古今集』が日本の美学を決めるのです。『新古今集』の〔藤原〕定家にしても、〔源〕実朝でさえ政治・社会問題にはふれない。丸山さんの「古層」の内容は何かというと、私は集団主義だと思う。集団主義の一つのするどいあらわれ方が〝長いものには巻かれろ〟でしょう。室町時代はともかく、徳川幕府になると将軍は絶対ですから、将軍批判はどんなばか殿様の場合でもないです。将軍綱吉なんて犬を虐待すると人間を処罰した。いったい犬と人間とどっちが大事かというと、断然犬のほう。あまりにもばかばかしいのでちょっと皮肉は出ていますが、全体としてはそれでも将軍を批判しない。無条件に批判しない文学がずっと続いてきた。

中国は違います。あまりにもばかげた皇帝ならやめさせたほうがいいという考え方。天命が尽きた、といいます。それが〈易姓革命《えきせいかくめい》〉なんで、皇帝は天の委託を受けて人民を支配しているのだから、天の委託があるかぎり皇帝に逆らってはいけないのだけれど、天が見限ったときは皇帝を代えていいのです。それは孟子《もうし》の考え方ですが、では誰がそれを判断するのかという問題が出てきます。孟子ももうひとつはっきりしていませんが、議論の余地のない、皇帝以外のすべての人がこれはいくらなんでもばかげていると考えれば、皇帝を辞めさせて代えたほうがいいとなる。

ところが、徳川幕藩体制というのは情報がない社会です。もし将軍の頭がおかしくなったとしても、一般の藩主は廃嫡していますが、徳川将軍についてはそれはない。だからどんなに無能でもどんな無茶苦茶な将軍でも批判なしで、将軍のいうことは絶対だった。それは明治維新までですが、そのあとが天皇制でしょう。明治憲法第一条は「大日本帝国ハ万世一系ノ天皇之ヲ統治ス」。「天皇ハ神聖ニシテ侵スヘカラス」というのが第三条。「天皇ハ神聖ニシテ侵スヘカラス」というのは批判のしようがないということです、神様なんだから。神様が間違っていたというわけにはいかない。天皇は完全無責任で、絶対の権威です。それに従ったわけでしょう。天皇はいろいろ命令は下すけれども、こちらが天皇に要求することはできない。

天皇が神でなくなったら、次はマッカーサー。占領軍総司令官も絶対的な権力をもっていました。批判を禁じるということを布告したけれど、それは国際的な常識なんで、占領というのは政府がないという意味です。日本政府には何の権限もない。占領軍に対して義務はありますが、権利はない。だからマッカーサーは天皇と同じ。占領が終ってからもそれは続きました。いまの政府も米国大統領に無批判に従っています。どんな場合でも、即座に、「支持する」といっている。批判も何もない。相手が何をするか決まらないうちから支持するという。そういうことを誰もおかしいとも思わないで、当たり前だと思ってるわけでしょう。米国ではそんなことはない。ブッシュ大統領はずいぶん変ですが、ブッシュ批判は米国のなかにあります。戦争をやめさせるところまではまだ行ってないだけです。

日本文学のスタンス

文学のなかでも、そういうことが非常にはっきりあらわれています。日本は〝花鳥風月〟なんですね。陶淵明《とうえんめい》の「采菊東籬下　悠然見南山」（菊を東籬の下に採り　悠然南山を見る）（「飲酒」）はすばらしいというのは私も賛成だけれども、陶淵明の話をするなら、全集を読んだほうがいいと思います。全集を読まないで「采菊東籬下」だけでやっているから、陶淵明という人は年じゅう南山を見ているみたいだけれど、朝から晩まで南山だけを見ていたわけじゃない。全集を読むとすごい詩を書いています。権力に対する批判は非常に激しいのに日本人はそういう部分は紹介しない。どうしても必要なときは剣を取ってでも権力と闘うという、すれすれのところまでいってます。

もう一つは恋愛。これがまた劇《はげ》しいのです。日本人は〝ものおもひ〟でしょう。きわめて間接的な話です。陶淵明の恋愛詩は漠然とした〝ものおもひ〟じゃなくて、特定の相手に向っています。たとえば、「女の人の冠になりたい」といいます。冠になれば彼女の美しい髪の毛にずっと触れていられるとか、首飾りになればあのきれいなうなじと一緒にいられるとか。足の先まで、靴になりたいというのまである（笑）。たいへん肉体的で、性的な欲望と愛着のあらわれです。それは広く紹介されていない。「悠然見南山」だけ教科書に載って、子どもはそれだけ習って文部科学省は満足していますが、陶淵明はなかなか面白いから全集を読もうということになったら、あわてるでしょうね、ちょっと子どもにはどうかって。恋愛だけじゃなくて政治もそうです。陶淵明は山も見たので、山だけ見ていたんじゃない。日本と中国の文学は大いに違う。悪いのは陶淵明じゃなくて日本人の選択です。

陸游《りくゆう》もそうです。農村の日常生活などをきれいな詩に書いています。陸游は一万首くらい書いていて、それを全部読んだ人は日本国に二人か三人くらいしかいないらしいのですが、その一人が神戸大学名誉教授の一海知義《いっかいともよし》さんです。彼は専門家ですから漢詩を自由自在に読めますが、それにしても一万首というのはたいへんです、漢詩は和歌よりも長いですから。陸游は隠居して隣のおばさんが芋をくれておいしかったという日常生活も書いていますが、それだけじゃない。彼は中国北部を占領していた女真（満州）族の金の国に対して宋の都を回復したいという、非常に激しい詩を書いた。軍人たちはサボってると激怒している。こんな所でぐずぐずしていないで、早く軍隊を組織して失地を回復しろというものです。戦争とか国の運命とか外交政策についても書いていて、おとなしい詩だけではないのです。だから河上肇《はじめ》も読んだので、「南山」だけで読んだのではありません。特高警察は陸游の全集なんて読んでないから、何がどうなっているのか知りやしない、平気で出版させていたのです。

中国はずっとそれが伝統。魯迅もそう、魯迅が東北大学の医学部をやめ、医学から転向して上海に帰って政治的な詩を書くようになった。あれは〈抗日〉です。中国革命のために魯迅は書いた。日本は〝花鳥風月主義〟だからなかなかそうならない。〝花鳥風月〟じゃない日本の詩人といえば、石川啄木かな。

ギリシャ・ローマでも、詩人はみんな「あなたを」とか「彼を」といいます。〝ものおもひ〟じゃない。〝もの〟を思うんじゃなくて、具体的な〝ひと〟を思う。〝ものおもひ〟というのは恋愛感情でしょう、しかし〝もの〟というのは人間じゃない。非常に漠然としている恋愛的心理状態みたいなものが『古今集』以来の〝ものおもひ〟だ。『万葉集』はむしろその意味で、恋愛詩に関する限り中国的、ヨーロッパ的です。人に呼びかけたり、人を恋うというのがはっきりしていて行動的。早く会いたい、となります。

――〈自然〉に対する東西の関心に違いがあるのでは?

二つの面があると思う。一つは、汎神論《はんしんろん》的というか、ほとんど宗教的感情に近いような態度を〈自然〉全体に対してとるのは、ヨーロッパでは非常に昔のものであって、いわゆる古典時代から中世にかけてそういう考え方はほとんどない。そのことがいちばんきれいにあらわれているのは風景画だと思います。中世以降、非常にたくさんのイコンや壁画があるわけですが、山があって、町が遠くに見えて、川や畑があるという〈自然〉の風景は、ルネッサンスをふくめて、全部背景なのです。風景画というものはなかった。たいてい神様か人間がいて、アレキサンダー大王が戦っていればその背景に山が見えるか、あるいは女神が出てくれば水辺や森がある。オルフェウスが

〈自然〉のなかで竪琴を弾いていれば、背景に風景が出てくるということです。

風景画にあらわれた東西の自然観

純粋風景画というのは、たぶんレオナルド・ダ・ヴィンチもラファエロもないし、ティチアーノになってもないと思う。一六世紀ルネッサンスまでの中世からローマン派までのヨーロッパ絵画をみると、〈自然〉は背景として出てくるけれど、神様も人間もいなくて、風景だけを描くという習慣はなかった。風景だけを描くということがはじまったのは、一七世紀のオランダです。オランダの一七世紀というのはヨーロッパの絵画史上特に大事なんで、ここで初めて純粋風景画が出てきたのです。その影響はだんだんに広まっていきました。レンブラント、ルーベンスだけではなくて、むしろ、ロイスダールとかホッベマなどは純粋風景画家でしょう。

一七世紀のオランダは同時に、ヨーロッパ絵画史上初めて、あまり偉くない人物、その辺のおっさんとか娘の肖像画を描いた。それまでの肖像画というのは、王様とかお姫様とかメディチ家とか、みんな支配者か神様でした。普通の街のおばさんが編物をしているところなんて絵には描かなかった。それを描いたのがフェルメールでした。

第一に風景画、第二に貴族ではない街の人たちのポートレイトが出てきたのはオランダが初めて。それはオランダにおけるブルジョワ階級の登場によるものです。自然観が変るのは、階級が代わるから。単にモデルの問題ではなくて、絵を眺める人も描く人も、つまりオランダ社会の全体がブルジョワの巣です。ブルジョワジーの支配する、あるいは少なくとも指導する社会で初めてそういうことが可能になった。貴族社会が絶対やらなかったことをしたのです。

そこで翻って、東洋の日本や中国では風景画はどうなっていたのかというと、これははるかに古い。ずっと昔から人間は誰もいないのに風景だけという絵はたくさんあって、水墨画の中心は風景画でしょう。肖像画はそれほどないけれど、風景画は非常に多い。日本は中国の真似をしますから、「五山文化」を通じて水墨画が入ってくると、室町時代以降はずいぶん水墨の風景画が多くなってきます。人物がいても、高い山と川、水とたくさんの岩があって木が生えていて、よく見ると木陰に小さな東屋《あずまや》みたいなものがあって、東屋をよく見ると小さなおっさんが碁を打っているとか、退屈して外を眺めたりお茶を飲んでたりしている（笑）。そういうのがちょっと見える。顔なんかあまり小さいからわからない。西洋とまったく反対です。西洋はおっさんが問題なんで、後ろに山があろうが川があろうがそんなことは二次的問題。そこに自然に対する態度のちがいが実によく出ています。

マルク・シャガールがイズラエルの教会のためにつくった『旧約聖書』の挿絵があります。窓のステンドグラスの下絵があって、先に紙に描いて、あとでガラスにします。その下絵をイズラエルにもっていく前にパリの展覧会で見たことがあるのですが、彼の《ノアの方舟》というのが実に面白い。中国の画家が《ノアの方舟》となれば、広い海があって、雨が降っていたりして、大海のなかに小舟が浮かんでいるに違いない。ノアは箱舟のなかにいるけれど顔まではわからないという感じでしょう。シャガールのそれはものすごい。細長い絵で、画面全体にノアがいる。ノアの肖像どころか画面全体がノア（笑）。足元の所にちっちゃな箱舟があって、箱舟の周りにちょこっと水溜りのような海が描いてある。画面の九九パーセントはノア。つまり、意思をもって生き、歴史をつくるのが人間だということです。それがシャガールの描いた『旧約聖書』の解釈でした。

中国や日本の画家と真っ向みじんに反対です。自然に対する態度が違う。ヨーロッパというのはギリシャのヘレニズムだけじゃなくて、ユダヤ人のヘブライズムとキリスト教、その両方とも人間中心主義です。中国と日本は人間中心主義じゃないんだな。だから、そこに自然が大きく出てくる。もう一つ、もっと積極的な意味では、汎神論的な、自然に対する一種の宗教感情に近いものがあると思います。世界は自然であり、人間はそのなかの小さい存在であって宇宙は広い。宇宙のなかに美しさがあり、秩序がある。そういう自然法則の美しさみたいなものが日本的な考え方ではないか。その哲学は中国から入ってきた。ことに水墨画で強く入ってきたから、日本は感染したのです。

ところが、ヨーロッパにはもう一度、別のしかたで自然に対する関心が出てくる。主として、一九世紀前半の英国やドイツなど北ヨーロッパのローマン派の詩人たちが中心になって、自然に対するある関心をもちはじめるのです。それは〝深山幽谷《しんざんゆうこく》〟みたいなものです。具体的には、ヨーロッパ・アルプスの登山です。目的があって登るのではなくて、スポーツ的な、ただ山に登りたいから登るというようなアルプス登山、ロッククライミングが流行りだすのは一九世紀になってからのことです。一八世紀にそれはなかった。ヨーロッパの自然に対する関心は、だから二段になっている。一七世紀のオランダと一九世紀前半の北ヨーロッパ、ことに英国とドイツ。

日本人は〈自然〉を愛していたのか

日本ではどういうことがおこったのかというと、絵画も詩もやたらに〈自然〉が多く出てくるのですが、平安朝の人たちは〈春夏秋冬〉で、『古今集』は〈春〉と〈秋〉が多くて、〈夏〉と〈冬〉は比較的少ない。その次に〈恋〉があってこれがいちばん多い。それから〈羇旅《きりょ》〉が少しある。〈羇旅〉は旅という意味。『万葉集』では多かったけれど、『古今集』ではずいぶん少なくなった。誰も旅をしたくなかったからです。京都は世界でいちばん美しくて、そこにいれば出て行く必要はない。そこで、〈自然〉といっても京都から外へは出ないのです。日本は島国だっていっているのに海なんか見たことがない。京都では海は見えないでしょう、せいぜい神戸の須磨、明石の島影を行く帆です。見ているのは船に乗ってる人じゃなくて、浜辺に立ってる歌人。浜辺で見える程度のことです。これほどの島国なのに広い海の歌はない。沖縄は別ですが、『万葉集』『古今集』に荒海は出てきません。岸に立っていても、波が荒くなったらうちに帰る（笑）。例外はただ一人、実朝。実朝は波が荒いのに鎌倉の岸に立っていたけれど、あとの歌人は雨が降ってきたらみんなうちに帰るんです。

〈自然〉を愛していたのかどうか、大問題だと思います。どうも〈自然〉を愛していたのではなくて、花に心情を託して、要するに「花の色は移りにけりないたづらに我が身世にふるながめせしまに」(小野小町)ですよ。この歌は二重の意味をもっていて、〈花〉というのは女の美しさですから、〈花〉に託して女性を歌った。本当に〈花〉に関心があるのかどうか、どうもわからない。『古今集』には山の歌なんかない。そもそも登山なんて面倒なことは山伏と木こり以外には誰もしないでしょう(笑)。

もっとひどいのは、〈鳥〉です。〝花鳥風月〟ですから〈花〉の次は〈鳥〉、〈鳥〉はホトトギスと鶯、ほかの〈鳥〉にお目にかかったことがない(笑)。そんなばかなことはないんで、平安朝の京都の空気はまだ汚染されていませんから、たくさんの〈鳥〉がいたと思います。ヨーロッパの詩を読むと、ワーズワースとか英国の詩人なんかはもちろんですが、中世でもたくさんの〈鳥〉が出てきます。日本の詩人の〈鳥〉は『古今集』にたった二種類ですよ。ちょっと極端ですね、本当に〈鳥〉に興味があったのかどうか、大いに疑わしい。

それから〈星〉です。〈月〉はやたら出てくる。歌の半分は〈月〉、「月みればちぢに物こそかなしけれ　わが身ひとつの秋にはあらねど」（大江千里《おおえのちさと》）でね。もう一つ出てくるのは、中国の影響ですが、〈七夕〉です。〈七夕〉は〈月〉の十分の一ですが、とにかく出てくる。しかし、それ以外の〈星〉はいっさい出てこない。平安朝の夜は暗かったのですから（笑）、〈星〉はたくさん見えたはずなんだ。「荒海や佐渡に横たふ天の川」（芭蕉）というのは元禄です。何百年もあとで芭蕉が見たのであって、平安朝の歌人たちは〈自然〉を愛したというけれど、天の川もろくに見てない。どこを見ていたのかということです。

『建礼門院右京太夫集《けんれいもんいんうきょうのだいぶ》』（建礼門院右京太夫）という歌とエッセイの混じった著作のなかで、平家が滅びたあと大原の建礼門院を訪ねた右京太夫は、悲しい運命を嘆き、帰り道に星空を見上げます。彼女の感想は、「生まれて初めて星空を見た。星空がこんなに美しいとは知らなかった」です。私はいったい夜空のどこを見ていたのだろう。〈月〉は見ていたけれど、〈星〉は見ていなかった、というのです。実に面白い。

右京太夫は歌人なのに、どうしてそのときまで〈星空〉を見上げなかったのか。私の解釈は、誰も〈星空〉を見上げなかったからです。みんな見なかった。和歌に〈星空〉をうたう習慣がなかったからです。歌の世界での約束事、convention です。実際の〈自然〉ではなくて、〈自然〉に関するconventionがあまりに強力であったために、〈七夕〉と〈月〉しか見えなかった。ところが平家の滅亡は、建礼門院に仕えていた彼女にとっては文化の崩壊だったわけです。世界のすべてが崩れた。第二次大戦後の日本よりもっと深刻だったろうと思います、彼女にとって、それはこの世の終りに近かったのではないか。convention littéraire文学的な約束事をふくめて、貴族社会のなかでのすべての文化的・歴史的・伝統的約束事が、平家とともに全部崩壊した。だから、はだかになって見上げたら、〈星空〉がきれいだったのです。彼女にとってそれは文学的約束事からの解放でした。平家の崩壊を意識しないでも——。

第一章　『万葉集』の時代

――ヤマトタケルについて、『日本書紀』では英雄化しているが、『古事記』では運命を自覚している人物像として描かれている。〈運命〉と対決する人物像が日本文学史のなかで描かれてきたことがあったのか。

〈運命〉対〈人間〉と〈人間〉対〈人間〉の争いは、区別して考えたほうがいいでしょう。根本的に性質が違います。『古事記』で、ヤマトタケルは天皇が私を殺すつもりではないかと疑っているのですが、それは宮廷内部での二人の人物のあいだの争いです。ヤマトタケルを主人公にすると、問題をおこしているのはもう一人の人間、天皇でしょう。『古事記』においては、天皇だけが神で特別であるという考えはまだ固定していません。天皇はどうしたものだろうと考えている感じで、〈人間〉対〈人間〉

の争いだと思います。運命のほうは、個人の力ではどうにもならないという面がある。〈人間〉対〈人間〉の争いはたたかうことができる。たたかうことができるだけじゃなくて、うまくいけば意思を通せるわけですが、相手が〈運命〉の場合は不可能です。

ギリシャ悲劇の場合、エディプス王が父親を殺して母親と近親相姦するというのは神託です。神託というのは〈運命〉で、変えられない。変えられないのだけれども、〈人間〉としてはあくまでたたかうよりしようがない。だから英雄になるので、相手がどうにでもなるのなら英雄にならない。どうにもならないことがわかっていても、それに対して抵抗するところに人間の〈自由〉と〈運命〉との争いが出てくる。その場合の〈運命〉は変えられないのですから、〈必然〉です。それから、たたかうのは人間の意思の〈自由〉だから、〈必然〉対〈自由〉の問題でもあるし、相手が神の場合、いい方向に向かえば〈恩寵〉と〈自由〉の問題でもあるし、もっと宗教的な事件から離していえば、〈必然〉対〈自由〉は、また〈歴史的必然〉対〈個人の自由〉かもしれない。それがギリシャ劇の構造です。

そもそも社会的な状況と歴史的発展というものには、個人に対して超越的、つまり個人の意思ではどうにもならないという性質がある。そういう意味で、個人にとっては必然で与えられた条件だけれども、それをあきらめないで、あくまで与えられた状況を乗り越えようとしてがんばるというのが、最も抽象的な言葉でいえば〈必然〉と〈自由〉との矛盾の問題で、それは人間のあらゆる生活のなかに出てきます。だから普遍性をもっているわけでしょう。ギリシャのエディプス王はがんばって最後まで神託を避けようとしますが、神託は、それにもかかわらず成就《じょうじゅ》してしまう。それと区別されるのが〈人間〉対〈人間〉の争いだと思います。ヨーロッパのコンテクストでは近代劇はどうなるのか。ギリシャ劇との違いはどこにあるのか。

ギリシャ劇は〈運命〉対〈自由〉の問題です。〈意思の自由〉と〈運命〉。〈運命〉はギリシャやローマでは人格化されている神でもある。〈運命〉という神がいるわけだ。根本的な問題は、運命が人格化された神になっているということよりも、ギリシャ劇では神の神託とか、デルフォイの巫女の言葉を通じて神の意思が伝わってくる。それが広い意味での〈運命〉です。〈人間を超えるもの〉対〈人間〉とのたたかいというふうにギリシャ劇を定義すれば、近代劇は〈人間〉対〈人間〉のたたかい。ぜんぜん違います。

もう一ついえば、二〇世紀以後になってくると、〈人間〉対〈人間〉の劇に対して、また〈人間〉を超えるものが出てきます。〈歴史〉とか〈組織〉といったものです。社会の経済的な動きというのは人間的な面がありますが、他方、非人間的な面もある。顔がなくて、特定の誰かが決定しているわけじゃない。たとえば、米国のフォードという会社ができたときはフォードという個人が指揮していた。ところが、ジェネラル・モーターズとなると人の名前が付いていない。誰がプレジデントなのか誰も知らない。どうして知らないのかというと、知る必要がないからです。プレジデントは大事じゃない。フォード・カンパニーは英雄的なフォードがつくって人間の顔をしていたので、善きにつけ悪しきにつけ、労働者とフォードはたたかうことができた。ところがGMとなると、だれがプレジデントになろうと、〈組織〉が意思をもって人格のように行動します。nameless faceless organization〈名前も顔もない組織〉の典型的なコーポレイション。

そのGMの犠牲になって働きすぎて死んでしまっても、たたかう相手は人じゃなくて法人、GMという組織です。GMというコーポレイションは二〇世紀の経済生活の主役を担っているわけで、フォードの時代とは違います。担っているから、個人にとっては限りなく運命に近づく。ギリシャでは、デルフォイの巫女が告げた神の意思とエディプスがたたかった。二〇世紀になると、エディプスはGMとたたかうということになる。個人とGMの勝負は最初から話になりません。そういう意味でギリシャ劇というのは、ルネッサンスから一九世紀末までの近代劇、いいかえれば、シェイクスピアからチェーホフまでの典型的な近代劇とは違います。むしろそこを飛び越えて、現代はギリシャ劇に近づいています。

そこで、『古事記』となると、それほどはっきりした運命劇じゃない。鋭く〈人間〉対〈人間〉の劇と、〈運命〉対〈人間〉の劇を区別して考えれば、ギリシャ劇は、近代劇以前であると同時に近代劇以後であるとみなすことができる。『古事記』はそうではないと思います。天皇ですから少し神様に近いですが、ほんとうの神様ではない。個人的なたたかいをしているわけで、ギリシャ劇のジュピターと比べてもっと人間に近いのです。『古事記』の場合、天皇はまだ神になっていない。これから神に仕事をやってもらおうと、そのために『古事記』を書いているわけだから。

――『万葉集』の「防人《さきもり》」の歌が日本文学の伝統であるかのようにいうナショナリズム的な動きが、また出てきているのではないか。

ある意味では簡単な問題なのですが、愛国心がことに天皇に集中して、天皇に忠誠であることと、忠誠の表現として天皇に献身するという考え方を教育し、鼓吹し、強化しようとするとき、日本の古典、伝統的文化をふまえないわけにはいかない。そういう人たちは、いま自分たちがいい出したことじゃなくて、『万葉集』の昔から続いているといいたいわけでしょう。どこでもいつでもそうだと思いますが、ことに戦争中、三〇年代の終りから四〇年代にかけて軍国主義がだんだん狂信的になっていったとき、日本文化の支えがないと、「ただ私が発明しました」ではまずい。軍人でも、軍部が中国で戦争するのは天皇のためであると考えるだけではなくて、もっと深く日本人であることのアイデンティティは、天皇に対する献身とか、戦争で勇敢にたたかうとかということと絡んでいる。それが「日本文化の根幹」だといいたいわけでしょう。

陸軍情報部もそう思って、さっそく、日本の古典のなかに勇ましい歌を探しました。彼らは一所懸命探したけれど、日本文学史を知らないからいくら探しても出てこなかった。宮廷が選んだ最初の日本の公式歌集（勅撰集）である『古今集』からはじまって「八代集」――「八代集」は『古今集』からはじまって『新古今集』で終ります。

もっとあとまで入れれば「二十一代集」ですけれど、それらをいくら探しても、戦って死のうとか、天皇のためには命を捨てても惜しくないなんて歌はないのです。そこで、藁をもつかむ気持で（笑）探しに探したら、『万葉集』に「防人」の歌があったとなるわけ。

その経過のなかには、賀茂真淵《かものまぶち》の罪もちょっとあります。奈良時代から平安朝末期までの古代の歌や物語を探して、〝ますらをぶり〟を最初に研究したのは、国学者賀茂真淵とその弟子だった本居宣長《もとおりのりなが》に発します。時代は一八世紀。賀茂真淵は主として『万葉集』の〝ますらをぶり〟を主張した。ところが、『万葉集』と、『古今集』以後では、歌の語彙も語法もテーマも形式的にするどい違いがある。賀茂真淵は『万葉集』に凝っていたから、『万葉集』の歌の形式的な特徴は、『古今集』と対比したときに男性的、つまり〝ますらをぶり〟だといった。そのこと自体が私は少し怪しいと思います。宣長は『古今集』の後に『源氏物語』について書いているし、その権利を主張したわけで、『万葉集』に固執しないで、むしろ『万葉集』以降の『源氏物語』に力点が移っていく。『古今集』と『源氏物語』は続いていますが、『万葉集』と『源氏物語』は切れています。宣長は『古今集』以後の文化を〝たをやめぶり〟といって、女性的だということになったのです。

一理ないことはない。恋愛の歌でも、『万葉集』だと〝会いたい〟となる。昼間会えなければ夜会いたいとか、とにかく行動的です。意思がはっきりしている。誰の話をしているのかといえば、漠然と女の人じゃなくて、何の誰それとはっきりしている。ところが『古今集』になると、〝もののあはれ〟と〝ものおもひ〟です。〝ものおもひ〟というのは、うちに座ってなんとなく恋愛気分に浸っているのだけれど、相手は誰だかわからない。直ちにどういう行動をとるのかということは示唆してないので、たいへん気分的、心理的です。気分の問題ですよ。『万葉集』は気分の問題じゃなくて行動の問題。だから、典型的には、『万葉集』と『古今集』では〈行動〉対〈気分〉のような違いが目立っていると思う。

賀茂真淵は『万葉集』を賛美し、宣長は『古今集』を賛美したが、問題は、行動的なるものは男性的で、うちに座っている気分的な感情生活は女性的だといえるかどうかですね。いまのフェミニストなら抗議するでしょう。そういうことは男性の考えた妄想に過ぎない、単なる男女差別の表現に過ぎないと批判されるだろうと思います。

とにかく歴史的には、真淵は男性的なるものを、彼の言葉でいう〝ますらをぶり〟を強調するために、やや「防人」の歌を強調した。そこで陸軍情報部は、もちろん『万葉集』を全部読みませんから、「防人」の歌だけ読んで、飛びついたのでしょう。「大君の　辺にこそ死なめ　顧みは　せじ」などそういうのだけを拾い上げたのです。そこが陸軍省情報部と加藤周一と違うところで、こちらは『万葉集』を全部読んだ(笑)。陸軍省は全部読まないから、「大君の　辺にこそ」が、いったい『万葉集』全体のなかでどのくらいの割合を占めているのかわからないはずです。

恋愛詩としての『万葉集』

『万葉集』を全部読むと、たしかに「防人」の歌はちょっとあるけれども、恋愛また恋愛です。最も大きなテーマは自然でさえなくて、恋愛です。その意味では、根本的には『古今集』とそう違わない。『古今集』はもっと純粋化してほかの要素を全部捨てちゃった。『万葉集』にはほかの要素もたくさん入っています。しかしいちばん大きなテーマはあきらかに恋愛、相聞です。大伴家持は『万葉集』の編纂者らしいのですが、彼の歌に戦争と天皇への忠誠などをうたっているのはどこにもない。圧倒的に恋の歌で、ごく例外的に「防人」の歌がある。「防人」の歌は全体のごく小部分です。

「防人」は二つの部分から成っていて、一つは、九州を中心としたところの沿岸防備の兵隊のことで、徴兵された人たちです。その範囲は関東まで入っています。各地から徴兵でとって、兵隊として訓練して九州各地に配備した。関東から九州までは遠い。旅はたいへんだった。故郷を何年も離れることは、郵便制度はないですし、家族や恋人と引き裂かれるのですから、病気で死ななくてもたいへんだった。病で死ぬことも大いにあった。

もう一つは、徴兵をする側の下士官みたいな役割の人たち。しかし「防人」の歌の大部分は徴兵される人の歌です。そういう大部分の徴兵された人たちがいったいどういう歌をつくっていたかというと、ああ悲しい、兵隊にとられてたまったものではない。家族や恋人と別れなければならない、一日も早く帰りたい、何でこんなひどい目に遭うのだろう、の一点張りです、ほとんど全部。天皇のために死のうなんてただの一首もない。それは調べればわかることです。ところが下士官というのは政府の下っ端役人でしょう、いやがる兵隊を捕まえて九州に連れて行く側です。はっぱをかけるために、みんなで一緒に天皇のためにたたかいましょうとか何とかいうわけです。

そういう「防人」の歌の一部分は、下士官のつくった歌なんだからそれは戦闘的です。政府の政策みたいなものです。米国は戦争のとき、志願しなさいというので、アンクル・サムが出てきて指をさしてAmerica Needs You.なんてポスターがあった。あの要素が『万葉集』の「防人」の歌にごく少数入っている。戦争中に陸軍情報部が掘り出した「防人」の歌なるものがそれです。

日本文学の伝統? ふざけるなといいたい。『万葉集』の伝統でさえない。デタラメも休みやすみ言えですよ。国民をだますにもへたなだましかたです。『万葉集』を読めばすぐわかる。どこにいくつありますか。『万葉集』全四五〇〇首余のうち、一〇か、せいぜい多くて二〇首あるかもしれないという程度のことでしょう。それがナショナリズムに使われた『万葉集』です。間違えて、『万葉集』のなかに入った歌を拾ってきて、日本文学の伝統だといった。文学を研究している以上、私はそのことを一度いっておく必要があると思った。戦争中に日本文学を使って煽ったナショナリズムはその程度の話です。〝ますらをぶり〟といい出したけれど、賀茂真淵は偉い人です。陸軍とは違う(笑)。だけど、彼にも少し責任はある。

——山上憶良は『万葉集』歌人のなかで異端だが、それは九州にいたという地域性が大きいのか、それとも資質の問題なのか。

山上憶良が九州にいたことは彼の作品と大いに関係があると思います。日本人が中国に行くときと中国人が来日するときは、だいたい隠岐《おき》とか九州を通過しましたから、そこでは大陸とのコンタクトが断然強かった。それがいちばん大きな役割を果たしたでしょう。山上憶良は中国に行ったことがあって、中国語を自由に読めて話せた。ほかの『万葉集』歌人と比べて中国との関係が密接でした。彼の歌はあきらかに中国の歌の影響を受けています。

別のいい方をすれば、山上憶良のあとの人で『古今集』の時代くらいまで、中国語が非常によくできる人、中国文学に精通している知識人・歌人は、山上憶良の「貧《ひん》窮《きゅう》問答」に近い面があります。たとえば菅原道真《みちざね》。彼は歌もつくっていますし漢詩もすばらしいですが、その内容はずいぶん「貧窮問答」に近い面がある。

非常に大きく見て、ギリシャ・ローマから中世を通った近代ヨーロッパ文学の伝統と、中国文学の伝統と、日本文学の場合と三つ並べて考えると、中国の叙情詩は政治・社会問題に対する関心が、たぶんいちばん強い。その次に強いのがヨーロッパで、最も薄いのが日本。その意味では中国と日本は対照的です。だから「アジア」という概念は大雑把なので、軽々しく「アジア」といわないほうがいいと思います。中国と日本は両極端です。中国では詩のなかでやたらに社会問題、たとえば貧乏を問題にします。日本ではそれがもっとも少ない。ヨーロッパは中間にくると思います。

ある程度以上中国文学に親しめば、日本人の詩歌にも中国の詩の影響が出てきます。社会・政治問題が前面に出てくる。その一つは戦争と平和、もう一つは物質的な生活の苦しさです。食べるものがないとか、粟がたりないとか、天候が不順だといった話。戦争と平和と貧乏の話は非常に多い。

中国文学には詩にあらわれた限りで、二つのタイプがあります。だいたい漢の時代からですが、五、六世紀の六朝以降、近代詩の唐まで膨大な中国の詩がある。戦争と平和に関しては、戦争支持の立場もある。皇帝のためにという詩もありますが、むしろ国のためにという詩が多い。内乱がたくさんありますから、内乱になって復讐しようとか、たたかう用意があるとか、勇敢にたたかったやつは偉いとか、要するに戦争賛美の詩はたくさんあります。ところが日本にはそれもないのです。一度ちらっと「防人」の歌が出ただけで、あとはぜんぜんない。それは中国とのきわだった違いです。

もう一つは、戦争はいやだという詩がある。これにもいくつかの型がありますが、人を殺すのだからかわいそうだ、戦争に連れて行って若い人たちがいったい何人死んだと思っているのか、早くやめてもらいたい、という反省が強くあります。それから、ばかげているというのもある。何のために戦争しているのかよくわからない、聖戦じゃないというものです。春秋の内乱時代のことはよく引用されますが、孟子《もうし》の言葉に「春秋に義戦なし」というのがある。内乱の時代に正しいいくさは一つもないと彼はいった。日本の儒者はそれをあまり引用しません。〈反戦〉は嫌いなんだね（笑）。中国では〈反戦〉といったら〈反戦〉の立場を貫く。いくさは正義じゃないとはっきりいう。戦争と平和の問題では、その二つの傾向があります。

それから貧乏。これは貧乏賛美というのはないから、子どもが泣いているのに食べるものがないというものですが、あるときは直接に、あるときは間接な示唆として、行政批判をしています。貧乏の背景に重税があるというもので、こういうときに重税をかけるとは何ごとだとか、支配者は贅沢をしているのに村の人たちは困っているじゃないか、放っておくのかとか、このままの状態が続くということはありえないことだという、かなり激しい批判もあります。もちろん貧乏を嘆く詩は非常に多い。

それらが中国の詩の特徴です。どれも日本にはほとんどない。憶良の場合は中国に深く入りこんだから出てきた。菅原道真も中国語の読み書きは自由自在で、空海の次だと思う。その道真にも政治批判は出てきます。職を解かれて九州に流されるとき、その道中でつくった詩日記みたいなもののなかで、そういうことにふれています。彼は自分が困っていることだけいっているのではなくて、京都から九州までの道中で見た貧困に対しても、極めて批判的な詩をつくっています。自分が食べるものがないというだけでなく、こういう貧しい村があって、黙って見ているわけにいかないでしょう、もっと大事なことがあるという強い政治批判をしている。それも、漢詩であろうと歌であろうと、日本人では極めて例外です。なぜ例外か。それは中国文学の教養があったからです。

——憶良や道真は民衆の貧困を見たから書いたのか、それとも中国文学に造詣の深い詩人だから書けたのか。

両方だと思う。憶良の奈良朝と道真の平安朝の違いの一つに、奈良朝の貴族官僚政治はそんなに大きくなかったということがある。奈良の都を一歩出れば田舎で、獣もいるし実際に貧しい農民がいました。社会的に大衆から隔絶されていなかった。ちょっと外に出れば貧しい民衆を見ることができた。憶良の同時代のすべての人が彼らを日常的に見たと思います。ただ、それを歌に入れるか入れないか、歌の題材として扱うか扱わないかは文学的伝統によるのであって、憶良は中国文学の伝統に深く組み込まれていたから、当然の話として彼は書いた。ほかの人たちにとってはそういう題材は歌にするものではなかった。歌にするのはホトトギス。「月みればちぢにものこそかなしけれ……」と(笑)、こうなるわけだ。ほかの話はしてはいけないと思っていたのでしょう。それを破ったのが中国的教養だということになると思う。

それとは別に、経済生活を観察して、その意味を考えるということをしたのが菅原道真です。道真の時代は平安朝になっていますが、彼の場合、中国の影響だけでなく、例外的に非常に能力のある政治家だった。だから陰謀にあって没落したのですが、日本でもっとも有能な行政官としてよく見て、ほとんど調査した。自分で大臣を辞め、没落して九州へ行く際さえも周りにあるものを観察しました。それは行政的な立場からの観察で、例外です。

紀貫之《きのつらゆき》は四国の地方行政官でした。そこでの任期が切れて、船で四国から海岸沿いに京都へ帰る道中で書いたのが『土佐日記』です。道真の詩文混じりの道中日記と比べると、道真は漢文で書いて貫之は日本語で書いたのですが、これが面白い。貫之は地方官でしょう、小さな船だから京都に帰るまでに何泊もしています。港に入ると役人が出迎えて、そこで一杯飲んで翌朝出発する、天気が悪ければ二、三日そこに泊るという旅です。

途中の民衆の状態がどうなのか、豊かなのか貧乏なのか、産物は何か、役人に腐敗はあるのかないのか、そういうことを全然観察していない。一つも。何を書いているかというと、一日も早く京都に帰りたい、いま頃京都ではどうなっているだろうかといった想像上の京都のことばかり。京都以外のことは頭に浮かんでこない。『土佐日記』というのは驚くべき盲目的旅行記です。何も見てない（笑）。景色さえ見ていない。どんな花が咲いていて、どんな鳥が啼いていたかさえない。あと何日かかるだろう、誰が迎えに来てくれるだろうかとか、すべて京都だけ。京都でおこってないことには関心がゼロです。配流されるという境遇においてさえ、社会的環境をするどく観察した道真と比べると非常に違う。

後の時代にどっちが主流になったかというと、『土佐日記』。江戸時代を通していまの文部科学省の役人までずっと続いています。『土佐日記』は教科書にも出てきますから誰でも知っていますが、道真は忘れられました。読む人は非常に少ない、受験のときは神社にお参りに行くけれどね（笑）。彼の書いたものはたくさん残っているのです。

明治になってからの日本人が、驚くべき観察力を発揮したのは岩倉遣米遣欧使節団です。あれはすごい。実に広く深く観察し、正確に記述し、その解釈はほとんど間違っていなかった。広いほうの例では、たとえば各国の憲法から郵便配達用のクルマまで、挿絵入りで書いている。ものすごく範囲が広い。深いほうの例では、選挙による民主主義政治をつくるために、憲法からはじまって刑法・民法の法体系をつくることが課題だったのだけれども、社会の秩序は法律だけではコントロールできないから、もっと内面化された価値観、倫理が必要だという問題意識です。法律という外的規制と同時に、内的な自発性をもっている倫理的価値へのコミットメントはどうしても必要なので、その二つを使って社会を運転するのだから、法律だけではうまくいかないといっている。米国の場合、法律以外のどういう倫理的価値の体系が支配的に機能しているかといえば、それは教会でした。結論は、日本もやがて教会に代わるべき価値の秩序を、社会にインスパイアする何ものかを必要とするといっているのです。

それで結局つくったのは天皇制、国家神道でした。岩倉使節団は〈国家神道〉とはいってないけれど、やがて〈国家神道〉になるところの倫理的精神的権威を国家は必要とする、といっている。たいしたものだね、これは。いまの政府の役人でそこまでわかる人は少ないでしょう。彼らは実際に教会にも行っています。信仰はないけれど、米国で教会が生きている役割は重大だということで礼拝にも行ったのです。

第二講

第二章　最初の転換期
第三章　『源氏物語』と『今昔物語』の時代

第二章　最初の転換期

社会の変化と芸術の変化との関係

社会に大きな変化がおこることを social change といいます。経済的にも政治的にも文化的にも、制度や行動様式全体の大きな社会的変化という考え方です。たとえば、封建的社会から資本主義的社会に変ると、経済的な面だけじゃなくて政府の在り方や法律制度も変ってきます。日本では明治維新や第二次大戦の敗戦がそうです。個別的な政策の変化は social change とはいいません。どういうものであるにせよ、構造的な変化を指します。

そういうことがあって、他方、文学・芸術の大きな変化がおこるときがある。日本の文学史でいえば、たとえば万葉仮名で書いていたものから、ひら仮名やカタカナを使うようになったのは、書き方自体が根本的に変ってしまったのですから大きな変化です。それはどこの国でもいつでもあったことで、ヨーロッパの絵画史では、一九世紀の終りにセザンヌが出ることで、絵画に対するアプローチが変ります。少し変るのではなくて根本的に方角が変る。セザンヌの場合は絵画を分析的、意識的に方法論化したので、それは以前の画家たちとは違います。そういうある時期の芸術上の大きな変化と、社会的変化はどういうふうに関係するのだろうかという問題が出てくる。

三つの考え方があります。一つは、あまり関係ないという考え方。文学者なんかもそうですが芸術を論じる人にはそういう人が多い。たとえば支配階級が代わって、貴族階級がブルジョワジーに代わっても、そういうことは非常に大きな変化ですが、芸術の変化はそれとは独立したものだという主張です。フランス革命がおこってもフランス文学は変らないという考え方。文学や芸術上では一八世紀にロココが出てくる。ロココが出てきたからといって、長いあいだ政治的変化は何もおこらなかった。一八世紀の終りを待ってフランス革命がおこった。その二つは独立に動いているという考え方です。

西洋絵画の風景画は一七世紀オランダで独立しました。その芸術上の革命がおきたのは、一七世紀のオランダの商業主義的な社会、プロテスタントのブルジョワジーが非常に強力になった時代です。ブルジョワジーの台頭と風景画の独立のあいだに、相関関係がぜんぜんないといい切ってしまうのは少し無理があると思います。しかし、そういう考え方はいまでも残っていて、いろいろ都合のいい点があるのです。

文学や芸術は政治と関係ない、「芸術のための芸術」という考え方は一九世紀のヨーロッパで発明され、日本にも輸入されました。政治とは関係ないと強く主張する人はいまもかなり多いでしょう。ところが、先ほどもいいましたが、中国文学の長い伝統のなかでは、政治と関係ないという考え方はほとんど滑稽です。中国の詩人は極度に政治に関心のある人が多いわけですから。日本の詩人は伝統的に政治への関心はあまりなかった、そのことと、西洋人が発明した芸術のための芸術という考え方が結婚した。

たとえば、教育の問題で文学者が集まって抗議しようとしても、「いや、文学は政治に立ち入らない」となるのですね。政治にかかわらなければ、弾圧されませんから、結局安全だということにもなります。安全だから芸術のための芸術なのか、芸術のための芸術主義者だから安全なのか、そこのところは微妙だと思います。それが、大規模な social change と芸術・文学の大きな方向転換とは相互に関係のないものであるという一つの立場です。

いや、関係がある、という考え方は二つに分かれます。いちばん強力な考え方の一つは、マルクス主義の立場です。上部構造論。マルクスのいっていることは、生産力が増大すると社会革命がおこってきて、内部に階級分化が進み、資本主義社会ではブルジョワジーの力が強くなる。そうすると思想も、また思想と関連するところの文学も芸術も、変ってくるのだということです。すべての思想も価値も、文学・芸術なら自己表現ですが、そういう表現の在り方というものは経済の下部構造によって決定されるという立場です。だから関係があるどころじゃなくて、下部構造が上部構造を決める。上部構造は文学・芸術、下部構造は経済的構造。マルクスが使った言葉でいえば、「生産力と生産様式」です。

ヴェーバーの考え方

本当にそうかしら、と疑う立場もあります。そうではなくて逆ではないかと、マルクス主義を踏まえながら出てきたのが、思想が変るから社会構造・経済的状況も変化する、生産様式も変化するという考え方です。大づかみにいえば、生産様式が変るから思想が変るのではなくて、思想が変るから経済的生産様式が変るのではないかという考え方で、それがマックス・ヴェーバーです。ヴェーバーの代表的な著作は『プロテスタンティズムの倫理と資本主義の精神』で、一六世紀のカルヴィニズムを中心とするプロテスタンティズムの台頭が資本主義を牽引する精神をつくったのだという説。商業資本主義ではなくて、産業資本主義の基礎はプロテスタンティズムの倫理だということです。

ぜいたくしたいからお金を儲けるということが近代的資本主義の精神ではなくて、無限に膨張するところの産業資本主義の根本的精神は、お金を儲けたら投資するところにあります。投資するともっと儲かる。儲けたらもっと投資する。倫理的にも、儲けること自身が「善」であって、儲けはぜいたくをするための手段ではない。ペルシャ湾岸の石油産油国の金持ちのように、金でつくったロールスロイスを何台も所有するとか、旅行すればホテルを貸し切りにしてしまうといったことは近代的資本主義ではない。儲かったらロールスロイスを買うのではなくて、また投資する。なぜそうするかというと、お金を儲けることは経済的にいいだけではなくて、倫理的にいいことだというのがプロテスタンティズムの考え方だからです。ごまかすのではなく、よく働いて利益を最大になるように努力するのは倫理的にいいことだと。その倫理をつくったのがプロテスタンティズムだというのが、ヴェーバーの『プロテスタンティズムの倫理と資本主義の精神』でいっている意味です。ヴェーバーの場合、もっと追求していくと、古代イズラエルの思想は、いまのプロテスタンティズムのなかに生きている精神の歴史的起源だということになります。それならばジュダイズムの歴史的意味は大きく、『古代ユダヤ教』という彼の本は決定的に重要です。

詳しく話すとどれも長くなりますが、芸術と政治の関係についての考え方は、要するに以上の三つです。転換期という考え方に私がどう対処したかというのは、そう簡単にいえない。経済の下部構造が全部を決定すると単純にはいえないし、プロテスタンティズムだけが資本主義をつくったともいえない。だいいち日本も資本主義になったでしょう。日本資本主義にプロテスタンティズムは関係しなかった。それから芸術のための芸術という考え方ですが、そんなばかなことはないので、政治との関係は多かれ少なかれあります。

芸術家の政治的「中立」は政治的発言です。政府が戦争をやっているときに沈黙するのは現状容認でしょう。政治的にみれば沈黙、つまり、社会的発言をしないということは支持するということです。それはいま権力をもっている人の立場ですから、つまるところ権力支持ということになる。沈黙は「中立」じゃなくて政治参加だ。人間は政治から逃れられないので、黙っていても政治に参加してしまうのです。芸術のための芸術というのは中途半端な考え方で、だめだと思います。

とにかく、両者は複雑に絡みあっている問題なので、私はどちらが原因だということはいっていません。ただ、関連はある。相互関係はあって、どういう相互関係があったかということはいってますが、どっちが原因でどっちが結果だということは、そもそもむつかしい問題です。

『古今集』の意味

九世紀の第一の転換期ということですが、移行期といわないで転換期といったのは、方角が変ったからです。文学は九世紀に非常に変りました。変り方の一つは言語。万葉仮名ではない仮名が発明されて、それが文学作品に使われるようになったのは九世紀からです。ひら仮名を最初に使ってできた詩歌集が『古今集』で、『万葉集』は万葉仮名でしたから語彙もぜんぜん違う。文学のなかの変化では、中国からの言語だけではなくて、内容的にも中国文学からの独立がはっきり出てきます。それも『万葉集』と『古今集』の対立としてははっきり出ていると思います。『万葉集』のもっとも盛んな形式は長歌ですが、『古今集』ではそれはほとんどなくなって和歌に集中します。内容の点でいうと、『万葉集』では旅をうたい（羇旅）、死者を弔う（挽歌《ばんか》）歌がかなり大きな部分を占めていますが『古今集』ではわずかしかない。圧倒的な部分は春夏秋冬の〈四季〉と〈恋〉。『万葉集』は〈恋〉がいちばん多いのだけれど、しかし〈旅〉も〈挽歌〉も〈雅歌《がか》〉（宮中のセレモニーの歌）もある。

テーマがまったく変ってしまった。その後の日本の美学を決定するのは、すくなくとも抒情詩に関する限り、圧倒的に『古今集』です。ほとんど日本文学は『万葉集』じゃなくて『古今集』からはじまったといっていい。『古今集』があったから『源氏物語』が出てきた。『源氏物語』にはたくさん歌が出てきますが、全部『古今集』の様式です。九世紀以降、『万葉集』ふうの歌をつくったのは源実朝ただ一人。次に『古今集』の上に『万葉集』を置いたのは正岡子規です。だから子規は歌に関しては革命的な主張をしたのです。九世紀からあと、それまで誰もいわないことをいったのです。例外は実朝だけ。九世紀から一九世紀の終りまで、全日本文学史は『古今集』で通した。そういうことがおこったのですから、九世紀は革命的な転換期です。

文学の転換期は、同時に社会的転換期でもありました。社会的転換の一つは遣唐使をやめたことです。それまで政府は中国に公式の使者を送っていました。遣隋使からはじまって、何年かおきに送っていたのを、九世紀から廃止した。それも菅原道真が関係していて、遣唐使に任命された道真がもう必要ないと提案して廃止されたのです。それは対外的に大きな変化でした。もう一つ、国内的には中央集権制が非常に強くなった。奈良朝はそういう方角に動こうとしていたけれども、圧倒的な中央集権的支配は、九世紀の平安朝になってからです。

そのことは非常に大事です。『万葉集』の詩人たちは周辺部の民衆たちとコンタクトがあったのです。そのことを歌わなかったかもしれないが、日常生活では接触があった。平安朝になると遠くなる。宮廷社会が充分に大きくなり、彼らは下級貴族に取り囲まれていましたから、日常生活で貴族ではない人たちとの接触なんてほとんどなかったでしょう。紫式部は、農民と会ったり一晩中話したということはなかったと思います。話しているのはせいぜい下級貴族までで、その先は外国みたいなものです。

九世紀の転換期でおこった文学・芸術上の変化はそういうことです。

宗教的にいえば、中国からの最後の輸入は伝教大師《でんぎょうだいし》（最澄《さいちょう》）と弘法大師（空海）でしょう。比叡山と高野山であり、天台宗と真言宗です。天台宗と真言宗は仏教の強大な二つの宗派として平安時代を通じて圧倒的に支配します。仏教は天台宗と真言宗に吸収されていく。奈良朝には南都六宗があって、奈良仏教は滅びないけれど、平安朝からは天台・真言に集中していく傾向がはっきりと出てきます。

――当時の中国で仏教が道教に変わってしまったのはなぜか。

唐の時代に仏教徒を弾圧したのが「会昌《かいしょう》の廃仏」です。なぜ道教を勧めたのかということは簡単な話で、皇帝が代わったからです。まったく個人的な理由、皇帝が道教に宗旨替えしちゃったから皆も従えというわけで、従わないやつは権力で弾圧です。皇帝が死んで次の代になればまた仏教が復活する。中国の王様は時々、道教に変っています。

仏教は死んだら極楽浄土の展開になるでしょう。あるいは生死には区別はないというもので、経では般若心経、教義では禅宗がその意味で哲学的です。天台宗のなかには天台禅があって、そういう要素が入りますし、大衆的には浄土真宗が典型的ですが、とにかく極楽浄土の展開になる。現世で長生きするという考え方は仏教にはない。長生きをするには仏教をよく信じて、南無阿弥陀仏と唱えればいいなんてことは仏教は保証していない。ぜいたくに美味しいものを食べて人生を愉しんでいる中国の皇帝がもっと長く生きていたいと思うと、それは仏教では間にあわないので道教ということになる。道教は具体的に長生きする方法を伝授するからです。方法は二つあって、一つは訓練すれば仙人になれる。仙人は死なない。長く生きられるだけじゃなくて空も飛べます（笑）。渋滞の心配なんかなくて、高野山から京都まで飛んで行ってしまう（笑）。もう一つは薬。蓬萊山《ほうらい》から薬をとってきて飲めば不老不死だ。皇帝は権力があるから、導師を蓬萊山に派遣して薬を持って来させれば、それで死ななくてすむ。だから、中国の皇帝は長生きのために時々道教に転向するのです。

道教は日本にあまり入ってこなかった。どうしてなのかというのはたいへん面白い問題です。日本の皇帝が人生を楽しんで、もっと長く楽しみたいから道教に転向したという例はないですね。やっぱり日本人は人生をそれほど愉しんでないのかな（笑）。中国料理のほうが美味しいということも原因かもしれません（笑）。

――『十住心論《じゅうじゅうしんろん》』（空海）では大乗の五派（法相《ほっそう》、三論《さんろん》、天台、華厳《けごん》、真言）を要約して真言がいちばんいいといっているが、その五派は教義上どこが違うのか。

私はこれについてよく知らないことと、時間の問題があるので省略します。非常に複雑です。

ただ、簡単にいえば、法相宗というのは仏教の唯識《ゆいしき》論の立場です。唯識論というのは、徹底純粋主観主義、西洋の哲学用語を使えば、主観主義的存在論で、世界のすべてのものは意識のなかに存在する、眼鏡も机も、世界は意識のなかの表象の集まりに過ぎず、本当に存在するのは意識のなかだけでそとには何も存在しないという考え方。唯物論の反対です。そういう考え方はギリシャからあるのですが、中国では仏教を通じて入ってきて、法相宗がそういう立場をとりました。

「三論」の中核にあるのは〈中観《ちゅうかん》〉論の龍樹《りゅうじゅ》です。インドの大乗仏教で、サンスクリット語ではNāgārjuna。三論が何をいったかというと、意識と意識のそとにある物との関係で唯識論があるのですが、それとは少し違い、意識も物もふくめて全世界にあるものはみんな〈空《くう》〉であってほんとうは何もない、幻想に過ぎないんだという考え方です。それを〈空論〉といいます。そうではなくて、意識も物も存在するんだという実在の考え方があり、それを〈有《う》〉という。ですから仏教の存在論は、根本的に世界は存在しないという考え方と、世界はあるがままで存在するという考え方の二つがあるわけですが、そこに〈中論〉とも〈中観〉ともいう考えが成立します。

大雑把にいって五世紀頃の北インドで発達したもので、哲学的に非常に洗練されています。それは〈空〉でもないし〈有〉でもないという。重なっているようなもので、見方によっては〈有〉とも見えるし〈空〉とも見える。純粋に何もないわけではないが、確かにあるというわけでもない。ある観点から見れば世界は〈有〉なのです。しかしある観点から見れば〈空〉だと。どちらでもないから、それを〈中観〉という。

これは多くの仏教哲学では核心的な問題であるといわれています。「般若心経《はんにゃしんぎょう》」は、〈有〉でも〈空〉でもどちらでもないのがほんとうの解釈であるという主張は非常に強い。日本の禅宗でも、万法〈空〉だという悟りは生悟りで本当の悟りではないという説が多い。道元もその説です。私自身もふくめてすべては〈空〉だということを悟りました、ということで先生に印可《いんか》をもらいにいくと、お前はダメだからもういっぺん出直しなさいといわれて棒で叩かれたりする。師のほうは〈中観〉の立場なんで、

〈空〉といっちゃいけない。〈有〉といったらもちろんダメなんで、両方だ。〈空〉にしてかつ〈有〉、〈有〉にして〈空〉、〈存在〉と〈無〉の二分法《ダイコトミー》は超えられなければならない。本当の悟りは二分法そのものを超えることだ。〈有〉と〈空〉の区別や〈自他〉の区別は実はないんだ、というところへ行ったときにほんとうの悟りになる。

空海は〝雨〟

「三論」というものの根本は〈中観〉です。天台宗は百科事典みたいなもので、何でもかんでも、神道まで入っている。華厳宗は盧遮那仏《るしゃなぶつ》、大仏のことです。真言宗の本尊は大日如来《だいにちにょらい》。サンスクリットではVairocanaで、これは金剛仏という意味。大日如来は指を一本立てて握っている。京都の真言宗の寺ではたくさん見られます。華厳宗と真言宗の哲学は非常に近い。華厳宗だと、万物は盧遮那仏の顕現です。盧遮那仏は無限に分裂し、それぞれが盧遮那仏です。盧遮那仏が出てくるときは、われわれが認知できるようにいろんなものになる。コーヒーにもテープレコーダーにも、もちろん人間にもなるし、盧遮那仏に近いところでは菩薩《ぼさつ》にもなります。それが華厳宗の考え方で高度に哲学的です。真言宗も同じで、盧遮那仏の代わりに大日如来がいろんなかたちであらわれる。世界に存在するのは大日如来だけです。どんなものでも大日如来の顕現なので、「一にして多」ということになる。すべてのものは一、つまり盧遮那仏と大日如来に還元される、「一即多」、「多即一」です。

最後に空海は、いちばん深い真理は真言宗だということをいいます。仏教は仏になることが大事だから、即身成仏《そくしんじょうぶつ》、生きているうちにうまくいけば、うまくいけばというのは変ですが（笑）、そのまま仏になれる。空海は即身成仏しちゃうから死なない。空海が死んだという記述はないと思います。死のときは身体から光が出て、そのまま仏になる。仏になれば涅槃《ニルヴァーナ》ですから死なない。そのまま永遠のなかに入っちゃう。空海だけでなく誰にでも可能性はあるわけです。ところが、可能性はみんなのなかにあるのではなく、限られた人のなかにあるという説もあります。他の宗派、三論宗のような〈中観〉の宗派はそうですが、とにかく華厳宗と真言宗は即身成仏、生きたまま仏になれるという素晴らしい教えなんだ（笑）。天台宗は即身成仏じゃない。死んだあとでないと仏になれない。

真言宗は儀式が高度に発達していて非常にきれいです。複雑で洗練された儀式体系が一つの特徴です。そういう儀式がもっている機能は、音楽などに魔力がある。その大きな目的の一つは病気を治すことです。人間が個人的にいちばん苦しい災禍は病気でしょう。社会的には雨が降らないと農業が破滅的になりますから、真言宗のもう一つの魔法的力は降雨です。伝教大師と弘法大師は中国に行って、空海は真言宗をもってきましたが、それまで日本になかった宗派ですから天皇がなかなか認めなかった。それでどうしたかというと、旱魃のときに宮廷で雨を降らすコンクールを催した。みんな護摩《ごま》を焚いたりいろいろしても雨が降らない。ところが空海がむつかしい儀式をしたら雨がざっと降った。空海はコンクールに勝ったから、宮廷は彼を採用し、東寺《とうじ》と西寺《さいじ》ができて、高野山の真言宗は宮廷権力を背景としたところの平安仏教の一つの柱になりました。空海の武器は〝雨〟です。

――『日本霊異記《りょういき》』では「仏」「法」「僧」の三法に従わないものが〈悪〉となっているが、同時にとんでもないエピソードもいろいろ出てくる。善導主義というよりも〈人間〉の発見があるのでは。

日本人は仏教説話集というものを受け入れました。『日本霊異記』から代表的なものとしては『今昔《こんじやく》物語』になって、それから『沙石集《しやせき》』になりましたが、みな同じ系統のもので、仏教説話集はお寺の坊さんのための一種の教師用参考書に近いものです。学問のある坊さんが書いたと思いますが、もちろん写本で回覧するのだけれども、お寺に集まる人たちの大部分は字が読めなかった。お寺は宮廷とは違って、宮廷は貴族しか集まらないけれども、お寺は一般の人のための学校兼病院兼教会でした。これは念頭に置く必要がある。お寺は宗教的なものだけじゃなくて、唯一の学校はお寺のなかにあった。学校だから当然講義します。仏教の話をするのだけれど、面白い話をしないとみんな飽きてしまいますから参考書が必要だった。

字の読めない人が『日本霊異記』を読めたはずがない。そうではなくて、講義をする坊さんが『日本霊異記』から面白い話を仕入れておいてお寺で話したと思います。聞いている人は一般大衆ですから、話が面白くなければいけない。凡庸な文部科学省が編纂した善い話ばかりの退屈な善導主義ではうまくいかないでしょう。大衆は字は読めなくても人生の経験はあるのだから、そんな甘っちょろい話をしても何の関心ももってくれない。ほんとうに彼らを動かすには実際の場面に臨んで、もちろん悪いやつもいるし、自分のなかに悪い要素もあるだろうし善い要素もあるだろうが、人生複雑で、そのなかを生き抜いていくときの知恵みたいなものが必要でしょう。そこにふれない限り相手にされないのです。それはきれいごとじゃない。

平安朝の貴族社会は税金で成り立っていて生産的な仕事はしていなかった。平安朝の京都は産業がなくて税金都市でした。そのうえ階級的世襲制度でしたから生活の心配なしに暮らせたわけで、『源氏物語』の登場人物のほとんどすべては経済問題の心配をしていない。心配なのは、彼女が私を愛しているかどうかということだけです。ところが『日本霊異記』の聞き手の関心事は経済問題です。まずくやれば暮らせない命がけの問題でしたから、猟師はどうしても猟の仕事を、商いの人はどうしても商いを成り立たせないといけないので、そのときの知恵、そのときに必要な人間理解、人間心理に対するリアリズムがなければもたないということを見事に反映しています。『日本霊異記』だけではなく、『今昔物語』の本朝編、つまり日本の話の部分も、『沙石集』も同じです。善いことか悪いことかということよりも、困難な状況をいかに切り抜けるかということの知恵、知識、戦略、勇気、決断力、必要ならば腕力ということです。九〇パーセントの日本人はそっちのほうで暮らしていた。それが反映している。天皇に帰依することより、毎日の暮らしを維持しなければならないということです。座って〝ものおもひ〟なんかしてたのでは食べられない。早く家を出て畑を耕すか、鳥や獣をとらないと食べていけないでしょう。だから、二つの日本があるということが『日本霊異記』にあらわれたのであって、文部科学省は支配層の側ですから、そちらのほうだけ学校で教えてきましたが、ほんとうはその二つを並べて教えるべきです。

ただ、少し注釈が必要なのは、では『日本霊異記』の話の目的はわかったが、そのためにどういう材料を使ったかというと、一つは日本の民間の伝説や昔話から採っていて、中国文学の影響があとの半分。中国の仏教説話である『法苑珠林《ほうおんじゅりん》』などからエピソードを採っています。では『法苑珠林』はどこから採ったかというとインドです。インドの仏教説話集というのは膨大なもので、一部は翻訳されて中国に入り、それは中国語で語られていて、それから日本でまた採って語り直しました。全部がそうだというのではなく日本製のものもありますが、かなりの部分はそうです。

余談ながら、全部じゃないですが追跡できる話もあります。地名や人名なんか変えるのがうまい。なんとか村のなんとかという男がいて、なんてやってますが、元は中国の話で、そのまた元はインドの話です。面白いことは、『法苑珠林』と『日本霊異記』とを比較すると、話の筋はまったく同じですが、どこを詳しく話してどこを簡単に済ますかという語り口は違うんです。一つの話だけではなくて、いくつもそういう例があって、同じような仕方で食い違いがあると、その食い違いは大いに日本の大衆のメンタリティーを表現しているということになるでしょう。奈良時代の大衆の感情生活を推察する材料はきわめて限られていますから、『日本霊異記』はまさにそういう意味で貴重です。それだけじゃなくて、話もたいへん面白い。

――『古今集』になると文学は唐風から和風に大きく転換した。漢字の唐文化を女房たちの和文文化へ転換していくうえで、一種の藤原ナショナリズムが大きくあずかったといえるか。

奈良時代まで漢文で書いてきたものが和風に切り替わったわけではない。漢文で書いていたものに、和風のものが付け加わったのです。初めは一つでしたが、仮名書きが発達して、それでいろいろ書くようになって二つになりました。また『土佐日記』ですが、その序文に「男もすなる日記といふものを女もしてみむとてするなり」とあります。著者は男ですから、男が女に化けて、自分は女だと称して、女が男の真似をするという日記を書いた。それは特殊なものですがよく特徴をあらわしているわけで、日記を書くということはそもそも男のビジネスだったのが、女もそれに加わったということです。では男はどうしたのかというと、男は相変わらず漢文で書いていました。平安朝のいちばん典型的な日記は藤原道長のものですが、彼のそれは相変わらず漢文です。書き手が入れ替わったのではなく、新たな書き手があらわれて、その人たちが仮名書きを追加したという変化です。転換期だったのだけれども、そういう変化だったということを押さえておく必要がある。

ところがずっとあとになって、宣長以後ですが、一種のナショナリズムで、和風を強調する傾向が出てきます。明治以降の文学史もだいたいそういう傾向が強くなるでしょう、漢文で書いたものは文学史で取り上げないようになっていく。もし漢文で書いたものを取り上げないということになれば、九世紀以後は和風のものが正面に出てくる。そういうふうに見えます。いままでの解釈や学校教育では、八世紀までは万葉仮名であると、つまり漢文か漢文崩れで書いていて、それを和風に切り替えたと教えていますが、そうではない。実際はいままで書かなかった、主として宮廷の女たちが仮名書きをはじめたということです。

紀貫之という人が当時の知識人の主流ではけっしてないです。彼は少しはずれていた。女だとして書いたのは少し韜晦《とうかい》していたわけでしょう。正面切って、日本国で日本語を書くには仮名書きが便利だから仮名で行きますって宣言したっていいじゃないですか。むしろそれを隠して、女だから仮名を書くといった。その裏は、男だったら漢文で書くという意味です、『土佐日記』の時代でも。そういう二つの流れがあったのです。

女が書きはじめたわけ

そうすると、どうして女が書き出したのかという問題が当然出てきます。当時、地方の行政機関に女は一人もいなかったのじゃないかな、宮廷のなかの日常的な儀式に携わってはいたものの、権力機構の中枢には女は入っていなかったのです。ところが全体の機構が大きくなって、宮廷に勤めている女たちの人数もかなり多くなりましたが、彼らは権力機構の外にありました。女たちには権力に参与する可能性がなかった。宮廷のなかには頭のいい人も、甘い人間もいたでしょう。男も女も生まれつきの能力は同じようなものです。ところが菅原道真のような男はどんどん出世していきますが、女はそうはいかない。そこで、彼らのなかに自己表現としての文学というものが出てきた。それがいちばん大きな理由だと思います。

その証拠は、紫式部も清少納言もそうですが、少し地位もあるのに、平安朝の末期になっても、まだ「誰それの娘」といっていて名前がわからない。彼女たちの公の地位はそれほど低い。ところが頭はいい。紫式部も清少納言も漢文を読めるのに、彼女たちはまだちょっと隠している。男でも読めるふりをしているだけで読めないやつはいた（笑）。藤原道長の漢文でも少し間違えている。みんな菅原道真みたいにきれいな漢文を書けるわけではなかった。

そこで、女で漢文が読める人間は二手に分かれます。一つは、表に出してざまあみろっていう。きれいな漢語を用いて漢文を読めるということを表にはっきり出すと、当然圧力が加わりますね。それが清少納言流で、紫式部は隠した。それは『紫式部日記』に書いてあるのですが、彼女に漢文を教わる人が出てきました。漢文を実際に宮廷のなかで教えたが、そうなると角が立つ、読めるだけでも怪しいことなのに、いわんや教えるとなるとまずい。だから隠して、いや、ちょっと仮名を教えていましたってうそをいっていた。現実には漢文を教授しているのだけれどそれを隠すほど、漢文は男のビジネスで、仮名書きは女のものだということになっていた。

そういうわけで、女の人が文壇に入ってきたから仮名書きの物語が出てきた。紫式部は漢文もできた。だけど女だから仮名書きの物語にしたのです。『源氏物語』は人間の在り方に、ある一面からだけれども、非常にするどい分析を加えている。清少納言の『枕草子』も一七世紀フランスのモラリストみたいな感じですばらしい切れ味です。人間性への理解が深くてするどくて、表現が非常に巧みです。

インサイダーとアウトサイダー――観察者の位置

どうしてそうなのかということです。いまいったような社会的状況のもとで、野心をもっている能力のある人は強いフラストレーションを感じる。権力に近づくことは絶対的に不可能です。そうすると、能力の使い道として、自己表現の道は文学しかなかった。ところが彼らは外部の人間と違って宮廷内部の人間ですから、つまりインサイダー、内部事情に非常によく通じていて、権力闘争をしている人たちを毎日観察しています。彼らは社会の周辺的存在、英語でいう peripheral existence あるいは marginal existence です。いちばんいい位置だ、アウトサイダーだとなかのことがよくわからないし、ほんとうのインサイダーで真ん中にいると権力闘争で忙しくて、やたらに観察ばかりしていられない。ちょうどその周辺にいる人は権力闘争に参加できないから、観察者としてするどくなる。その結果が『源氏物語』であり、『枕草子』ということになります。

同じようなことはおそらくどこでもおこりうるので、別の例は一七世紀のフランスの宮廷です。大貴族はみんな権力闘争をしていました。太陽王ルイ一四世と大貴族とのあいだの対立関係もあったし、複雑な政治的闘いが絶えなかった。作家のモリエールやラシーヌは大貴族ではなかったし、権力との関係でいえば周辺的《マージナル》存在でした。しかし宮廷のなかには入れた。そういう連中は純粋観察者になります。文学作品は大貴族じゃなくて周辺的な人たちから出てくる。そういうことが似てなくもない。一七世紀のフランスの宮廷は閉じていましたから、その世界について知らなくても宮廷内部のことは非常に詳しく知っていたのです。

二〇世紀初頭のパリでも、社会的地位の高い人たちが入っているサロンでは、下級貴族や貴族の親類程度の人たちは周辺的でした。あるサロンで、マルセル・プルーストが一人で部屋の隅に立っていました。プルーストの地位は高くはなかったので誰も彼の相手をしない。派手な存在じゃないので人の注意を惹かない。そこでプルーストに、「あなたここで何してるんですか」と誰かが訊いた。そうしたら、プルーストはただ一言「私はここで観察しています」と答えたという話があります。フランス語ではJ'observe. 観察にいちばんいいポジションはサロンの真ん中のテーブルじゃなくて、隅のほうです。ドアのそとだと内部で何やってるかわからないし、真ん中のテーブルだと忙しい。

第二次大戦後の米国の大学でも同じ。米国社会の内部にいるけれども、人種的偏見のために大きな社会的地位を狙うことが困難だったのがユダヤ人です。大戦直後の米国ではユダヤ人が大学の教授になることは非常にむつかしかった。それが変っていったのは六〇年代になってからのことです。彼らは米国社会の端のほうにいたのであって、米国経済はユダヤ人が動かしているというのはまったくの誤解です。米国資本主義の中心部はユダヤ人ではない。彼らの一部は教育程度が高くてたいへん優秀ですが、しかし米国の政治・経済の中心部には入れない。そうすると純粋観察者になります。サロンにおけるプルーストと米国におけるユダヤ人社会学者は、マージナルという意味で同じです。米国の社会学者にはデヴィッド・リースマンをはじめとしてユダヤ人が多い。私の説では紫式部とリースマンは同じだ（笑）。マージナルな存在のなかから特別な才能のある人が『源氏物語』を書いたり、『孤独な群衆』を書いたりするのです。後者はリースマンの天才的業績です。

――仏教の存在論でいう〈空〉と〈有〉と〈中観〉は数字の0の発見と関係があるか。

わかりませんね。〈空〉と数学上の0の発見はあまり関係ないと思います。〈空〉あるいは〈無〉の観念はもっと以前からどこの国にもありましたが、インド人が0を発見したという意味は、0は何もないということではなくて、0も数字と考えた。自然数列は1、2、3、4……と進むと考えていたのを、0も同じ資格の自然数として扱うことです。数学でいう簡単な〈加・減・乗・除〉の四則は自然数相互のあいだに成り立ちます。0は分母に持ってこられない、つまり割り算はできないけれど、ほかの算法には使える対等の資格の数として考えた。〈空〉の考え方のなかには0のそういう考え方はないと思います。別の問題でしょう。

第三章　『源氏物語』と『今昔物語』の時代

——世界最初の長編小説『うつほ物語』はなぜ中国ではなく、辺境の日本で生まれたのか。

シェイクスピアがスペインやフランスでなく、ことに当時の先進国イタリアではなくて、なぜ田舎の英国で生まれたのかということになかなか答えられないのと同じで、天才が生まれた理由の説明はむつかしい。当時は日本より中国のほうが先進国に決まっているのですから。強いていえば〈周辺理論〉で、中心部よりも周辺のほうが文明全体を把握するためにいい位置にいたといえないことはないかもしれない。

ただ、『うつほ物語』は中国と関連しています。物語の最初に中国の弦楽器琴《きん》の音楽の奇跡がたくさん出てきていて、それが筋の一つの中心になっている。話の舞台は日本に限定されず中国から来ているということです。一六世紀のシェイクスピアの舞台はイタリアのほうが多い。『ロミオとジュリエット』の舞台がどうして英国ではなくてイタリアのヴェローナかということです。『オセロ』もヴェネツィアで、四大悲劇で英国が舞台になっているのは『リア王』と『マクベス』だけでしょう。当時のヨーロッパはイタリアが中心部だったのです。

『うつほ物語』でも、舞台が日本だけじゃないというのは中心部との関連があるのではないか。日本が辺境であったというだけではなくて、辺境であるということを作者が明らかに意識していたのでしょう。『うつほ物語』のほうが先行しましたから、あとで『源氏物語』を書いた紫式部は話が日本だけ、宮廷だけになるところが少し違う。『源氏物語』はその意味では宮廷のなかだけの小説で、非常にきれいに書かれています。一七世紀の宮廷を舞台にした *La Princesse de Clèves*（『クレーヴの奥方』）というラファイエットの小説と少し似ています、『源氏物語』のほうがずっと長いですけれどね。『うつほ物語』の場合、どうして出たのかという理由は、充分に中心部の文化を吸収していて、しかし中心にいる人ではなくて周縁にいる人、それが日本だったということかもしれない。しかし大きな問題は、その成立がほとんど奇跡に近いということです。

現在演じられている劇のなかで圧倒的に豊富なのはシェイクスピアでしょうが、彼の作品は一六〇〇年をはさんで書かれた。『源氏物語』は『うつほ物語』と比べてもはるかに微妙で、現代的な心理小説としては世界最初のものです。一〇世紀から一一世紀の初めにかけての作品ですが、その頃そもそも英語があったのかどうか大いに問題で、フランス語やイタリア語もラテン語から離れて成立していったのが九世紀から一一世紀にかけての時期です。そもそもフランス文学なんて存在しないので、やっとフランス語でものをいえるようになったという段階でしょう。そのときに書かれた『源氏物語』は比べものにならないほど洗練された文学作品です。英国では一九世紀のヴィクトリア朝の小説に匹敵するようなもので、フランスでも一七世紀まで待たなければならないのだから、それはほとんど奇跡的なことです。

世界文学史上の事件『源氏物語』

『うつほ物語』もかなり大したものだと思うけれど、『源氏物語』についていえば、あとの時代はそれほどでもない、『源氏物語』だけが突出している。紫式部は少しシェイクスピア的だと思う。英国でもシェイクスピアに匹敵する劇作家はその後、ついに出なかった。バーナード・ショーはシェイクスピアと比べるべくもない。人類史上のアクシデントみたいなものだと思います。世界文学を問題にするときに、シェイクスピアは奇跡みたいなもので、一回限りの途方もないことがおこって、どうしておこったかといわれても奇跡だとしかいいようがないのは誰もが認めることなのですが、『源氏物語』はそうは評価されていない。日本文学の傑作ということにはなっているけれども、シェイクスピアに匹敵するような世界文学史上の事件というふうには一般には受け取られていないのは、知識の不足と偏見だと思います。

日本語が読めないからです。心理的な細かいニュアンスは、ある場合には一九世紀のヴィクトリア朝の英国の小説よりもっと細かいくらいで、ほとんどプルーストに近い。それは驚くべきことで、説明できない。私がいっているような意味で、『源氏物語』は奇跡的な文学的事件だという評価を世界文学史は採るべきだと思います。

ルネ・エティアンブル René Étiemble という現代フランスの比較文学者が『世界文学』という本を書きましたが、フランス語の題名では『世界文学』の前に〈本当に〉と入れています。*La Littérature (Vraiment) Universelle*、英語に訳すと *Really*

Universal Literature。その意味は、ふつういわれているところのユニヴァーサルの使い方は間違っている、ほんとうにユニヴァーサルな文学は何か、ということでたいへん皮肉な題名です〔正しくは *Essais de Littérature* (*Vraiment*) *Générale*〕。

その本の主要な議論の一つはこういうことです。フランス語や英語で世間一般に行われている「世界文学史」はホーマー、プラトン、ソフォクレス、エウリピデスなどのギリシャからはじまって、ホラティウス、ヴェルギリウスなどのラテン語文学になり、中世の文学が少しあって、近代ルネッサンスとなります。たとえば抒情詩の話をしながら、どこにも中国の抒情詩が出てこない。しかし中国の抒情詩は全世界を打って一丸となしたよりもっと多いかもしれない。しかも出てきた時期も、フランス語の詩が出てくるのはだいぶあと、せいぜい一三世紀から一四世紀以後です。イタリアでさえダンテは一四世紀でしょう。中国の抒情詩は紀元前からあるわけで、比べものにならない。中国を無視して「世界文学」を語るのは意味をなさないということです。

小説の話でも、ヨーロッパが小説の時代に入ったのはだいたい一八世紀から一九世紀です。フランス語が成立した一〇世紀にはすでに『源氏物語』があったのに、そのことを指摘しないで、ヴィクトリアン・ノヴェルズと『嵐が丘』について詳しく話しているのはまったく見当違いの何ものでもない、ユニヴァーサルじゃないというのです。ほんとうの「世界文学史」の話をするのなら、最初に中国の抒情詩にふれて、小説の話をするときは『源氏物語』にふれて、それからヨーロッパをゆっくりやってくださいという意味です。エティアンブルははっきりそういっています。

――なぜ中国でフィクションとしての小説が出なかったのか。

それは吉川幸次郎先生が「中国は空想の文学、小説の発生が遅く、発生しても今世紀の初めまでは純粋な文学とは考えられていなかった」と『中国文学史』で指摘されていますが、まったくその通りでしょう。それは吉川先生を待たなくても私でさえそのくらいのことはわかるという感じ。中国では小説を〈文学〉と認めていなかった。詩文というのは詩と散文ですが、小説というのは「四大奇書」といわれるように、少しはずれた脱線した書で、表向きの〈文学〉ではないということなのです。

その奇書がいつからはじまったかというと、だいたい一五世紀の明から以後で、ずいぶん最近の話です。『水滸伝』とか『三国志演義』といった大小説がありますが、それはいまから見てそうなのであって、当時の伝統的中国でそんなものを〈文学〉とはいわなかった。唐にはちょっと面白い伝奇小説もありますが、とにかく今世紀初めの「五・四運動」以前の中国では小説を表芸と認めていなかった。ですから、『源氏物語』は出ない。『三国志』などはいろいろファンタジーがあって面白いといえば面白いけれども、細かい性格描写とかその場その場の状況に応じた心理の波打ちに似た細かい味わいは、とても『源氏物語』の比じゃない。段違いに『源氏物語』が洗練されています。

——最初の鎖国時代、平安仏教の著しい特徴の一つは加持祈禱《かじきとう》だが、貴族社会は此岸的な土着思想に対して超越的な浄土思想を受け入れたのか。

平安朝の貴族社会で圧倒的な影響力があった仏教文献は源信の『往生要集』です。そこには地獄のことも極楽のこともたいへん詳しく書かれています。しかし『往生要集』を通して、浄土思想が深く貴族社会に入ったかというと、大筋では浄土思想が平安朝貴族社会の、つまり土着の日本式の此岸主義・現世主義を破ったのではなくて、平安朝貴族社会の現世主義が浄土教を変えてしまったのです。浄土を現世にもってきました。その象徴が平等院で、文献にも出てきます。「これじゃまるで浄土だ」と。

権力の中枢にいた藤原道長などの藤原氏はこの世を謳歌して、世界は無限に続くと思っていました。永久に死なないと思っていたわけではないけれども、現世がそのままほとんど浄土と思っていた。平等院というのは浄土の模型です。彼らの関心は、死んだあとでどうなるかじゃなくて、平等院をきれいにすることでした。自己満足なんだな。

ところが、日本史上ただ一度だけだと思いますが、浄土教が復讐して貴族社会を変えたことがある。それが鎌倉仏教です。平安朝が崩壊して荒野に投げ出されてしまい、もはや貴族社会の秩序が完全に壊れると、そのとき初めて浄土宗が出てくる。死後の救済です。藤原氏が栄えていたときには死後の救済は必要ない。実際に権力を失ったときに初めて〈西方浄土《さいほう》〉が出てくる。死んだあとの浄土が大事なものになってくる。現世のほうは没落で、自分たちが文明だと思っていたすべてのものの崩壊した世界です。そうなったときに初めて死後の世界の問題が出てくるので、では〈西方浄土〉に行くにはどうしたらいいか、ということになる。自力では浄土に行けないから他力に頼ろうとする、それが南無阿弥陀仏。阿弥陀信仰が強くなります。

阿弥陀信仰が尊重されるようになると、二つのことがおこります。思想上は浄土真宗が典型的で、法然《ほうねん》・親鸞《しんらん》の宗教がなぜあらわれたかというと、死んだあとのことはこっちがいくらがんばったってだめだから、阿弥陀に頼る、お願いするということになる。もう一つは、南無阿弥陀仏だけで〈西方浄土〉に行けると思っても確かではない。いろいろ心配なことがあるわけで、そのときに〈来迎《らいごう》〉が大事になる。「来迎図」は一二世紀の半ば頃まではほとんどありません。鎌倉時代になるとあんなにたくさん出てきます。平安朝崩壊後の話です。

「山越《やまごえ》来迎図」では山の向うから阿弥陀仏が来ます。京都は山に囲まれていて、貴族はそこから外へ出ることはほとんどない。権力も失った苦しい世界から抜け出し、死んだあとでは浄土に行きたい。いよいよ死が近づいてくると、山の向うから観音や勢至といった眷属《けんぞく》を連れて雲に乗って阿弥陀が迎えに来たり、使いの者をよこしたり、糸を出して浄土と連絡をとれるようにしてくれたりする。それが「来迎図」です。

平等院の時代に源信はまだ貴族を説得しきれなかった。貴族は、『往生要集』の極楽はすばらしいから、宇治に極楽をつくろうと考えていた。源信はそうはいってない。貴族はそういう解釈をしていたのです。

——『源氏物語』が特殊な貴族社会のことを書いているにもかかわらず、一〇〇〇年後のわれわれをして考えさせる普遍性をもつのはなぜか。

『源氏物語』の最初の話は桐壺です。adultery 一種の不実な恋愛関係でしょう。最後もそうで、源氏の子どもがやはり同じような経験をする。つまり adultery ではじまって adultery で終るわけで、前後照応しています。途中いろんな人物が出てきて、昔愛していた人々もだんだんに死んでいきます。川の流れのようにいろんな人物が浮き沈みしながらあらわれて、それが源氏を通して読むと、時の流れというものを非常に強く感じさせる。それは普遍的でしょう、どこの人間をとっても同じことがある。

ホフマンシュタールがリヒャルト・シュトラウスの『ばらの騎士』というオペラのテキストを書いていますが、その第一幕は中年の元帥夫人とやがて「ばらの騎士」の役を演じる青年との寝室の話ではじまります。そこで元帥夫人は若い恋人に対して、いつかは別れのときがくるという重大な宣言をする。いやそんなことはないと青年は否定するのだけれど、いつかは別れのときがくるから、いま別れたほうがいいと夫人は告げ、ドナウの運河の向う側にあるプラータ公園に先に馬に乗って行きなさい、あとで行くからと青年を説き伏せます。青年はあきらめて去って行くのですが、夫人には彼が決定的に去ったかもしれないということがやっぱり辛い。すぐに召使に追いかけさせますが、青年は馬で早いから、もう追いつけない。ひとり残った夫人はそこで有名な科白を吐きます。「時間とは不思議なもので、それを気にしないで生きているときは何も意識にのぼってこない。そういうふうに暮らしてきたが、一度時間の流れを意識すると、もうほかのことは考えられない」。夫人ひとりの舞台で、わりに長いソロです。実にきれいなアリアの一つだと思います。

ドイツ語では Die Zeit ist ein sonderbar Ding. sonderbar は不思議なという意味。英語に文字通り訳せば The time is a very particular thing. です。『源氏物語』は二〇世紀のオペラとたいへん遠いけれど、そこでいっていることは『ばらの騎士』と同じです。源氏は途中で死にますが、時間とは不思議なものだという感じはずっと続いています。中年の夫人の時間に対する嘆きです。

もう一つは、モーツァルトの『フィガロの結婚』でコンテッサが歌う「楽しい思い出はどこへ」〈Dóve sono...〉という有名なアリア。あれも「昔はよかった、あの日々はどこへ行ってしまったのだろう」という中年女性の嘆きで、『ばらの騎士』と双璧かもしれない。どちらも実にきれいな、感動的なアリアです。モーツァルトの音楽は旋律も歌詞も直截《ちょくせつ》で、哀しいのだけれどそれほど苦い感じはない。ホフマンシュタールのほうはもっと苦味がある感じです。それは『日本文学史』と何の関係もないけれど（笑）。『源氏物語』はそういうものもふくんでいると思う。

第三講

第四章　再び転換期

――『序説』では浄土宗とキリスト教は思想の構造が似ていると指摘されているが、キリスト教は広まらなかった。浄土宗の世俗化がその理由なのか。

浄土宗が広まったのは世俗化したことが大きいと思います。浄土真宗が出てきたのは鎌倉時代ですが、勢力を伸ばしたのは二つの時期がある。初めに何がおこったかというと、世の中が非常に不安定な時代に法然、親鸞の布教がどんどん地方に拡大していく。信者の数もふえたし信仰も強く浸透しました。あとの時代になると、劇的ではないけれど、信者の数も減ってくるし信仰も弱まっていくのですが、ところが浄土真宗がもう一度盛り上がった時代がある。それが蓮如です。一向一揆の時期。

それが江戸時代になると二つに分裂していく。キリスト教の弾圧のために、すべて

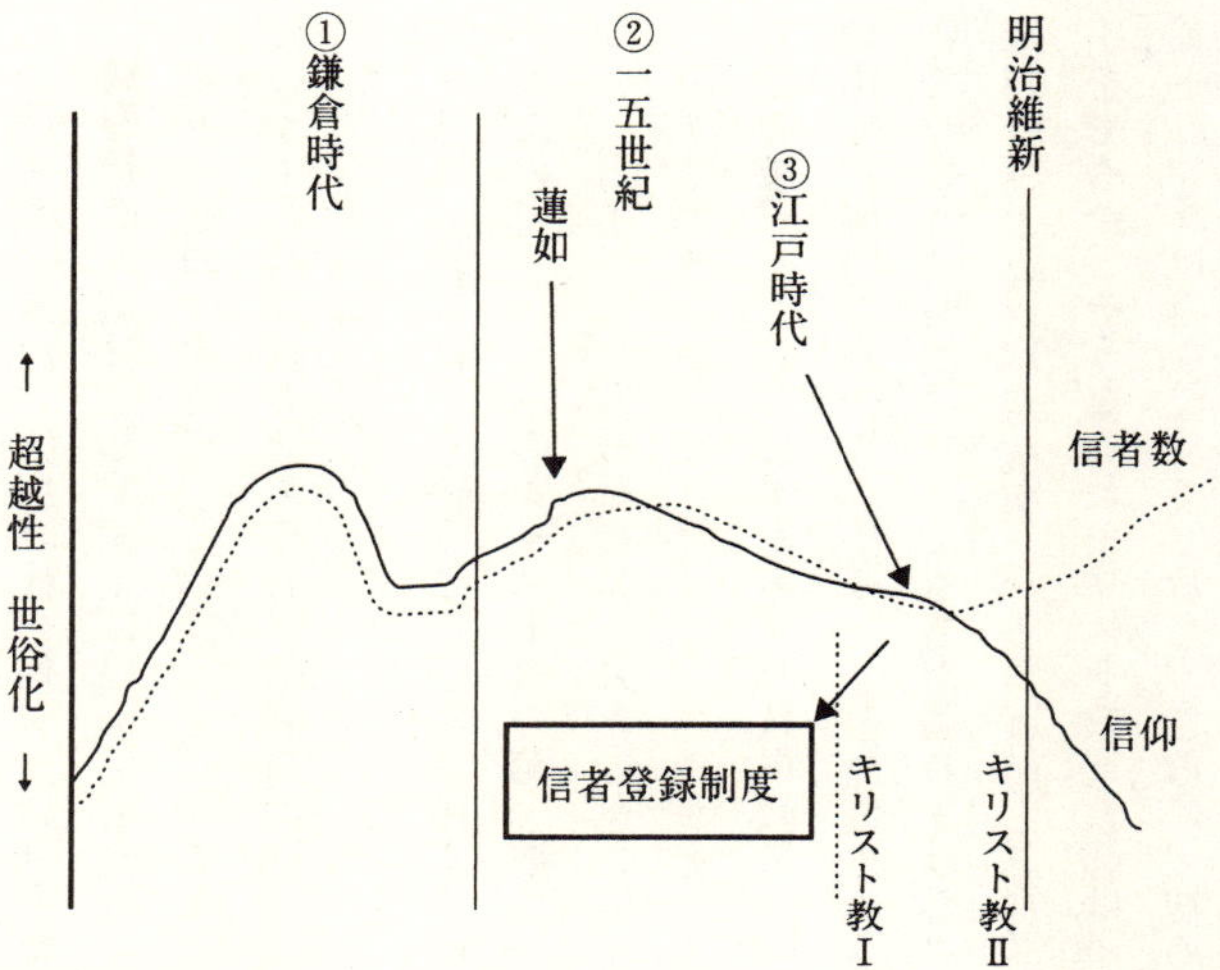

の国民はどこかの宗旨に登録しないといけなくなります。どこかのお寺に属しないと非合法になる。地方行政がお寺のネットワークを統治の道具として使ったということです。それが寺請《てらうけ》制度です。どこかの寺に登録されなければ隠れキリシタンとみなされる。そのときどきの宗派でも名目上の信徒の数はふえたでしょう。もちろん浄土真宗の信者もふえた。

そうすると信仰の超越性のほうは世俗化します。鎌倉時代の最初の頃は〈超越性〉で訴えた、たとえいまどんなに苦しんでも死んだあとは浄土だというので、徹底的に訴えたことで信者もふえた。江戸時代の信者登録制度は強制的ですから信者もふえましたが、宗教を行政の道具として使えば信仰は衰える。だから世俗化したのです。

超越的信仰は同時に〝彼岸性〟ということです。仏教の世俗化の代価を支払うことによって行政は信者をふやし、信者をふやすことと信仰の世俗化は同時的におこりました。

キリスト教にはそういうことがないので、明治以降のキリスト教の布教は壁にぶつかったのです。日本のキリスト教の第一期は一六世紀で、プロテスタントは一人もいない。日本に来た宣教師のほとんど全部はカトリックで、その圧倒的多数はジェズイット＝イエズス会士でした。ザビエルがそう。その布教はかなり成功しました。しかしその後、どうして日本からキリスト教徒がいなくなってしまったかというと単純な理由で、弾圧されたからです。「長崎の二六聖人」なんかもそうですが、みんな殺されてしまう。明治になってもまだ隠れキリシタンを弾圧する。だけど開国したので、米国やヨーロッパが抗議し、また外圧を受けて（笑）、明治政府はいやいやながら弾圧をやめた。そうなるとキリスト教宣教師はイエズス会だけというわけにいかない。カトリックはみな戻ってくるし、さらに、初めてプロテスタントも日本へやってきます。

――道元と民衆との関係は？

親鸞は布教活動に熱心で信者をふやそうとしました。農村での布教活動は一人じゃできないから弟子もふやした。一方、道元《どうげん》は禅宗を広めようという態度をとらなかった。座禅をして専門の坊さんになる教育をしていたので、布教活動はしませんでした。それは大きな違いです。道元は修行の覚悟がある人は永平寺にいらっしゃいといった。相当猛烈な修行で、それを覚悟した人であれば永平寺は受け入れました。座禅の時間は決まっているし、細かい規則もある。

道元は民衆を教化しようとは強く考えなかったと思います。だいいち民衆として救われるという考え方を彼はとらなかったのであって、〈純粋個人主義〉者です。どういう個人であろうと、救われるとすれば、それは〈悟り〉による、悟りがなければ救われない。救われることの条件は〈悟り〉だけだ。ほかのあらゆる条件は問題にならない。みんなで一緒に悟ることもなく、救われることもない。誰にとっても〈悟り〉の手段は座禅すなわち只管打座《しかんたざ》です。

どうして道元が特殊なのか。彼は中国に行って、天童山の如浄《にょじょう》というお坊さんについて勉強しました。日本に帰ってきて永平寺で同志や弟子と一緒に座禅しますが、彼らは専門家集団に近い。彼の考え方はある意味で単純で、悟りが圧倒的に大事、ほかの一切のことは救いに関係ないという立場をとります。

たとえば、天台宗でも真言宗でも、「女人禁制」など男女の区別がいろいろある。平安仏教の中心は比叡山でした。比叡山のいう「女人禁制」などは道元の『正法眼蔵《しょうぼうげんぞう》』からすればまったくたわごとにすぎないという立場です。男であろうが女であろうがそんなことに興味はない。人間は二種類しかない。〝悟ってる人〟と〝悟ってない人〟。それ以外はいっさい興味がないし意味もない。男女の差別は仏教の教えと何の関係もないし、ただ騒いでいるだけで何もわかってないという、道元は烈しい言葉を吐いています。

第一に、いろいろな宗派が仏教にあるということは意味をなさないことで、仏教は一であって禅宗という宗派はない。第二に、〈悟り〉はあらゆる二分法、〈空〉と〈有〉というのもそこから出てくるのですが、あらゆる階層的な秩序というものを超えていくのが仏教であり、二分法はないというのが〈悟り〉の内容。そこに近づくための手段は座禅だという主張です。

中国と日本の区別も道元には問題にならない。中国人の坊さんもほとんど全部なま臭坊主で何もわかってない、中国人でさえわかってるやつはほとんどいないのだから、いわんや日本人なんて山猿のようなやつが何人集まったって、悟ることなどできやしないというのです。もし仏教に興味があるのなら永平寺に来いという。『正法眼蔵』にはそういうことまで書いてある。それも漢文じゃなくて日本語でね。日本人だから日本語でいったほうが細かいことがよくわかるというので、主著を漢文で書かなかった唯一の高僧が道元、少なくとも最初の高僧です。『正法眼蔵』にはいまいったようなことが繰り返し書かれています。

根本的には、〈自〉と〈他〉、〈有〉と〈無〉、〈生〉と〈死〉、もちろん〈男〉と〈女〉、〈天台僧正〉と〈字の読めない信者〉といった区別の二分法、西洋語でいうdichotomieを超克することが問題なのであって、そういう区別には意味がない。悟りがあれば、字の読めない人のほうが字の読める天台僧正よりも偉いということになる。知識は僧正のほうが一〇〇倍あるだろうけれど、知識なんて何の価値もない、価値があるのは〈悟り〉だけ。そういうことを道元は書いた。『正法眼蔵』からは一種の平等主義が出てくるのです。天台僧正は社会的地位としては最高です。仏教の最高権威と、字の読めないお婆さんとのあいだに、一切の区別は認めないというのですから猛烈です。

当時のほとんどすべての儒者と仏教指導者たちはみんな中国崇拝、中国崇拝がないという人はほとんどいなかった。キリスト教でも明治以降のプロテスタント、ニューイングランドに留学した人たちが多かれ少なかれ米国崇拝であったのに似ています。内村鑑三は例外でした。神の立場から米国人でも間違ってることは間違っているといった。神については米国から教わったけれども、神のほうが米国より上だからです。第一次大戦の米国の参戦にも真っ向から反対し、もちろん日本政府に対しても戦争の誤りを指摘しました。道元もそうです。そこが面白いところで、彼らは超越的真理あるいは権威を通してすべての人間の平等観に達したのです。彼らは日本の歴史のなかでも非常にまれな存在です。

道元が『正法眼蔵』を日本語で書いたということは画期的です。鎌倉仏教は親鸞と日蓮と道元、その中で主著を日本語で書いたのは道元一人です。親鸞といえども、布教に熱心だったけれど主著は漢文。日蓮には一種のナショナリズムがあったけれど、彼の主著は漢文です、手紙などは日本語ですが。道元のその業績は画期的です。デカルトが『方法叙説』をフランス語で書いたようなものです。

――悟りを開いたということを誰がどう判断するのか。道元はそのことをどう考えていたのか。

自分で判断するよりしようがない。悟りを開くと迷いがなくなるわけです。悟ったか悟ってないかどうだろう、ではなくて、非常な確信をもつのです。だから自分の判断なんだけれど、しかし、「悟りました」と道元の弟子がやって来ても、その中には悟ってないやつもいるでしょう。本人が「悟りました」というだけでは確かではない。悟りというのは意識のなかでおこることです。自分の意識のなかでどうやって客観的に判断するかということは非常にむつかしい問題で、原理的に不可能でしょう。道元は、たぶん原理的に不可能だということを知っていたと思う。それは道元だけではなくて、禅宗では、自分の意識のそとにあるもので尊ぶものは何もないのです。「経巻をもって不浄をぬぐう」ですからスートラ（お経）もだめだし、社会的地位も意味がない。そうすると何に権威があるかというと、先生だけです。それは一対一の伝わりかたをするので、〈師資相伝《ししそうでん》〉といいます。これは禅宗用語です。悟りを開いたと思ったら、意識のそとの唯一の権威は先生ですから、先生が印可を手渡します。〈師資相伝〉の客観的証明、私の意識のそとの証拠は印可だけ。だから印可は非常に大事なのです。

ところが、禅宗の坊さんも社会のなかで暮らしていかなければならない。社会には一種の規則《ルール》が必要です。交通規則のようなものですが、とにかく一種の秩序または規則がなければ共同生活を営むことはできないし、社会は成り立たない。そのルールは意識のそとにある。ところが悟りは意識のなかでおこっていることです。意識内のものと意識外のものをどういうふうにつなぐのか、という問題が生じます。それを橋わたしするものは何か。論理的に悟りの内容から導き出せればいいのですが、それはできない。意識内の事件から意識外にあるものへの道はつけがたいですよ。どういう規則をつくるかということは悟りからは出てこない。

悟りの根本は二分法の超越です。〈自他〉は一つ、〈一〉は〈多〉であり、〈多〉は〈一〉である。〈一〉と〈多〉との区別は超越する。〈自分〉と〈他者〉、〈生〉と〈死〉、〈有〉と〈無〉の区別も超越する。そのことから、どういう規則が必要かということは出てこないのです。しかし何らかの規則がなければ暮らせないわけで、どうやってそれを作るかというと、悟りそのものとは関係なく作り出すしかない。禅宗では規則を「清規《しんぎ》」といいます。『永平寺清規』だと永平寺の院内規則という意味。何時に起床して、食事は何時からとか、たいへん具体的な日常生活の規則です。食堂《じきどう》に来るのがばらばらで、一定の時間に坊さんが食堂に集まらないと困る。朝何時に起きろということは悟りの内容からは導き出すことができない。

中国にたくさんの禅宗寺院があった、それが伝統になるんですね。朝何時に起きるやつが多いかということで、代々の中国寺院でつくった「清規」があって、それが前例になり伝統になります。だから極度に保守的になる。あらゆる社会的・精神的な約束事《コンヴェンション》を破壊したうえで悟りに近づいていくわけですから破壊の徹底革命みたいなものですが、他方では「清規」は徹底保守主義です。なぜそうなるかというと、相互に関係ないから、二つは別のことだからです。関係はないということを知っていて、悟りの強調、つまり『正法眼蔵』を書くと同時に『永平清規』を書いたのは、私の知っている範囲では日本で道元だけです。その二つのことを関係付けることはできないが、しかし悟りがなければ禅宗ではないし、存在理由がなくなってしまう。他方、生きている以上は何が何でも規則は必要なんで、だから「清規」もつくった。その両者を関係付けるのは困難であると理解していたのは、日本ではおそらく道元だけだと思います。

キリスト教世界でそれが典型的なのはイグナティウス・ロヨラでしょう。ロヨラという人は一六世紀のスペインの神秘的神学家の代表的人物で、イエズス会の創立者です。彼の神学的立場はキリスト教神秘主義、神との体験的一致。禅宗の悟りに非常に近い。禅宗の悟りはキリスト教的な意味での神秘主義の一つの形態といってもいいくらいに近いです。その一体感の相手は絶対者、つまり神だ。精神的及び肉体的に神との一体感に達するのですが、それが信仰の核心になる。

ロヨラは同時にイエズス会の規則をつくりました。イエズス会の規則は『永平清規』に酷似しているのです。何時に起床するか、朝歯を磨くのにどこで何分間かとか、食事は何分間とか、すごく細かい。それはほとんど「キリスト教的清規」といってもいいくらいで、ロヨラももちろんそのことを理解していたと思う。彼の神秘的神学からイエズス会の規則を引き出すことはできない、しかし両方ともどうしても必要だ。

だから、彼は二つの文章を書いた。いかに神秘体験に到達するかという問題と同時に、細かい『イエズス会会則』を書いた。まったく道元と並行しています。実に面白いことだと思いますね。

第五章　能と狂言の時代

石母田正さんと木下順二さん

五章に入る前に石母田正《いしもだしょう》さんのことにふれておきたい。石母田さんは『平家物語』という岩波新書を書きました。本のかたちが薄いか厚いか、小さいか大きいかということは本の価値とまったく関係ありません。本当の価値は、誰もいっていない独創的なことをいっているかどうかです。他人がいったことをもういっぺんいうのではなくて、まったく新しいアイデアがあるかどうか、そのアイデアがただ誰もいってないということだけではなくて、重要で新しいことを説得的にいっているかどうかです。石母田さんの『平家物語』の〔平〕知盛《とももり》の解釈は新しいものですが、それだけではなく、『平家物語』全体の評価に係る深い大事な問題について独創的なことをいっているという二点が決定的です。この一〇倍の厚さの本を書いて博士号を取っても何もならないでしょう。

石母田さんの専門は古代史です。そこにもいろいろ発見があるのですが、その話はまた別の機会にゆずります。私は石母田さんとは個人的にも友達で、一緒に『作庭記』を読んだこともあります。『平家物語』で彼は大発見をしました。それが知盛の解釈です。『平家物語』に関する参考書は江戸時代以来何百冊とありましたが、知盛はただ壇ノ浦で敗けた平家の大将というだけで、『平家物語』の主人公じゃなかったのです。

ところが石母田さんは知盛を新しく解釈しました。それ以前に石母田さんのような知盛解釈はありません。木下順二さんはそこからアイデアをもらった。『子午線の祀《まつ》り』という芝居全体は木下さんのものだけど、なぜ知盛を主人公にしたかというのは、石母田さんを踏まえたからです。木下さんはそのことを「石母田平家」から学んだとはっきりいっています。どういうことかというと、知盛は有能な軍人で、同時に、反戦の立場をとった人物です。源氏と平家がまた殺し合いして死ぬ、戦争ということ自体が組織的な殺し合いで、味方も敵も実にむなしい罪なことであると、人間のむなしさみたいなものを知盛は感じていた。そういう両面のあった人物だというのが面白い。

これは木下さんの『子午線の祀り』にも出てきますが、知盛は最後の敗けいくさのときにも冗談をいったりします。彼は現場で指揮していたので、天皇や宮廷の人たちの船にずっといるわけではない。彼が来たときに周囲が「戦況はどうですか」と訊くと、女房たちに向って「まもなく、あなた方もひげ面の東男《あずまおとこ》と会えるだろう」と答えます。この期に及んでそんな冗談を、なんてあきれているあいだに、忙しいからまた別の船に行ってしまう。

そこには距離がある。ふつう、事件渦中の当の本人にはヒューモアはない。なぜなら対象との距離がないから。直接の当事者ではなくて、引き離してみたときにヒューモアは生じるので、観察する対象との距離が必要です。知盛は将軍だから当事者中の当事者です。同時に、観察者。それが石母田さんの解釈で、木下さんがやったことは、それをふくらませることです。観察者としての知盛を考えるとき、大事なことの一つは、『子午線の祀り』の前半、知盛が戦争をやめたい、たたかわないですめばいいというところです。作品の内容に立ち入ることになりますが、もう少しつづけます。

源平が戦争をやめる唯一の方策は、後白河法皇が握っている。この後白河法皇というのはまた実に面白い人物です。観察者ではあるが、知盛とは違って軍隊をもってないし経済力もない。法皇だから制度的には天皇の力はない、天皇の権威はあるけれど、引退したのですから政治的決定権を法的にもっているわけではない。陰で操る実力者です。その力の源は何かというと、権威だけじゃない。源氏と平家は武力を行使している。それをどうやって仲裁するか。ただおやめなさいというだけじゃ誰も聞かないわけで、どういう圧力をかけたかというと、まず、勅許《ちょっきょ》を出したり、法皇の資格において命令を出したりして平家の軍事力を使って源氏を抑える。そして平家が強くなりすぎそうだと判断すると、今度は源氏の大将と陰で話し合って、義経を使って平家を抑えようとする。

後白河法皇はそういうことがものすごく巧《うま》い。一方では〈今様《いまよう》〉をつくって遊んでいるかと思えば、政治の面では軍事力も経済力もないのに操るという、実にマキャヴェリスティックな冴えた操作をする人物です。彼の態度は、何回変るのかわからないくらい変るのですが、早いときには数週間のうちに変っています。一時は京都へ入ってくる木曾義仲を支持したのに、あっという間に義経にあいつを征伐しろと命令を下すのです。

知盛はこの期に及んで、戦争を仲裁してやめさせるために、後白河法皇の intrigue

（陰謀）――机の下で手を握って机の上で征伐の命令を下すような政治的陰謀を使って実現しようと考えた。それで、巫女の影身を――『子午線の祀り』の初演（一九七九年）では山本安英《やすえ》ですが――後白河法皇の所に小舟で送って説得させようとします。それは知盛の反戦の面の強調です。

そのシーンは『平家物語』にはない。そもそも、影身という人物は『平家物語』には出てこない。そういうわけで、『子午線の祀り』のほうが『平家物語』より徹底して、将軍としての、当事者としての、戦闘的な軍事戦略家としての知盛と、その戦争の全体を眺めている歴史家としての、哲学者としての、反戦的観察者としての知盛というものの二つの分裂を、木下さんは見事に描いています。

木下さんは『平家物語』の核心にぱっと行きました。それは『平家物語』を少し読んだり関係文献を見たりしたことのある人にとってはたいへん新鮮で面白い。私も画期的な平家解釈だということをすぐ感じました。しかし、すぐ芝居として作品化したということは、よほど強く木下さんを打ったからでしょう。木下さんは一方でシェイクスピア研究をしていました。かなり翻訳もしています。そこで、当然、知盛の二重性というものに惹きつけられたと思います。

『子午線の祀り』とシェイクスピア

ある程度までは『ハムレット』ですね。ハムレットは親父のために報復するという行動人だけれども、物語は同時に、"To be or not to be"の科白のように、デンマークの皇室のcorruption（堕落）とintrigue（陰謀）とmurder（殺人）といろんなものが入っている復讐譚です。剣で刺すというのだからまったく暴力による復讐ですが、同時に、これは自殺したほうがいいとか、どこかへ逃げちゃったほうがいいとか、観察者として全体の行動を疑っている人物です。それは根本的な違いです。普通の行動人なら自分の行動は正しいとまっしぐらに進んでいくわけで、ことの全体を見て、むなしいことじゃないかと考えるのは哲学者や詩人の仕事で、彼らは戦争には参加しません、ふつうは。ところがハムレットは懐疑的になる。

同じ復讐譚でも『忠臣蔵』とは違う。『忠臣蔵』は復讐にまっすぐ行く。復讐のあらゆる手段をとってぜんぜん迷わない。大石内蔵助は復讐しないほうがいいかもしれないとは考えない。吉良上野介だって家族もあればいろんな事情もあるだろうし、双方が喧嘩したって片一方が真っ黒でもう一方が真っ白ということはあまりないし、吉良上野介を殺すとこちらも殺されるわけですから、そういうことをするのは意味がないかもしれない、討ち入りをやめようか、とは思わない。ところが、ハムレットは途中で迷う。それは木下さんの熟知していることで、石母田さんの『平家物語』を読んだときに、聯想がそこに飛んだに違いない。

しかし、〈四大悲劇〉のなかでもっとはっきりしているのは、『オセロ』でも『マクベス』でもなくて、『リア王』です。リア王は最初は圧倒的な権力をもっていました。娘たちに遺産を分けて裏切られる。結局、彼は力を失って嵐の荒野をさまよいます。軍隊を失ったので彼についていくのは道化師だけ。宮廷には王様の道化師がいるんです、ハムレットにも出てきますね。最後に彼の味方になるのは末の娘、おべんちゃらをいわなかったのでリア王が領地をやらなかったコーデリアです。荒野で少し頭がおかしくなった王と、ついていく道化師はすでに〈行動人〉ではない。第一、その能力を失っています。それと敗軍のコーデリアだけになる。領地をもらった二人の娘たちには軍隊がありますから、リア王もコーデリアも囚われます。

そこから、リア王のいうことがだんだん哲学的になる。権力闘争そのものがばかばかしいと、つまり哲学者になっていきます。権力をもっていたときは、おべんちゃらをいうやつに領地を分けたりするくらいですからばかな王様なんですが、しかし権力を失ったあとは、ある意味で非常に聡明な哲学家、思想家になる。要するに〈観察者〉になるのです。オブザーヴァーは周辺部《マージナル》にいると先ほど言いましたが、広く解すれば、リア王もその枠に入る状態におかれる。ばかばかしくて権力者になりたくもないし、なる能力もないということですが、行動しないと、人間の愚かさがよく見えてくるということだと思います。

知盛にもややそういう側面があります。時期によって違ってくるのですが、最初はいかに勝つかということを計画しているけれども、『子午線の祀り』だと将軍が同時に反戦主義者でもある。戦争をやめたいと思って、それに失敗するとまた戦争計画に入るのだけれど、しかしむなしさも感じる。そういう重層性を一身に持った存在です。その知盛が最期にいうのが有名な「見るべき程のことは見つ」という言葉です。観察するに値することは全部観察した、歴史を理解したということです。リア王が最後に捕まってから、コーデリアが殺される前に彼女に呼びかける場面があります。さあ、これから一緒に牢屋に行って、籠のなかの鳥のように二人だけで歌をうたおう、古い昔話を二人だけでしよう。宮廷のなかを派手な着物を着て飛び回ってる蝶々、つまり権力のある宮廷の人たちですが、その蝶々たちの愚かしさを嘲笑ってやろうじゃないか、という。"Come, let's away to prison; / We two alone will sing like birds i'th'cage;" たいへん有名な科白です。

木下順二にそれがひらめかなかったはずがない。私の考えでは、『子午線の祀り』の知盛は、もっともするどく『リア王』に出ているような行動人の愚かさを見破るところの〈観察者〉だ。clever じゃなくて wise の人。wise observer です。将軍も王様も詩人や哲学者に変る。どちらも非常に根本的な人間の性質に係るのです。それと石母田さんの『平家物語』の新解釈とが結びついて『子午線の祀り』が書かれたと思う。知盛は非常に面白い。

もっとも、義経も『子午線の祀り』ではかなり面白いと思うけれどね。彼もちょっと『平家物語』からはずれている。木下さんの義経は初めのほうで梶原景時《かげとき》と喧嘩するとか、鵯《ひよどり》越えとか、あまりにも冒険的な作戦を立てます。軍事的には大成功したけれど、ちょっとヒトラーみたいなもので、たまたま運がよかったから成功したのかもしれません。

そういう人として義経は『平家物語』に出てくるのですが、木下順二の義経には二つの面があると思う。非常に優れたインスピレーションで作戦を立て、戦場では軍事的に成功した指導者でしたが、政治家としては頼朝的じゃない。頼朝と後白河法皇はどちらもウソをついて裏切ってごまかすという政治家で、一種の政治的天才です。義経はそういうことはおよそへたです。梶原景時と喧嘩していてはだめなんで、あんな者は買収した方がいい。義経は稚拙な政治家でしたから、兄の頼朝の戦略や後白河法皇の企みとは勝負にならないので敗けた。義経は戦場で勝って戦争で敗けた。To win the battle but lose the war. です。

義経の第二の特徴は、ただ勇敢で、突拍子もないことを考え出すだけじゃなくて、戦場では連戦連勝で、鵯越えで勝ち、屋島で勝ち、壇ノ浦で勝った。そこには高度に緻密な目的合理性の追求もあったでしょう。下関で水の流れを観察するのに水夫を集めて意見をよく聞き、自分でも確かめて、何時に潮の流れが変るかという非常に細いことを研究します。乱暴で勇敢な将軍指導者というイメージとは少し異なっている。家来たちはよくわからないのに一人で潮の流れを見ているというシーンが『子午線の祀り』にはあります。幼稚な政治家で敏捷な将軍という矛盾が内面化されて、戦場における義経には、合理的で冷静な観察や計算を尽くす面と、自ら先頭に立って馬で崖を下りていくという勇敢な面の、両面の緊張関係があります。そういうことが『子午線の祀り』ではたいへん面白いし説得的でもあります。

——日本の演劇の発達が中国やヨーロッパに比べて遅れたのはなぜか。

ギリシャ演劇は紀元前五世紀でしょう。当時、日本はそもそも存在しないわけで、日本がはじまるのは紀元後七、八世紀くらいだとすると、だいたい一〇〇〇年以上の時間差がある。それはちょっと比較にならない。ギリシャの古代が例外なんで、日本が例外なのではない。アイスキュロスとソフォクレスとエウリピデスの御三家のギリシャ悲劇が成立したほうが奇跡的です。ギリシャと並ぶ、あるいはもっと古い大文明は揚子江流域でおこった中国文明ですが、中国の演劇の歴史はわりに遅くて、だいたい一三世紀から一四世紀にかけての元曲《げんきょく》というのが現存するもっとも古い中国演劇の脚本です。京劇はもっとあとの明以後、清の時代に発展したものですからそんなに古いものではない。演劇における中国はあまり中心的ではないです。

だから、中国文化圏のなかではギリシャ劇に匹敵するようなものが早くあらわれるということはなかった。インドもギリシャほど古典劇はたくさんあるわけじゃない。インド古代劇は、あることはありますが、ギリシャ劇のなかに入っている人間の〈自由〉と〈必然〉のような、人間存在の根源的な内容が表現されるというものではない。そういう意味では、おそらくヨーロッパのほうが例外だと思います。

しかし、そういったうえで、近代のヨーロッパ文化や中国文化と比べて、日本文学のなかで演劇はわりあい比重が大きい。ことに一五世紀以降はかなり重要になってくる。能と狂言のあとには人形劇が出てくる。それが歌舞伎の役者の劇につながり、歌舞伎がさらに発達して一八世紀から一九世紀にかけてが完璧な時代です。二〇世紀に入ってからヨーロッパの近代劇の影響が強く出てきますが、それでも能と狂言以来の日本の演劇の伝統は途中で切れないで連続していた。その内容も非常に洗練されています。

——壬生《みぶ》狂言は音の動きや響きはインドネシアのガムラン音楽に似ている。無言劇の所作は東アジアの影響があるのではないか。

壬生狂言とガムランは一種、似た響きがあります。私は専門家ではないのでわかりませんが、東アジアの影響を受けたのではなくて、もし影響関係があったとすれば逆でしょう。たぶん、南のガムランの古いかたち、ガムランを生み出したインドネシアの音楽が東アジアに影響したのではないかと思う。日本もふくめた東アジアへの文化の流入ということを考えた場合、ことに音楽に関してそうだと思います。ルートが二つあって、自発的にできたのはもっとあとの話で、大雑把には、南からポリネシア、台湾、沖縄と北上してきたものと、中央アジアからきたものの二つがあります。あとのほうはもちろんシルクロードを通って来た。ある程度、音のひびき、音楽の構造もそうでしょうし、楽器もそう。正倉院の楽器は中国から朝鮮半島を通ってきたのだけれど、中国、朝鮮で発明したものではなくて、もとはペルシャなど中央アジアの発明です。

——インド文化とヘブライ文化とのあいだに関係があったか。

わからない。関係がないとはいえないかもしれませんが、確かなことはわからない。インドの文化と中近東から西にかけての文化、ことにユダヤ人との交渉は二つの波があると思う。第一の波は、この設問と関係付けるにはあまりに古いものです。言語学上、ヘブライ語はインド・ユーロピアン言語の一つです。ヨーロッパの言語の展開というのは、アラビア語やヘブライ語もふくめて、古代サンスクリット語と古代ヘブライ語は関係があるということは証明されています。ただ、インド・ユーロピアン言語が成立するためには、もちろん文化の交流があったに違いないのですが、それは非常に古い。有史時代以前のことなので、この話からは遠すぎる。第二の波は、今度は近すぎる。インドの文化をヨーロッパに入れたのはアレキサンダー大王です。あとは一六世紀の大航海時代で、そうなるともうサンスクリット語ではなくなっている。

問題は、インド・ユーロピアン言語の成立の時期に影響があったのかということになりますが、それはちょっと古すぎるのじゃないかと思う。アレキサンダーの場合は紀元前二世紀頃の話ですから、これは新しすぎる。たぶん、ヘブライ語のテキストのもとの考え方は、おそらく直接の影響はないのではないか。歴史的に知られている言語学的関係は古すぎるし、もう一つのアレキサンダーの北インドの征服は近すぎる。その中間に何がおこったか、それはわかりません。

——創造的な文化である能と狂言がなぜ平和な時代ではなく、内乱と一揆の時代に生まれたのか。それは世界でも共通することなのか。

たしかに、内乱の時代に創造性がはっきり出てくるというのは、よくあることです。どうしてそうなるのか。ヨーロッパは絶えず戦争していました。戦争してなかった時期はあまりないというか、のべつに戦争していた。ギリシャがそうですが、ヨーロッパの場合、戦争はコミュニケーションの手段の一つなのです。

異文化間接触の二つのかたち

質問に直接答える前に、文化接触の基本的形態について考えてみます。二つの国家、二つの人種、二つの文化、――二つのグループがあるとき、そのあいだに関係が生じます。考えられる関係のもっとも基本的な一つは平和的な関係で、その第一は結婚です。正当な結婚は、異なる二つのグループのあいだで人間を〈交換〉します。たとえば、グループAの男または女がBの女または男の所へ行く――〝婿《むこ》入り〟か〝嫁入り〟というふうになる。同一グループ内で結婚することをendogamyといい、それはタブー禁忌です。異なるグループ間の結婚はexogamy、これが結婚の常態で、いままで知られている人間社会で、このタブーのない社会はないといわれています。

結婚の禁忌の範囲はさまざまです。オーストラリアのアボリジンのように人口の半分をしめる場合や、われわれに身近な具体例としては、朝鮮半島と中国の一部に見られるような同姓同士の者の結婚を禁じている例もあり、これもかなりの大きさになる。ところが近代ヨーロッパ社会、いまの日本もそうなっていますが、グループはとても小さく、兄弟姉妹間の結婚はできないでしょう。兄弟姉妹がつくる家族が、親が共通だということで定義されるとすればたいへん小さなグループで、近親間の endogamy がタブーになっている。

日本の古代、『古事記』とか『風土記』になると、タブーの範囲はおそらく世界でもっとも小さい場合の一つです。兄弟姉妹もそのグループに属さない。父親が共通でも、母親が違えば結婚していいわけです。日本における近親相姦の〝近親〟とは何かという問題にもなりますが、同じ両親の子どもがグループを形成しているのではなくて、母親が同じときの結婚がタブーになります。それから親と子どもは結婚してはいけない、母の立場からすれば自分の子どもと結婚してはまずい。日本の古代の少なく

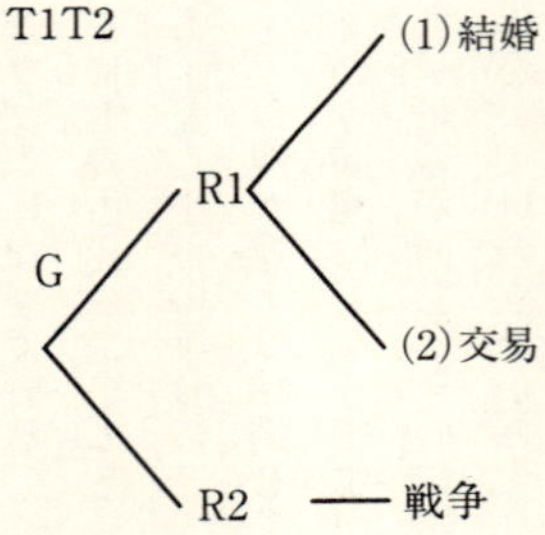

とも上流階級で、文献に残っている人たちの場合には手がかりがありますから、それを調べると、父親が共通という男女は結婚しています。いとこはいうまでもありません。

異文化接触としての結婚の基本形態について横道にそれましたが、あらゆる社会におけるすべての結婚において、endogamy のタブーが成立します。別の言葉でいえば、すべての結婚は、exogamy 即ちグループ間の交換活動になります。結婚は人間の交換ですが、物の交換もありえます。つまり交易です。

異文化間接触の基本的な三つのかたちについて図にして説明しましょう。二つのグループＴ１とＴ２相互の関係は二つあります。一つはＲ１・平和的な関係で、もう一つはＲ２・暴力的関係です。Ｒ１の一つは〈結婚《マリッジ》〉、二つ目は〈交易《トレード》〉。Ｒ２は〈戦争《ウォー》〉です。与えられたグループＴ１、Ｔ２〜Ｔｉとあって、その相互の関係、Ｔ１とＴ２との関係とかＴ２とＴｉとの関係は、分かれたグループがいくつかあって全体で社会を構成しているのですが、Ｒ１の(1)は人間の交換＝〈結婚〉で、Ｒ１の(2)

は物の交換。物々交換です。その暴力的関係が〈戦争〉です。〈戦争〉は二つの異なるグループ間のコミュニケーションの基本的形態なのです。異文化接触というのは〈結婚〉するか〈交易〉するか〈戦争〉するかということになる。内乱というのはR2です。

ところが、その三つのうち〈結婚〉はしばしば個人的なので、常にではないですが、社会が大きければそれほど社会的意味を持たない。もちろんオーストラリアでも〈結婚〉が中心です。しかし、〈交易〉と〈戦争〉が二大コミュニケーションです。平和なときも〈交易〉はありますが、〈戦争〉になると二つのグループの関係は飛躍的に密接になる。

〈戦争〉と文化創造との関係

一つの例は、先ほどふれたアレキサンダー大王の「東征」。東に進軍して最初にペルシャの帝国を破ると、アジアへの道が開けた。アレキサンダーのマケドニア＝ギリシャ軍に匹敵する抵抗力を備えた部族はいないですから、相手が屈服すればそれでよろしいし、もし抵抗すれば軍事力で排除して進みます。

その結果何がおこったかというと、ギリシャとの関係が非常に密接になって文化の交換が行われます。ギリシャの彫刻は東に進み、その影響が強く出てくる。先ほどの言語の問題ははるか以前の話です。あれだけ洗練された彫刻を持っていたのはペルシャ以外にはない。そのペルシャを破ってアレキサンダーが入ってくれば、単なる武力の問題だけではなくて、神様や人間の彫刻の技術はギリシャ側が圧倒的なわけでしょう。アレキサンダーが最初に入ったのはアフガニスタンですが、アフガニスタン美術はほとんどギリシャの模倣です。もう少し東へ行くとインドになるわけで、仏教を宗教としていた西北インドに何がおこったかというと、ギリシャの彫刻技術を使って仏像をつくりました。

ギリシャ文化と仏像文化の関係について、二つの学説があります。一つは仏像がガンダーラで発生したという「一元説」。仏像が発生したのは西インドじゃなくてマトゥーラというネパールの少し東の地方とガンダーラ地方ですが、そこでギリシャ文化の影響を強く受けて仏教彫刻をつくった。ガンダーラ仏像もマトゥーラ仏像もいまも残っていて、マトゥーラのほうがインド的で、ギリシャ彫刻からの影響を受けてはいますが離れています。たとえば、ガンダーラ仏像の髪の毛の扱いはギリシャと同じですが、マトゥーラは扱いが違う。顔つきも違う。

それをどう解釈するのか。もし仏像をギリシャ彫刻の圧倒的な影響下で彫像したと考えれば、そもそもアレキサンダーが持ってきた刺激で成り立ったと解釈して、この話は辻褄が合います。西のガンダーラはアレキサンダーが入ったばかりだからそのまま真似したが、マトゥーラは少し遠いですから、そこへ到着したときには影響が少し薄れている。マトゥーラでは自分たちのアイデアでもって模倣をしたのではないか。時間的にも説明がつく。

ところが、別の説もある。ガンダーラではギリシャの圧倒的な影響を受けたが、マトゥーラではだいたい同じような時期に独立して仏像が発生しつつあったという説で、二つの仏像文化が並行して出てきたと考えるのです。マトゥーラが噂でガンダーラの話を聞いたかどうかはわからないけれど、いきなりアレキサンダーの影響を受けたのではなくて、そのあいだに相互の影響関係があったといいます。このようにガンダーラ発生説の「一元説」と、ガンダーラとマトゥーラで並行発生したという「二元説」がある。

インドの仏像がその後どうなったかというと、一つは南へ行く。ボンベイ、カルカッタ、デカン高原、セイロン、タイと仏像は南下していきます。様式的にいえば、どちらかというと北のほうに伝わりました。北上した仏像文化は中央アジアのシルクロード、サマルカンドからネパールを通って北中国の敦煌《とんこう》へ。ここから洛陽《らくよう》はもう遠くはないです。だいぶ下った五〜六世紀頃の六朝《りくちょう》の時代になれば北魏《ほくぎ》の仏像ができる。いま仏像の話をしているんですよ（笑）。北魏の仏像は大事です。そこから仏像はさらに二手に分かれ、一つは山東省から直接海を渡って、もう一つは朝鮮半島を通って——朝鮮半島ではその影響下で仏像がたくさんつくられました——終着駅日本へたどり着きます。それが奈良、京都です。ずいぶん遠くでしょう。あとのほうのコミュニケーションはかならずしも〈戦争〉ではない。

アレキサンダーは〈戦争〉です、軍隊を率いて侵入するのだから。しかし、シルクロードはその名のとおり「絹の道」だから、そこからは〈戦争〉ではなく〈交易〉になります。だから、〈戦争〉と〈内乱〉は非常に大事です。仏像の歴史はアレキサンダーの「東征」をはずして論じることはできない。仏像文化の伝播は、半分は〈戦争〉を通しての、まさに戦乱の時代の産物です。

この場合のもう一つの特徴は、彫像に関して技術的な格差が大きかったことで、それは段違いにギリシャが進んでいました。それが中国の六朝になれば一〇〇〇年近くも経過していますから、中国風になる。だけどギリシャの痕は残っています。敦煌で六朝の壁画や彫刻をよく見ますと、純粋にギリシャの影響はよく残っている。ガンダーラの仏とは違うけれど。ガンダーラの仏はひと目見ればわかります。

そこで、結論。異文化間のコミュニケーションは平和的にも行われるけれども、〈戦争〉はそのなかで非常に大きな手段だ。しかるに、異文化接触というのは、新しい文化を生み出すのにいちばん強い動機です。だから独創的な文化が発達するということがあります。

余談ですが、奈良、京都の文化がそれ自身でまた発達して、一八〜一九世紀にかけて浮世絵になった。浮世絵になった文化は、また海を渡ってフランスに行って印象派に影響を与えた。それで結局、ヨーロッパから発した文化がひと回りした、ということを木下杢太郎《もくたろう》は考えていました。

別の例はモンゴール帝国です。モンゴール人は西に向った。一つはロシアに向って北上し、また南下してきます。一つはまっすぐインド、中央アジアからヨーロッパへ向う。両方ともトルコを通る。そうするとやはり、戦争による異文化接触というものがあらゆる場所でおこるわけです。アレキサンダーは美術にしても哲学にしても、圧倒的に進んだ文化をもっていた、軍事的に圧倒しただけでなく、文化的にも圧倒的でした。モンゴールは、武力において圧倒的だったから征服しましたが、文化的な彫刻とか文学という話になると、遊牧民ですからそんな手のこんだことは知らなかった。

そこで何がおこったかというと、被占領者のほうが占領者よりも文化的にははるかに高いという逆の現象がおこった。戦場で勝ったほうの文化的無条件降伏です。軍隊はどんどん先へ進むけれど、途中で親玉を一人残して、たとえば北インドでムガール帝国をつくります。いちばん大掛かりなケースがムガールのモンゴール時代です。それはイスラム国家以前のこと。そこを支配したけれども、彼らはしたたかにインド文化に同化してしまった。遊牧民文化の新しい影響は入ったものの、全体としては、ことに技術面はインドとペルシャのものです。ペルシャのモスクなどを建てたのはモンゴール人の力ですが、技術者はペルシャ人です。タイル文化などもそう、モンゴール人はテントの住人です。テントとタイルではだいぶ距離がある。

だから、ちょうどアレキサンダーと鏡像、左右入れ違いです。アレキサンダーは勝ったほうが文化を押しつけた。ジンギスカンは勝ったほうが文化を学ぶ、あるいは同化されてしまう。

ヨーロッパ史でそういうことがおこったのはローマ帝国です。ローマ帝国は紀元前にギリシャを征服して、ギリシャは植民地になる。しかし文化的にはローマ人がギリシャ語を学んだので、ギリシャ人がラテン語を学んだわけではない。逆転現象がおこった。プルタークはギリシャ人で、ギリシャ語で書いた。だから、ローマ対ギリシャは、ややモンゴール対ペルシャとかモンゴール対北インドと似ています。

社会的約束事が壊れるとき

もう一つは、異文化接触ではなくて、一つの文化内部で内乱がおこって国内が混乱状態になったりすると、それまでその社会がもっていた社会的約束事が壊れます。建物だけじゃなくて、生きている人のなかの価値の体系が壊れる。価値はかならずしも倫理的価値や政治的価値だけではなくて芸術的価値でもあるでしょう。『建礼門院右京太夫集』の「なぜ月の話ばかりして星の話をしないのか」という疑問の答えは、それが社会的約束だからだということになります。ほかに何の理由もない。伝統的にそうなっていたからで、いかに〈伝統〉が詩人あるいは歌人の感受性と表現をしばるか。ものすごい力です。

その力があまりに強いために、最近の文芸理論のなかには、文学を論じるのに作者はいらないという説さえも出てきた。作者と作品の関係などよくわからないのだから、そんなものははずして、その作品に先行する同時代の文化、あるいはそれ以前の文学作品が新しい文学作品に及ぼす影響を考察する。作者がつくるのではなくて、文学的伝統が文学作品をつくるのだという極端な考え方。それを「テキストの理論」といって、最近大学ではかなり流行っています。そういう理論が出てくるくらい伝統とは強いものです。

ところが、混乱の時代はそれを一挙に壊してしまう。「源平の戦い」で平家が滅びると同時に歌の伝統も壊れた。だから、建礼門院右京太夫は星空を見上げた。つまり、混乱は伝統からの解放になるのです。解放は社会的約束、芸術表現上の約束の破壊です。そうすると芸術家は自由になる、ということが一つあります。

混乱から出てくるのはまた〈個人〉です。頼むものは自分しかない。村があって、そこには政府の役人がいる、律令制は中央集権的制度です。律令制が壊れてしまうと村の安全を誰も保障してくれない、自分で守るよりしようがなくなる。元サムライの強盗が襲ってくると、百姓は軍事訓練を受けていませんから太刀打ちできない、そういうときに別の浪人集団を村で雇うわけです。黒澤明の『七人の侍』はそれを描いています。病気になると比叡山の坊さんに加持祈禱をしてもらっていたのが、内乱で来てもらえないことになると、死んだあとで極楽に行きたいのに比叡山は信用するに足らずとなります。あるいは信用していても来てくれない事態になってしまった。それが平安朝末期です。

そうなると、村全体でどこかのお寺や神社に頼るということだったのが、戦争で寺社がみな逃げたりばらばらになってそれまでの関係が崩れると、自分しか頼るものがなくなります。そこで、第一義的に信仰の個人化がおこる。どういうかたちでおこったかというと、浄土宗、ことに浄土真宗でおこった。「南無阿弥陀仏」と唱えるのは難行《なんぎょう》に対する易行《いぎょう》です。どうして易行かというと、いままでそんなに熱心ではなかった村の人にいきなりお経を読めといってもできないから、法然と親鸞はお経を読む必要はないと説いた。浄土に行くのにお経を読む必要はなく、よく仏を念じて「阿弥陀仏」と唱えていればいい。ただ、年中唱えてないとだめですから隣の人には迷惑だけれどね（笑）。それは私がいってるのではなくて、『愚管抄』という歴史書を書いた天台宗の僧正慈円が、――藤原家の親族で比叡山の大僧正ですが――、「近頃、念仏宗というものが流行って、ギャアギャア無学なやつが念仏唱えてうるさくてしようがない。まるで春の田に鳴く蛙の如し」と書いていることです。

易行であって「南無阿弥陀仏」と唱えれば浄土に行けるといったことの意味は、一人ひとりの個人が浄土に行けるように努力できるということです。信仰が篤ければ浄土に行けるわけで、それは信仰の個人化です。村の共同体だと係りの坊さんがやってくれるから心配しなくてもよかったけれど、一人でやれるということになると、「南無阿弥陀仏」。信仰の個人化がおこれば、同時に芸術の範囲は極度に拡大する。

いままで単なる社会的約束事に従ってやっていたのが、文学的伝統の束縛だけではなくて、今度は、実際の人間の集団が個人を、芸術家を束縛しはじめるでしょう。ところが、その芸術家は芸術的伝統から解放されると同時に、集団主義からの束縛、自分の属する村の圧力からも解放される。一種のカオスが生じます。しばしば命がけだけれども、内乱がおこると、創作が盛んになるのです。それが内乱、戦争のポジティヴな意味です。

いまいっていることは重大な問題で、一般論からいえば、〈戦争〉は異文化間のコミュニケーションです。異文化コミュニケーションの度合いと新しい芸術が栄えることとの関係は密接で、孤立した文化というものはかならず停滞する。ギリシャが栄えてあれだけの文化を生み出したことの一つの理由は、ギリシャが文化の十字路だったからです。エジプトが入り、シリア——昔のバビロンやアッシリアですが——が入り、いろんな種類の違う文化がギリシャに集まってきた。ギリシャは異文化の carrefour 交差点です。ギリシャの文化はその初めから独立しておこったというよりも、そとからたくさん入ってきたものとの融合、衝突、妥協で想像力を育みました。あらゆる文化は雑種ではじまります。雑種でなければ停滞する。

停滞の典型的な面白い例は、また脱線するときりがないのですが、メキシコのマヤ文化です。これは非常に長いあいだ、石器時代から一六世紀にスペイン人が来るまで孤立していました。世界で最も孤立していて洗練された文化を生み出したのはマヤです。一つの文化を長期にわたって外部から遮断したら、いったいそこに何がおこりうるか。この話は夜も眠れないほど面白いのです（笑）。

古代文化の場合、文字を発明したかしないかという問題があります。孤立した文化はほとんど文字をもっていない。よほど特殊な場合でなければ文字を発明しない。それから農業、ただ森へ行って木の実をとってくるだけでなく、自分で畑をつくるかどうかです。畑をつくれば灌漑が必要になり、生産力が画期的に拡大しますから、農業技術の影響は大きい。それから冶金、石だけでいくのか青銅器のような金属を使うのかということもある。ヨーロッパでは青銅器を使用しました。それから暦も必要です、もうすぐ雨期になるというような知識。

車輪の文化も必要です。これも画期的なことで、車輪なしで物を引っ張るのは抵抗が大き過ぎる。車輪の使用は大きな可能性をふくんでいます。引っ張るというのは水平の力でしょう。水平の力を回転の力に変えることができる、回転の力もまた水平の力に変えることができる。そこで、水平運動と回転運動の相互交換を発見するかしないかは大きな問題です。荷車や自転車では輪の回転運動を水平運動に変換したものですが、その相互変換の発見は決定的で、後の文明のすべてに係ってきます。最後に、どういうエネルギーを使用するかという問題もある。どの文明でも人力でやりますが、ことに農業に家畜を使うかどうか、大地を耕すときに牛や馬に引っ張らせるかどうかがカギです。大地に鋤《すき》を深く入れれば入れるほど単位面積の土地からの生産は高まります。それを人力だけでやるのはたいへんですから牛や馬を使う。

孤立した文化というのは停滞する傾向があると先ほどいいましたが、わかっていることはどんどん洗練されるけれど、ある種のことにはついに気がつかないようです。たとえば、メキシコのマヤ文化は、文字を若干発明し、石の建築を非常に発達させましたが、車輪を発明しなかったのです。気候の問題もあるでしょうが、家畜も使わなかった。ある文化に動物を使うという習慣が入ってくるのも、車輪を使うというのも、外国の影響が大きい。外国との接触がなければ、自分で発明する確率は非常に小さい。世界中で最も高度に発達した新石器文化のマヤでさえ車輪は欠落しました。もし彼らがどこかで中国人と接触していれば、人種的にはマヤは中国と近いらしいのですが、それはもう朝飯前だったでしょう。ひと目見れば、これは便利だとわかる。中国人ははるか以前から動物を使っていましたし、車輪もよく知っていた。それは異文化接触が遮断されていなかったことの証拠です。マヤはかなりすぐれた太陽暦をもっていて、石の彫刻や建築は大いに発達していた。しかし、異文化との接触がなかったために停滞した。

そこまでいかないけれど、日本は島国で、長いあいだ鎖国していました。鎖国の時期の一つは縄文時代。大陸とあまり交渉がなく、ほぼ孤立していた。縄文の焼物というのは日本列島に住んでいる人たちだけでつくったもので、異文化の影響はあまりない。縄文人も後期になると黒曜石《こくようせき》を使って非常にきれいな石器をつくります。黒曜石による鏃《やじり》とか小刀などはおそらく最も美しく完成したものだと思いますね、そういうものが出てくる。土器は装飾が非常に手の込んだ火焔土器をつくるようになります。しかし家畜と車輪は使っていない。文字文化もなかった。何があって、何がなかったかという問題はたいへん興味深い。

日本の第二の鎖国は、強力な大陸文化の影響があったあとで、だいたい追いついたと思って鎖国に近い状態になった平安朝です。九世紀は転換期だというのはそういう意味です。九世紀から一二世紀にかけての約四〇〇年の平安時代は、比較的、大陸文化の影響から切り離された時代です。それからまた混乱期になって、宋との関係も生じて、鎌倉、室町時代のあと、江戸時代になってもう一度鎖国します。

日本の場合は、鎖国時代にかなり独創的な仕事をした。内乱や混乱の時代にどうして創造的な文化が出てくるのか、〈混乱〉と〈想像力〉の関係というテーマは面白い。

ギリシャ人は周囲の発達したすべての文化と接触がありましたから、車輪を発明する必要はなかった。エジプトは車輪をどんどん使っていたし、バビロンは文字文化が発達していて法律まであったのですから、それをいただけばいいだけ。文字というものがどんなに便利なものかという思想やアイデアは、隣でやっているのですから自分で思いつかなくてもかまわない。ギリシャ人はもっと先のことを考えればいいわけだから。もし、ヨーロッパがもっと早く中国と接触していたら、早くから紙を使っていたでしょう。パピルスよりも紙のほうが便利に決まっている。中国人に会えばすぐわかったはずです。だから、異文化接触は大事です。

――アフガニスタンで樺の皮に書かれた仏教哲学の断片が発見されたという新聞記事が出ていた。七世紀のアフガニスタンではまだ紙はなかったのか。

すくなくともいい紙ではなかった。紙は上質のものでないと長く保存できない。仏教の経典というのは非常に尊いもの、保存すべきものだと考えていましたから、弱い紙ではなく樺《かば》の皮に書いたのでしょう。七世紀の中国や日本ではかなりいい紙ができていましたが、アフガニスタンでは自分で上等な紙をつくる技術がまだなかったのでしょう。東西の交易ルートからはずれていることもありますが、紙の文化は東の中国から来るのだから、だいぶ遠い。

紙の文化は中国だけが非常に早く突出したから、周りはいつ中国と接触があるかという問題です。接触があればあるほど早く進むに決まっている。競争も何もないんで、要するに中国人から早く学べば早く開けるし、遅ければ遅く開ける。そういう時期は日本でいえば平安朝の後期くらいかな。だいたい一二〜一三世紀頃からヨーロッパも開けてきますから、ちょうど境目の時期です。それ以前のヨーロッパは技術的に中国の敵ではなかった。比べものにならないほど中国が発達していました。文字と紙と筆と墨はみんな中国人が発明したもので、ものすごい威力を発揮した。いまなお、あれ以上の発明はないでしょう。インクは中国の墨のアイデアがヨーロッパに来たものでしょうね。

——民族は数多いが、文字の種類や発生した場所は限られているのではないか。

即座には答えられませんが、文字はいろんな所で発生する一方で、滅びるものもあります。中国や中東で発生した文字がエジプトなどのある所では残って、それが普及して、いろんな所で変形しながらできあがっていくということがあります。しかし、一部では文字ができても滅びてしまう。その文化全体が滅びればもちろん文字も滅びますが、マヤの文字もまだ全部は解読されていない。できかかる段階で滅びたというのもある。まず話す言葉があって、それが何千年か続いて、ある時期にそれを記録したくなって、鳥なら鳥の絵を描く。二羽いれば二つ描く。エジプトも中国ももとはそれです。そこからいきなり音でいったのがイラク。ユーフラティス川辺りに残されている文字で、言葉を表わすために「ア」なら「ア」という音はこういうふうにすると、それをナイフで粘土に刻んだ。

ギリシャ文字は地中海の島から出たらしい。フェニキア文字も非常に早くからありました。文字と航海術と交易です。カルタゴはいまのチュニジアにつくった国でしたが、ローマに滅ぼされてしまって、フェニキア文字も言葉もいまはない。ヴェルギリウスの詩のなかに出てくる、アエネーアスの恋人のディドーはフェニキアの女王です。だからローマは初めはフェニキアの女王と恋仲だった。それは昔の伝説ですが、歴史的にはローマが滅ぼした。

第六章　第三の転換期

——一六世紀半ばにあらわれた建築・造園・絵画・陶器などの新しい造形美術の特徴について。

午前中にお話しした、政治的・社会的に不安定な時代に芸術的想像力が展開するという話とまさに重なってきます。一六世紀後半はいわゆる戦国時代で、一七世紀前半はまだ徳川幕藩体制が充分に安定していない時代ですから、芸術はいろんなものがあらわれた。どこに出てきたかというと、場合によって違いますし、その理由を説明することもなかなか困難ですが、とにかく日本の場合は造形美術にはっきり出てきた。それがいちばんするどく出たのは絵画だと思います。

絵画には二面あって、一つは、それまであったけれども主流じゃなかったもので、風俗を主とした環境の理解と記録の手段としての絵画があらわれた。たとえば肉筆の初期浮世絵がそうです。《湯女図《ゆなず》》などもそのなかに入ると思いますが、環境、ことに風俗的な環境を観察して描写するということが非常に強い流れとして出てくる、それが一つの特徴です。以前に一遍上人《いっぺんしょうにん》が漫遊して描いた風景や社寺や一向宗の信者たちの絵巻がありますから、そういう要素がなかったわけではないけれど、一遍は主流とはいえない。第三の転換期にそういう考えが圧倒的になりました。非常にたくさんの肉筆浮世絵がつくられ、屏風でも《洛中洛外図屏風《らくちゅうらくがいずびょうぶ》》というのはたいへん写実的に観察して記録しています。大きく見れば、環境認識手段としての絵画の自覚的発展ということになります。

第二の特徴は、これも絵画にとってたいへん根本的な問題ですが、俵屋宗達《たわらやそうたつ》に発する琳派《りんぱ》です。「宗達下絵」というのがありますが、宗達や尾形光悦《こうえつ》〔本阿弥光悦〕の書画は、絵と書との急接近です。ことに書が漢字ではなくて、仮名の場合には仮名の散らし書きと絵との融合がこの時期の日本の独創的な発明です。宗達の鹿の下絵の上に光悦の字を散らし書きした色紙は、美的洗練の極致でしょう。中国では漢字の散らし書きというのはしません。

琳派の絵の構図は、様式化されたなだらかな山があって、そこに同質的な緑を塗るので、写実的ではありません。一種の模様のように山を描く。秋の山中の紅葉の道を描いた宗達の屛風がありますが、そういうもののなかに抽象化し、様式化した模様のように扱った風景が盛んに出てきます。これまでの美術史はそれをみんな装飾的だといっています。そういえなくもないのですが、もっと根本的には、同じ一つの画面のなかに写実的な要素と抽象的な要素の二つがふくまれているということです。構図の大部分では抽象的な線と色面がつり合いのとれるように配置されています。そのつり合いは、必ずしも装飾的ではなく、激しく見る者に迫るように工夫されていることもあります。

宗達以前の画家たちはそのことに対して意識的ではなかった。宗達は、たぶん、そのことを意識したと思います。絵画の写実的な要素と構造的・抽象的要素の関係を意識的に問うということをはじめたのは宗達じゃないかと思います。「装飾的」ということよりも、もっとずっと深い問題でしょう。私は「装飾的」という言葉はそのまま使わないで、抽象的要素の意識的な登場というふうに考えます。

絵画の方法論を変革した宗達

宗達の《舞楽図屏風》には舞楽の踊り手が舞台の装飾や背景とともに隅にちょっと出てきます。左上は松で右下は舞台の構造物です。そういうふうにバランスをとる。そうすると真ん中が空いてしまう。舞台の床に色は塗ってない。その空間で何をしようかというときに、四人の踊り手が輪になって踊っていて、別のほうにも一人いて指揮するか観察している。ことに真ん中の空間を処理するには、四人の踊り手をある位置に配置しなければならない。背景は描いてないわけだから、何もない空間に、どの位置にどのくらいの距離を置いて踊り子を配置するかという問題です。

それは写生なのか、そういうふうに見えるからそう配置したのか。そうじゃないと思います。踊り手は絶えず動いていますから、どの位置で描くか、意識的に選択しているはずです。空間を四人の人物によって構造化するのは抽象的絵画の手法です。一人ひとりの人物は、かぶっているお面も着物も、わりに写実的に描いていて、色なんかも実際のとおりに描いたと思いますが、踊り手の位置については、まったく写実と関係ない。そうではなくて、四角な空間をどう構成するかということで、それは抽象絵画の問題。

以前に似たような舞楽図はあった。先行する舞楽図の影響があるともいわれていて、もちろんそれはあるでしょうけれど、美術作品として舞楽図が与える強烈なインパクトはどこから来ているのかということを、それだけでは説明しない。以前にあるものは退屈なもので、単なる写生、覚書きみたいなものです。宗達のは完成した絵画として強いインパクトを与える。なぜかというと配置が見事だからです。運動をふくんだバランスのとれた空間の構成ということであって、非常に強力です。

そういう意味で宗達は画期的だと思う。それが装飾的効果を生むかということは二次的な問題であって、核心ではない。問題は抽象性です。空間構成と写実ということのあいだのバランス、それが直感的にそうなったというのではなくて、意識的だ。ほとんどセザンヌの風景画とそれ以前との違いに匹敵します。セザンヌがそれ以前と画するのは意識的だからです。風景というものが、あるいは人間の環境というものが、視覚的にどういう要素から成っているかということに極度に意識的で、どうしても必要な本質的要素だけを取り出して、風景を再構成する。それは風景理解の手段です。セザンヌ以後の絵画ではそういう意味で、構成的・抽象的要素と写実的要素と融合していきます。

宗達よりセザンヌが徹底しているのは、写実する対象を、人物なら人物を抽象的な手法で、構成的な要素、つまり面と線と色彩の要素に分解して、再構成する。宗達の《舞楽図屛風》だと、一人ひとりの踊り手はそんなに分析的に扱っていない。むしろ位置によって構成していて、構図は抽象的です。しかし、もちろん大いに線も意識しています。《舞楽図屛風》では衣装がさかんに引っ張られていますが、いつも衣装がこんなふうにうまくいくとは限らないので、これは構成的な処理です。あまり分析的ではないから人は「装飾」という言葉を使ったと思いますが、「装飾」じゃありません。絵画の中心部分そのものであって、飾りを付けたということではないと思います。

それが意識化されたということは方法化されたということで、絵画の方法が変る。いわば無意識にやっていたことを意識的に決断してやるということになるから、方法論が変ってくる。方法論の変革だと私は思う。琳派が何をなしたか、ひとことでいえば絵画に対する方法論的アプローチを変えた。それは絵画が「装飾的」になったということとはまったく別の話です。

構図の意識化

そのあとどうなったかというと、はたして琳派は弟子を輩出して一大流派になります。そこで琳派の特徴はなにか。絵画というものは一般に左右相称ではないですが、日本は、建築を含めてあらゆる造形のなかで、シンメトリーを嫌います。ところが琳派はシンメトリーも使っている。シンメトリカルな構図というものを絵画で使ったのは新しいことで、それ以前にはない。現存する《源氏物語絵巻》は名古屋の徳川美術館と東京の五島美術館にありますが、その最古の断片を全部見ると、構図が左右相称的になっているものは一枚もありません。それはそんなに不思議なことではなくて、絵画はシンメトリカルにしないのがふつうです。ところが、ふつうでないのが琳派です。宗達の弟子はシンメトリカルな構図をたくさん使っています。たくさんあるから偶然ではない。琳派はシンメトリカルな構図を絵画のなかに導入した最初のグループです。

なぜだろうということですが、あるがままではなく意識化された構図で描いているからです。シンメトリー自体も、単純で強力な構造の一つでしょう。西洋の建築のいちばん大事な構造はシンメトリーで、西洋は絵画のなかにもそれを持ち込んでいます。

そこで構図の問題ですが、魚も鳥も蛙もが画面に描かれている場合、構図の力というのはある程度弱められる。なぜなら人間の目は個々のものにどうしても引きつけられるからです。構図がいちばん強く目に訴えるのは、同じものを並べたときです。絵画でなくても、たとえば三角形という構図を非常に強く印象付けるためには、庭に三本の桜の木を立てるということをすれば、空間を三角形に割ってるということが最初に目にくるでしょう。三本とも桜なんだから、一つひとつは違わない、一つは草むらに、一つは岩に、一つは桜の木にしたときには、人は、草むらがあって岩があって桜があるということに注意をひかれますから、三角形の印象は弱くなります。

もし三角形の配置ということを強調したければ、同じものを並べたほうがいい。たとえば《三人の舞楽の踊り子》ということになる。配置そのものが目立つようになります。琳派の一つの特徴は、同じもので構図をつくることです。空間の構造化を目立たせるためには、同じものを繰り返し描いたほうがいいから、同じものを使って三角にしたり四角にしたりする。それが琳派の発明した方法です。西洋にもその考えかたはほとんどない。例外は、ボローニャのアントニオ・モランディ。どうして瓶ばかり並べたかというと、彼は瓶と瓶との距離、配置への関心が非常に強かった。瓶でなくても、何らかのオブジェの配置によって空間を構造化しようとするときに、空間の構造化の意図をもっとも強調し、もっとも明瞭に打ち出すためには、同じもののほうがいい。瓶があったりなかったりではまずいわけで、みんな瓶ならば構造がよく出てくる。

琳派の絵画革命

南宋の禅宗のお坊さんである牧谿《もっけい》は日本でたいへん歓迎されました。京都の大徳寺にいくつかの作品がありますが、牧谿の《柿図》というのはモランディよりもっと徹底していて、モランディではとにかく机の上に瓶があるのですが、何もない空間です。墨絵でほとんど色彩はなくて、柿が一列に並んでいる。前後の関係はなくて、だいたいまっすぐに並んでいるので、柿と柿の距離だけが問題です。ほとんど同じ柿が近づいたり離れたりしている。それが大事な問題だ、彼はそれがいいたかったのです。つまり、構造化するためには同じようなオブジェを重ねたほうがいいということです。光琳《こうりん》になりますと、これも一つの典型例ですが、《菖蒲図《しょうぶ》》。みんな菖蒲です。菖蒲のなかに百合やなんかがあるとうまくないんで、みんな菖蒲でいったほうがいい。これは根津美術館にあります。実にきれいです。《八つ橋図》は橋も描いてないし水も描いてなくて菖蒲の繰り返しです。菖蒲のあいだの距離と位置関係がほとんど音楽に近いですね。いろんな楽器によって、あるいはハーモニーを変えることで複雑な音を出して、それぞれの音色が違うというのではなくて、だいたい同じような音を出している。ただ、位置が違う。リズムが違う。そういうときにシンコペーションが効く、リズムが強く訴えるということです。これはほとんどそういう意味でリズミカル。音楽のリズムを絵画で視覚的に表現するために同じ種類のオブジェを使う、同じピアノの音を使うように。それが光琳です。

徳川美術館に、やはり光琳の竹の絵があります。窓から見ているような感じで、竹が何本かある。葉っぱはあまりなく、茎は見え、下のほうの根の部分は画面の外で見えない。一番上の空の部分もなくて、たくさんの竹を窓枠で切って、上から下まで、ただ幹があるだけです。窓に見えた竹の幹がある感覚をもって三つ左に並んでいて、ちょっと離れて一本あって、ほとんどくっついて一本あって、また離れて何本かあるといった非常に複雑な構図で、菖蒲のリズムと同じ。他には何も描かない。竹の葉も小枝も描かないしことに上も下も描かないで、真ん中の幹だけ。それは明らかに意識的、同じものの繰り返しに徹底しています。

そういうことを光琳がやった。光琳は元禄時代に宗達が生き返ったようなものです。

一〇〇年ごとに琳派の人が面白いことをするのですが、一九世紀になると酒井抱一《ほういつ》が出てくる。その三人はみな違う。一貫しているのは空間の構造化。極端な場合は、そのために同じようなオブジェの、位置だけで勝負する。そういうことを発明したのが琳派です。装飾的な絵画ではなくて、絵画革命に近いものです。それが宗達に発していて、一六世紀の終りから一七世紀の初め、まさに関が原の合戦の前後、混乱の時代の出来事です。

宗達と光琳と抱一

琳派の画家はたくさんいますが、偉い人は三人です。一六世紀の宗達、一〇〇年経って光琳、また一〇〇年経って一九世紀に抱一。あとはたいしたことはない。三人のあいだには時代の違いが当然あるわけですが、どこがいちばん違うかというと、宗達はいまいったことを日本ではじめた人ですからセザンヌみたいなもので、大天才です。町人が大きく進出してくる時代の前夜、武士と貴族の文化的伝統の両方を受け入れながら内乱の時代に生きた人でした。その宗達は光悦の仲間に加わった。平安朝から続いている貴族的な要素と、鎌倉から入ってくる武士の新しい要素との、二つの階級の文化的緊張関係のなかに生きていた人でもあります。そういう新しいことをはじめた人だから一種の緊張がある。たたかいではないけれど、張りつめたものが感じられる。

光琳はまったく新しいことをはじめたわけではなくて、宗達を継ぐ意識が非常に強かった。宗達の《風神雷神図屛風》の模写までしています。着物文化の京都の商家出身で豊かな町人です。最後の時期のサムライと没落した貴族とのあいだの緊張関係などとはぜんぜん雰囲気が違う。豊かな町人で自信に満ち満ちていて、要するに彼にとっての未来は明るかった。町人文化の成熟期ですからたいへん楽天的です。緊張ではなくて自信、充足感、楽観的だ。町人文化の頂点。光琳ほど町人文化の内容を、感覚的・物的豊かさの上に築かれた一種の楽天的世界観を、そのまま反映している芸術家はほかにいないと思います。宗達とはぜんぜん違う。まったく同じことをやっているとさきほどいいましたが、しかし時代の違いというものがそこには明らかに出ています。

抱一の時代は文化・文政ですから、徳川幕藩体制も永久ではない、どうなるかわからないということはもちろんよく知っていた。彼自身は殿様の弟で、所領のある相当地位の高い武士です。ところが絵を描いたり狂歌をつくったりしたわけで、高級武士社会からの一種のドロップアウトです。抱一は自信のある町人どころか、町人になった、あるいは町人になりたいと思った武士です。

それは末期的な現象でしょう。武士階級にとっても町人階級にとっても、何百年も続いた江戸文化が末期に近づいているという感覚は強かった。彼は町人と化した武士で生まれつきの町人ではなく、町人になりたいと願っている武士ですから、本当の武士でもない。抱一は武士でも町人でもない孤独な〈個人〉です。その神経は鋭敏、宗達の緊張感とは違った種類の、むしろ神経的に鋭敏、ほとんどナーヴァスな感じです。光琳の、あるいは尾形乾山《けんざん》のオプティミズムはもうない。どちらかといえば悲観的です。月が出ると、光琳ならば何しろ楽天主義ですから、大きな月が断然はっきり大きく出て輝いている。月の光も明るい。抱一の月は銀で描いた細い鎌のような月で、とても円満で明るく照らすというものではなくて、ほとんど凄みに近い先の尖った鋭い月です。

琳派の人たちは秋草とか春の草をたくさん描いたが、光琳だと、宗達でもまだそうですが、秋草のススキの葉には幅があって、細くて先の尖ったものではなく、指に刺さるようなことはない。元禄まではそう。ところが抱一になると短刀じゃないかと思われるほど穂先が鋭く、触ったら血が出そうです。そういうススキが両側から迫っていて、水は少し流れているだけ。光琳の《紅白梅図屏風》では画面の真ん中の水が幅広で豊かに流れ、高度に様式化されていました。ところが抱一の川は象徴的にちょっとあるだけ。あきらかに時代が終りに近づいていくときのナーヴァスな感情がよく出ていると思います。ほとんどペシミズムに近い。そういう時代の違いもある。それが転換期におこったことです。

桂離宮と乱世

建築についてひとことといえば、桂離宮、あれは行政的ビジネスをやる公式の宮殿ではなくて、都の中心部から離れて目立たないところに逃げた大掛かりな院政の別宮です。そこにしか心の落ち着く環境はないということで造った。外は乱世です。桂離宮は乱世に対する貴族的反応の典型的なもので、高い垣根で周りを囲み、囲んだなかに理想的な環境を造っています。治安がよくないから桂離宮を造る。外へ出ると危ない、その感じは元禄時代の町人社会にはまったくないでしょう。

ある意味で、宗達の時代は抱一の時代とちょっと似ているところがある。琳派のはじまりは乱世からです。とにかく乱世の外へ逃げたほうがいい、街を歩いていては危ないという感じが宗達と桂離宮の時代にはあります。抱一の時代も社会全体がデカダンスで、ちょっと似ている。自足して、充分に満足して、豊かで文句いうことないという感じは琳派の初めにも終りにもありませんでした。

そこが光琳と違う。光琳には危険な日常的空間から逃げようという感じが全くない、彼は京都の真ん中に住んでいて逃げる必要がない。誰がこの世界を保っているかといえば、私たちだという感じでしょう。武士や貴族の力より町人の力のほうが強かった。そういうことが光琳の絵画には直接に反映しています。彼らに桂離宮は必要ではなかった。京都が桂離宮になっていたからです。

——朝鮮半島の儒教と日本の儒教の違いは?

『序説』では中国のことにはふれていませんが、ほぼ同時代に中国では儒教が用いられて、仏教はほとんど力を失っています。中国と朝鮮は、そういう意味では根本的に同じです。朝鮮半島は徹底的な儒教社会で、ほかのものを入れる余地がなかったほどあらゆる面で強かったと思います。支配層の儒教が大衆に対しても向っていく。カウンターバランスするようなほかのイデオロギー体系がなかったのですね。日本の場合は仏教は死んではいないので、仏教だけの時代ではなくなって、儒教が前面に出てきたということです。日本では儒教と仏教が江戸時代に権力維持のために利用されましたが、両方とも生きていた。それは朝鮮半島との違いです。

日本の仏教は、最初にお話ししたように行政に利用されることで宗教的力を失った。江戸時代の行政が仏教を吸収してしまった。しかし吸収しきれなかったものがあって、それは〈神仏習合〉です。それがもう一つの違い。神道は生きているわけで、いわば仏教と神道の抱き合わせ民衆執行体系を徳川幕府が利用しようとして、お寺の宗徒を登録制にして支配したものの、大衆のメンタリティを支配していたのは〈神仏習合〉で、〈神仏習合〉メンタリティを支配するには到らなかった。そういう意味で、日本では〈儒教〉を利用したといっても〈神仏習合〉との二本立てです。階級的には日本の儒教は支配層にひろまった。その点は朝鮮半島も同じですが、ただ、大衆のなかに浸透するには、すくなくとも日本の場合にはたいへん困難がありました。ほとんど野放図の神仏習合でしょう。知識層は儒教です。官僚機構を支持するイデオロギーは日本でも儒教でした。

もちろん土着の信仰は朝鮮半島にもあったけれど、儒教はあまりにも圧倒的だった。そうなったいちばん大きな理由は地理的条件、日本より中国に近い。丸山眞男さんがその辺をうまく説明していて、中国文化の朝鮮半島への影響は洪水だ、ざーっと入ってきて全部中国一色に濡れちゃう。日本は雨だれ式で、ポタポタ落ちたところと落ちてこないところがあるわけで、落ちるところにバケツを持っていけば、周りに浸透することは防ぐことができたと言っています。それが基本的な違いではないかと思います。

儒教の内容が知識層のなかで変えられたか変えられなかったかという問題はあるけれども、詳しい知識はもっていませんが、想像するに、たぶん朝鮮半島の知識層のほうが原典に忠実だったと考えられる。中国語も日本人より比較にならないほどできただろうし、イデオロギーの体系についても原典に忠実だったのでしょう。日本では中国語があまりよくできないところがあるし、外来イデオロギーに対しては、いわゆる「日本化」をおこなったということがあります。

――日本では荻生徂徠や伊藤仁斎《じんさい》などの政治と倫理とに分離する考え方が主流だった

のに比べ、朝鮮半島では国家哲学となったこともあって、そういう分離はおこらなかったのではないか。

そうかもしれません。だけど私はよく知らない。

中国に対して、朝鮮半島のほうが原典に対してより忠実であるという一般論からいえば、分離はおこらなかったろうと思います。徂徠学派の政治と倫理に分離する考えかたは朱子の原典に忠実ではありません。中国でも明の古学派が出てくるのですが、彼らは少数派でした。儒者のあいだでの問題であって、一般的に制度化された儒教教育というのは中国では宋学。日本でもそうですけれど、ただ、日本では政治は政治、倫理は倫理と分解し、いまのわれわれの言葉でいう経済学も、医学も分離して論ずる傾向が強かったのです。日本の儒学は朱子学体系の分解過程です。私が原典に忠実だといった意味は、朝鮮半島のほうが朱子学に忠実だったのではないかということです。朱子学というのは総合的で包括的システムなのに、日本のそれはだんだんに分割されていきました。だから医者は医学だけに専業化する。朱子学の体系的包括性にはほとんど興味がない、ほんとうは……。

第七章　元禄文化

——先生が書かれた「新井白石について」という非常に面白い論文があります。ライプニッツに比した実証的・合理的な白石像と、彼を批判した荻生徂徠についてもう少し。

荻生徂徠は白石を嫌っていて、中国の〈先王の道〉にならって孔子以前の伝説的な王、尭《ぎょう》・舜《しゅん》の世界を理想化して絶対化していたのです。白石は異文化に注意を払っていました。大きくは中国であり、国内的には沖縄とアイヌです。沖縄とアイヌは日本の少数民族ですが、それぞれについて著作をあらわしている。こういう人物は他にいないです。

たとえば道元の場合、中国と対等の立場をとって、中国と日本の差を超えて禅宗の悟りのほうへ向っていった。〈悟り〉は絶対的なもので、〈悟り〉の見地からみれば中国人と日本人の差別はないといいましたけれど、そうなのですが、白石はそれだけではない。アイヌや沖縄まで視野に入れて、そのなかで彼が信じるものが絶対だから中国と対等だというのではなくて、初めから、中国、大和、沖縄、アイヌなど複数の民族と複数の文化が世界をつくっている、という考え方に明らかに立っていた。しかも、シドッティというローマのセミナリオから来た学僧とたった一人で対面しています。キリスト教の世界も白石の視野に入っていたと思う。その立場からみて、私は日本人であり日本の知識人であるからというので、古代日本語を研究し、かなりの著作を日本語で書いた。

どうして道元を持ち出したかというと、主著を日本語で書いた唯一の学僧だからです。白石の主著は漢文が多いのですが、彼は日本語でも書いたし、漢文で書いても古代日本語の辞書をつくるなど、日本語研究、日本語で表現することに非常に意識的だった人です。それはめずらしい。ほかにそういう人はほとんどいなかったと思う。沖縄、アイヌ、朝鮮半島、中国、しかもヨーロッパのキリスト教国まで意識しながら、国も民族も文化も多様であり、そのなかの一つとして日本を位置付け、私は日本人だから日本の仕事をするといった。この考えかたに到達したのは、白石の規模ではおそらく彼一人しかいないはずです。

同時に、先ほどいったことと間接的に関係があると思うのは、それゆえに、白石の思考は合理的だということです。中国人、朝鮮人、沖縄人、アイヌ人に通じる話をするためには合理的でなければならない。〝以心伝心〟というのは同じ村の人でなければ通じない。白石は当然、合理的になります。日本の歴史上、非常に特殊な人物でしょう。今日の日本人も、多かれ少なかれ白石の線を辿らないと将来の世界で暮らせないだろう、と思います。

道元の〝中国を怖れない〟というのとはちょっと違う。道元の場合には、〈中国対日本〉という問題意識があって、それを平等な関係にするためには両方を超える権威がなければならない、となる。それが禅の〈悟り〉でしょう。白石はそういう絶対の権威を持ち出さない、強いていえば、理性の普遍性、ほとんど「万人に共有される良識《ボン・サンス》」を信じるのです。

個人的なことをいえば、私も白石の考え方に近いのです。日本が世界で一番面白い国だと思うからとか、あるいは日本にも世界にも超越する権威を信じるからだとか、そういうことではなくて、私は日本人なのだから、なぜフランスの話をして日本の話をしないのかということです。日本人が日本のことをいうのはあたりまえじゃないかと、かなり便宜的な考え方です。第一、日本語がいちばんできる言葉です。いちばんできる言葉をなぜ使わないのか。わざわざ中国語を使うことはない。白石の立場はそういうことです。

『藩翰譜《はんかんふ》』も『折たく柴《しば》の記』も日本語です。漢文じゃない。大事な本は日本語で書いています。研究対象の選び方は徂徠と違う。古文字学は中国ではじまりましたが、中国人が中国の古学を修めて、日本人がなぜ日本の古学をやらないのかというのが白石の考えたことです。それは静かな知的判断であって、宣長とも違う。宣長は悔しいからがんばろう、漢意《からごころ》〔唐心の意〕を排して、儒者とたたかおうといってる。白石はたたかおうとはいってないので、朱子学者ですから、もっと落ち着いた静かな話です。中国人は中国を研究して、日本人は日本を研究するのがどうしていけない、という非常に冷静な考え方です。

徂徠は博学な人で、『論語徴《ちょう》』を読むと『論語』の解釈が非常に面白い。徂徠の独特の個性が出ています。

孔子が授業に欠席した弟子の宰予《さいよ》を批判したことがあって、それは昼寝をしていたからだというのです。孔子はおまえみたいなやつは手の付けようがない、教えようがないから破門だと怒った。たしかに昼寝はよくないけれど、破門はいかにも強すぎるでしょう。すべての儒者は孔子は聖人で誤りはないという建て前で論じていますから、孔子の反応を批判するのはうまくないけれど、常識的に考えるとおかしい。

そこでいろんなコジツケの解釈が出てくるのですが、徂徠の解釈は、これは原文から引用したほうがいいのですが、もともと好きな弟子ではなかったにせよ、孔子のように偉い人が昼寝くらいのことで破門するのはおかしいと考えた。そこで、奥の部屋とは寝室である。寝室で寝ていたという意味は、昼寝ではなくて女と寝ていたんじゃないかと推測します。そうなれば、先生が講義している最中のことですから孔子が怒るのも無理はない、ということになります。これが徂徠説です。

そんなことは誰も思いつかないでしょう。徂徠のすごいところは、そういう解釈も成り立つだろうというだけではなくて、「奥の部屋」という言葉の用例を検討し、ここでは「寝室」という意味ではないかと、推定しています。ただの感想ではなくて、証拠固めをしている。だから徂徠は面白い。

注釈書の意味

それは細かい話ですが、もうすこし大雑把な話をすれば、日本の学問の世界で、一つのテキストからみんなが出発して、その解釈次第でいろんな学派に分かれていくという形態は、たぶん『論語』だけだと思う。つまり、儒者で新しい説を立てる人は、『論語』の新解釈にもとづいて新学説をつくります。それがどういう儒者であっても、独特の学派を築いた人はみんな『論語』解釈の本を書いています。伊藤仁斎もそう。仁斎の後で徂徠が書いているのですが、そういうことは日本の学界ではあまりない。『古事記』の解釈次第でいろんな学派が出てくるということはなかった。

そのことはプロテスタント神学の展開と酷似しています。大きくいえばキリスト教神学のなかの『聖書』理解だけれど、狭くいえば、比較的最近の一九世紀末から今日まで、プロテスタント神学者の神についての、キリスト教の教義についての解釈がいろいろあるわけで、彼らの『論語』にあたるのが「ローマ書」です。「ローマ書」解釈が違うからそこから導かれる思想体系が違うということになる。思想体系の違いの出発点が「ローマ書」ということは、独創的な思想家はみんな『ローマ書講解』を書いているということです。徂徠は一八世紀の話ですが、たとえば私が思い出すのは二〇世紀の話で、第一次大戦前後のカール・バルトの弁証法神学です。

徂徠の『論語徴』の散文には独特の口調があって面白いのですが、バルトの『ローマ書講解』もそうです。そんなに厚い本じゃないのですが、「ローマ書」の解釈が違うから神と人間との関係についてのバルトの新しい議論が、ほかの人とはたいへん違う。それを読むと、切れ味がいい。バルトの散文はけっして退屈な、アカデミックな細かいことをほじくるようなものではない。注釈ですからそう見えるところもありますが、注釈のなかに著者の世界観とか情熱が滲み出ていて迫力があります。啖呵とまではいかないけれど、徂徠と似ている。徂徠の文章にも啖呵を切るようなところがある。徂徠は「非」とか「否」といった言葉を使う。その理由は第一に何々、第二に何々と、逃げられないように追い詰め、朱子は間違っている、『論語』をぜんぜんわかっていないと、結論する（笑）。切れ味があって面白い。

聖典の解釈が違わなければ新しい思想はない。新しい思想が出てくれば解釈が違ってくる。そういう学問の在り方と注釈書の関係というものを理解する必要があります。吉川幸次郎先生が亡くなる前に『杜甫詩注』という本を書かれましたが、書評が出ない。吉川先生は偉い学者だから、大先生の解釈を批評できないということもあったのでしょうが、吉川先生はあの本を主要著作として書かれたと思う。論文を書くのも学者の仕事の一つですが、注釈書は思想家の核心になり得るもので、『杜甫詩注』はまさにそのようなものではないか。それだけの敬意を表さなければなりません。どこが独創的なのか、その画期的意味を強調するということです。

――中国と日本及びヨーロッパでは、文学における注釈書の位置づけが異なるということか。

注釈書が文学的な主要著作であるという考え方は中国のものです。ヨーロッパの事情はそうではない。『ローマ書講解』はヨーロッパの話ですけれど。ヨーロッパ、あるいはキリスト教国の場合は『聖書』に拠っていくということです。

――かつて西郷信綱《のぶつな》さんが何分冊もの『古事記注釈』を書き、石母田正さんもほぼ同時期に岩波書店の「日本思想大系」で『古事記』の注釈をしましたが、やはり批評は少なかった。

古典の注釈書に対する評価の低さは訂正されるべきだと思います。岩波の『思想』の書評委員会に出たことがあって、そこで、文学は小説だと思っている人がたくさんいるようですが、中国における注釈というのは二次的なものではなく、主要著作としての籍をもっている文学的伝統なんだという演説をぶったことがあります。そしたら、まだ第一巻なのでなんていうので、あなた第二巻が出たらやるんですかといった(笑)。それは逃げ口上にすぎない。仕事の性質がその著者にとって主要な著作であるかどうかが問題であるといったのですが、結局、それをやってくれる人がいないから、加藤さんやってくれませんかという。私は中国文学者ではないので(笑)、吉川幸次郎さんの批評なんてできるわけがないでしょうっていいました。

岩波書店の『思想』とか『文学』という雑誌は金儲けのためにやっているのではないのだから、それに対してひとことも何もいわなくてもいいでしょうかって申し上げましたが、だめでした。それは日本だけの問題ではないけれど、日本には『聖書』もないし、『論語』も読まれていない。文学の商売をしている人でも『論語』を全部読んだ人は多くはないんじゃないかな。『論語』は『聖書』みたいなものです。ああいう古典は読むとかならず発見があります。

第八章　町人の時代

――中野好夫さんは科白劇としての歌舞伎には知的な科白も多いと指摘されているが……

中野好夫さんは「すまじきものは宮仕え」という科白を引用されているのだけれども、あんなに長いあいだ大勢の日本人が見てきた芝居のなかに、ほとんど、知的で刺戟的な科白が少ない。「すまじきものは……」という科白はいちおう知的な意見ですが、例外だと思います。中野先生が一つ二つ引用されていますが、それは極端な例外であって、全歌舞伎よりもシェイクスピアの一つの戯曲のほうが知的には刺戟的です。「すまじきものは……」というのは、何もかも犠牲にするというそんな悲しいことは宮仕えでなければおこらないという意味でしょう、情緒的です。

ジュリアス・シーザーを殺したブルータスは、「私がシーザーを愛すること人に劣るわけではないが、私はシーザーよりももっとローマを愛する」と言う。それはコミュニティに対する忠誠と個人の友情との対立です。シーザーには独裁者になるという野心があるので、それを除くために謀反をおこしたのだという自己弁護です。自己弁護の理屈が面白い。歌舞伎には個人的で感情的な科白が多い。「寿司をくいねえ」では知的刺戟が少ない（笑）。それが有名な科白です。「絶景かな、絶景かな」って、高い所に上がったら遠くがよく見えたってことでしょう（笑）。知的内容は貧しいと思います。

――にもかかわらず、あるいはそれゆえに役者の演技や衣装などが町人文化の時代の大衆に支持されたわけは？

それはスペクタクルですよ。哲学が発達していくのではなくて、そういう技術的なことが発達していった。廻り舞台とか、迫出《せりだし》とか、上から吊るすとか、そういうことが非常に発達した。一八世紀末から一九世紀にかけての歌舞伎の舞台装置は世界一じゃないですか、非常に効率的で変化に富んでいるし、衣装はもちろん発達しました。

感覚的、技術的問題についてどんどん発達していったが、哲学上の内容はかならずしもそれに伴わなかったということだろうと思います。

知的な科白が少ないというもう一つの側面は、歌舞伎の大事な議論は一対一なのです。誰かが誰かを説得するということを舞台で演る。知っている者同士の、二人の人物のあいだのやりとりだから、感情的なことがいちばん大事な問題になるのかもしれない。しかし、知的なアッピールは誰に対しても通用します。理性は普遍的です。そんなことは江戸時代の人は考えていないけれど、その限りではデカルトのいったとおりで、知らない人を説得するには論理的・合理的でなければならないのです。

中国では、周りじゅうに中国語を話さない外国人がいたわけで、そういう人たちと交渉したり論戦したりするためには、筋の通った合理的な議論をする他はなかったでしょう。だから知的にならざるをえないということもあったろうと思います。シェイクスピアには、知ってる人を説得するのではなくて、大衆に呼びかける場面があります。知らないローマの民衆を説得したり煽動したりするためには、感情的な、二人のあいだだけに通じる言葉ではまずいので、もっと普遍的な言葉を使うことになる。

歌舞伎の感情的場面の扱いは実にうまいです。演技、衣装、背景、音楽、劇場の構造などが極めて高度に発達したというのはそのとおりですが、それだけじゃなくて、歌舞伎の有名な芝居は、感情の盛り上がり、クライマックスを描くのに上手だと思います。ただ、知的、普遍的ではない。歌舞伎ではけっして「諸君」とか「日本人よ」とか「わが同胞よ」なんて呼びかけない（笑）。「何とかさん」と個人的にもう一人の人物に向って「寿司をたべろ」という。"Friends, Roman's country men, please eat sushi" とはいわない（笑）。

歌舞伎はそういう呼び掛けをしない。政治的問題でも、たとえば『勧進帳』では弁慶はなんとかして義経を救おうと思っている。富樫はそういう忠誠心に感動し正体を見抜いても気づかないふりをする。家来がいる手前、見逃したらたいへんなことになるから富樫は自分の家来も説得しようとする。ほんとうにこれは義経ではないと信じているふりをして、それを説得的に演じるわけだ。弁慶は富樫が演じていることを知っていて自分も演じる。二人で芝居を打って周囲の連中を全部だますということでしょう。当然二人のやりとりになる。

時代背景は一揆の時代です。義経も弁慶も、逃げているときに、どうして一揆の大衆を組織して頼朝の差し向けた軍隊と戦わないのか。軍隊を失っているのなら、どうして大衆組織で戦わないのか。それこそはマーク・アントニーがやったことです。ブルータスが権力を取ろうとするとき、マーク・アントニーがどうするかというと、ブルータスと取引するだけではなくて、ローマ市民の全体を煽動する。義経はそういうことはしない。奥州藤原氏には訴えるけれども、大衆に訴えることはついにいっぺんもしない。それが背景だと思います。

歌舞伎に大衆は登場しない。大衆に対する演説もしない。シェイクスピアにはよく出てきます。『ジュリアス・シーザー』もそうだし、歴史物の『ヘンリー五世』もそう。一対一ではなくて、兵士を集めて、「一緒に来るやつは来い、帰りたいやつは帰れ」と演説するでしょう。そうして兵士をもういっぺん説得して、積極的に一緒にたたかうという者だけを連れて行く。そういうことが根本的な問題。大衆が出てこないと、惹きつけるものは、感情的な一対一の人間関係と、劇場の衣装や装置になるでしょう。

——歌舞伎を支えた町人相手では、哲学的なものよりも娯楽第一でいかざるをえなかったのでは。また、シェイクスピアを支えた英国の人々は貴族的階級で、支持層が違うのではないか。

シェイクスピアはかなり日本の能に似ているかもしれない。階層的に上から下まで観に来ていました。グローブ座というのは貴族も来ていたけれども大衆も来ていて、貴族だけが支持していたわけじゃない。お弁当食べたりお酒を飲むものもいて、ずいぶんうるさかったらしい。シェイクスピアの事情はそういうことです。

歌舞伎が発達した一つの理由として、能と狂言は室町時代にはかなり大衆的だった。ことに京都の河原能というのは、ほとんど貧乏な農民よりもっと下の農奴に近い階層の人たちも観に来ている。もちろん坊さんも貴族も来て、極端な場合、将軍も来ている。将軍から乞食までいたのが京都の〈勧進能〉です。それが室町時代の話。ところが、徳川時代に能と狂言を貴族と支配的な武士階級が奪った。支配層だけに限定して庶民をなかに入れない。それと、劇団をお抱えにしてしまう、役者はそこから月給をもらえるわけで、大衆から切り離されてしまった。だから、大衆は歌舞伎をつくって対抗したというところがあると思います。

むつかしい哲学はないとはいいきれないところもあって、狂言にはかなり哲学があります。本来、材料も観ていた人も大衆的なもので、能のなかにも狂言的要素がもっと入ってきてもいいと思います。狂言のなかの哲学は、歌舞伎よりもむしろ多いくらいかもしれない。かなりするどいことをいっています。歌舞伎のなかでは生活程度としての経済問題にはあまりふれませんが、狂言ではいろいろふれているところがありますね。

それから、男女の関係も狂言のほうが自由だ。男女の差別を強くしていくのは、歌舞伎は町人の芸能だけれども、人気の歌舞伎作者は比較的、武士社会の価値体系や倫理観をそのまま保存している場合が多いのです。そうすると男女差別も当然ふくむから、やはり歌舞伎には男女差別がある。狂言のほうはそうじゃない。たいていは太郎冠者が大名をとっちめる。その逆は少ない。〈女物〉になると、女が出てくればたいてい男がとっちめられるので、男が女をとっちめる狂言は少ない。『鈍太郎《どんたろう》』にしても『塗師《ぬし》』にしても、みんな女のほうが頭が良くて、能力があって、男をやっつける。そういうことは歌舞伎ではほとんどない。

これは非常に大きな違いです。庶民生活の描写のなかで、徳川以後の歌舞伎には出てきません。どうしてかといえば、男女差別にしても権力的な階層性の差別にしても、江戸時代というのは要するに差別的社会でしょう。室町のほうが開放的で、まだ差別はそれほど固定していない。だから、頭のいいやつが少しとんまな目上のやつをいじめる展開になる。建て前としては男が偉くて女は仕えるということになっているけれど、実際問題としては女のほうが頭が良くて、男はぼんくらだとなる。男のほうがからかわれたり、助けてくれなんていっている。そういう〈笑い〉が歌舞伎からなくなってしまったのは、幕藩体制なるものの階層的構造の反映だからです。室町時代はそうではなかった。一度はそうではない時代があったのです。

もうひとつ付け加えると、江戸時代でも農村では男女差別はわりあい強くなかった。ところが、歌舞伎というのは農村ではやられることが少ないので、町人芝居です。町人社会は武士階級の階層性を輸入している。そしてかなり儒教的です。

——ジャン・コクトーが歌舞伎を観て、それを『美女と野獣』に取り入れたという。フランス人に歌舞伎はどう映ったのか。

コクトーは、まぁ想像がつきますが、ジャン＝ルイ・バローでさえ歌舞伎に興味をもったし、テアトル・ド・ソレイユも歌舞伎を取り入れた舞台をつくっています。それはさっきいった舞台構造とか衣装の色彩を取り入れたのであって、芝居の内容とはぜんぜん関係ない。彼らは日本語がわからないし、観ているだけでは何もわからないでしょう。花道なんかは面白いし、それはちょっとギリシャ劇に通じるところもある。ギリシャ劇は額縁舞台ではなくて、周囲ぐるりに観客がいて真ん中に舞台がある。お客のなかに舞台があるという点では、花道も半分同じ、客のすぐ傍《そば》でやっているわけですから。近代劇のように、行儀よく額縁舞台の中に収まっていないという共通点があります。そういうことにも興味をもったのでしょう。

それと、仮面劇の伝統はヨーロッパでも強いのです。ヴェルディのオペラにもありますが、劇場の外でも仮面舞踏会があり、カルナヴァーレのときには街中に仮面の男女があふれていました。化粧は本来、マスクの模倣だと思います。隈取《くまどり》などは、中国の芝居で盛んに使用するお面の代わりに、じかに塗った。現在では廻り舞台にはそれほど感心しないでしょうけれど、花道などの舞台空間やマスク、衣装の色には興味をもつはずです。

それから、様式化されたしゃべりかたが面白いのでしょうね。テアトル・ド・ソレイユで、ムヌシュキンという女の人が使った歌舞伎だと、花道を通して両側に観客がいて、隈取をして出てくる。われわれもサムライが出てきたような感じがします。あまり正確な模倣じゃないけれど、何となくサムライ的な役者が出てきて科白をいうと、科白はフランス語でも日本語でもない、イントネーションだけ。〝うわー、うううわぁー〟なんていう（笑）、何となく歌舞伎の調子、発声法に似てなくもない。ギリシャ劇とも違う。そういうのをやっていました。ヴァンサンヌの森の中の昔の兵器庫を改造した劇場です。

ポール・クローデルは歌舞伎については書かなかったが、能については書きました。それだけでなく、能の影響の強い『繻子《しゆす》の靴』という芝居を書いています。前ジテは勇敢なルネッサンスの冒険家で、後ジテは没落した死の迫っている男です。二人の人物のたたかいではなくて、同じ一人の人物が変っていく芝居です。

人物が一人ということが根本的、卒塔婆《そとば》小町なら卒塔婆小町が問題なんで、あとの人物は付録みたいなものでしょう。二人の人物が争っているというのではない。西洋式の、ことに近代劇だと、二人の人物が基本で、そのあいだになにかがおこる。二人の人物が出てくるだけではつまらないので、たとえば喧嘩するとか抱き合うとかなるわけだ。だから、ヨーロッパ的な劇とは「何かがおこるものだ」というのです。

ところが能は違う。いくら待っていても何もおこらない（笑）。何しろゆっくりだから、まぁそれもあるのだろうけれど、とにかく能の登場人物は一人で、一人では何もおこりようがない。おこらないのだけれど、人物が面白い。小町というような個性的な人物が到着する。arriver というフランス語は〈到着する〉という意味。「芝居では何か事件がおこるけれども、能では何かがあらわれる、到着する」とクローデルはいいました。

『繻子の靴』は、クローデルの代表作で、最後の作品です。渡辺守章さんの詳細な註を含む見事な日本語訳（岩波文庫）があります。クローデルにとっての能は、単なる冗談や思いつきではありません。能は彼を深くとらえたのだと思います。〈生〉と〈死〉の劇、人間の意志と運命の必然、夢幻能の構造はほとんどそのままギリシャ悲劇のそれと呼応するのです。

――「大衆の涙と笑い」（上448頁）と「笑いの文学」（下135頁）で町人文化のなかの川柳とか諧謔《かいぎゃく》をふくんだ小咄が出てくるが、「しかし農民は笑わなかった」（下137頁）とも書かれている。〈笑い〉どころではなかったのか。西洋の農民の〈笑い〉はどうか。

その記述は、それどころじゃなかった、ということに重点があった。農民の文学に〈笑い〉はなかったですよ。町民文学のなかでは〈笑い〉はだんだんふえてくるのだけれど、天明の頃は一揆をしていたので、農民はかなり苦しかった。彼らの上に町人文化と武士の文化があって、酒井抱一なんかでもそうですが、ぜいたくな支配層です。ヨーロッパでは、農民といえるかどうかという問題はありますが、支配層でない民衆のなかには〈笑い〉の文学がありました。〈笑い〉の文学を書き大規模な仕事をしたのは、一六世紀フランスのラブレーです。『ガルガンチュアとパンタグリュエルの物語』、これは哄笑です。ラブレーの一つの柱は生命力みたいなものですが、大酒を飲んでゲラゲラ笑うというもので、その笑いは、無害なものではない。政府や貴族や学者、それから教会の坊さんに対する強い〈笑い〉、しばしば攻撃的です。中世からルネッサンスにかけてのフランスの農民をふくめた民衆のなかの〈笑い〉は大いにあったと思います。

——しゃれのめすというのは町人の文化ですね。関西でそれに対応するような〈笑い〉の文化は？

そう。江戸時代の、ことに一八世紀から一九世紀にかけての町人文化です。関西に文化の重点があったのは、だいたい一八世紀の中頃まで、その頃から文化の新しい創造力は江戸に移ります。「おつ」だとか、「町奴《まちやっこ》」だとか、「男意気」といった言葉がそうです。「俠客《きょうかく》」という言葉は元来中国語だけど、江戸時代にも使われた。「助六」みたいなもの。だけど《助六由縁江戸桜《すけろくゆかりのえどざくら》》ですから「助六」は江戸です。江戸前の巻き舌の啖呵《たんか》。フランス語は南部に行くとrを巻くんだけど、日本では江戸のべらんめえ言葉。

私はおそらく「べらんめえ」言葉を子どものときに聞いた最後の世代でしょう。父親はそうじゃなかったけど、父親の知人の中には本当の江戸弁の人がいました。「ひ」と「し」の区別ができないほんとうの江戸の方言です。もう少したって、歌舞伎座に行って舞台の歌舞伎役者の科白を聞きましたが、最後の「べらんめえ」は五年くらい年長の人までかな。小倉朗さんという作曲家は日常会話に少し、軽く巻き舌の調子が残っていましたが、もう完全に滅び去ったでしょう。まぁ、あんまり知的じゃない（笑）。

――江戸時代の農民の感情生活をみるとき、各地に残っている民謡には〈労働〉、〈お祝い〉、〈恋愛〉などいろんな歌があると思う。そこを丹念に拾っていけば農民の喜怒哀楽の手がかりが見つかるのでは?

そのとおりだと思います。そこは少し手薄で、そこまで手が回らなかったということです。民俗学的な材料はまだあると思う。『序説』では使いきっていない、意識はしてはいたのですが。

昔の、外国の影響が及ぶ前の資料は少ない。あとの時代になると、外国の影響は階級的に上から入ってくる、ことに政府を通して入る。仏教が典型的です。信者がいないのにお寺をつくるくらいだもの、国分寺というのがそうでしょう。そうなると、口承の文学は、それを取り入れた文献を使うよりしようがない、そうでないと口伝えのものは消えてしまいます。もちろん民俗学者がいわゆる古老の話を聞いてそれを記録し収集するということはある。柳田國男が散々やったことですが、そういう民俗学的材料と、古い文献と、そのどちらでもない口承の昔話を収集して、そういうものを全部使うべきものだと思います。そうでないと、〈文学史〉はいつも支配層や知識層の文学の話になってしまい、大衆はまったく圏外におかれてしまいます。

ただ、それを学問的に取り込むのは技術的になかなかむつかしいところがあるのです。古代文献、ことに仏教以前となるとそれはほんとうに少ない。書かれたものでは『古事記』『風土記』、それと「古代歌謡」と「祝詞《のりと》」くらいでしょう。民話は、たしかに古いものだと想定されます。ことに離島の民話は容易に変わらないから長く保存されてきたと想像されるのですが、ではいつのものだといわれると、ほとんど推定不可能におちいります。古いといっても、だいたい何世紀頃からその話があるのかとなるとわからない。それは致命的な問題です。

しかし、そういう材料しかないのですから極めて大事です。でも、落語とか小咄にはいくらか記録されたものがあるので取り入れたのですが、それはまだはじまりです。いままでの〈文学史〉は落語などはぜんぜん相手にしなかった。明治以後の〈文学史〉も落語にもっとふれていいと思います。漱石は江戸っ子だから落語をたいへん尊んでいましたし、面白いと思う。大衆文学については、戦後、『思想の科学』で鶴見俊輔さんが手をつけたでしょう、しかし後がつづいていない。大衆文学というのはちょっと退屈で（笑）、調べるのはたいへんです。

――安藤昌益《しょうえき》の同時代への影響力はあったのか。

安藤昌益という人についてはよくわからないことが多い。同時代への影響力はまったくなかったらしい、それは同時代文献がなかったからです。安藤昌益の存在を同時代の人が意識していたという証拠がない。昌益の名前はどこにも出てきません。ずいぶんあとになって彼が生きた地方では明らかになったけれども、一般の文献に載っていない。富永仲基《なかもと》も極めて一部の人にしか知られてなかったけれど、その人々にはかなり深く知られていました。昌益は抹殺されてしまってわからない。

東北で農業をしたり医者もしていたらしいのですが、『自然真営道《しぜんしんえいどう》』という主著を読むと、過激な体制批判、というよりも、真っ向みじんの一種のアナーキズムみたいなもので、〝耕さざるものは食うべからず〟、本当の人間のあるべき道は耕して食べることにあるという、禅宗には出てきますが、そういう考え方です。そこから、サムライは一切やめてしまえという主張になる。サムライというのは単なる寄生虫なんで、幕府の将軍から下っ端までいらないというのですから非常に過激な考え方です。それが彼の思想の中心ですから、当然、体制否定にもつながります。私塾を開きテキストもつくって村の人たちに対して話していたかもしれませんが、そとには出なかったし、印刷されたものはない。

明治以後になると、明治思想史を研究する人たちが出てきて『自然真営道』を発見した。それ以後の日本では知られることになりましたが、広くは知られていませんでした。『自然真営道』が活字本になって広く読まれることもなく、専門家のあいだで知られていただけでしたが、戦後早く、駐日カナダ代表部首席のハーバート・ノーマンが安藤昌益の資料を広く集めて『忘れられた思想家――安藤昌益のこと』という本を書きました。新書版で、厚い本ではない。昌益を紹介して、彼をジャン＝ジャック・ルソーと比較しています。昌益は「耕して暮らす」という思想で、ルソーにも「原始生活に返れ」という思想がある。社会的な悪は工業化とか商業の介入などによって生じたものだから、商業活動が活発になる以前の原始的な生活に返るべきだというのはルソーのいったことの一つ、正確には、ある時期のルソーがいったことの一つです。

――日本にもアナーキズム＝暴力を容認した思想家がいたか。

鎌倉期に移行する転換期の時代は、京都中心の律令体制に対して反抗したわけだから、東北を中心とした地方武士層の変革の要求は暴力をふくんでいました。しかし、アナーキズムを容認した代表的な思想家というのは、思い浮かびませんね。暴力容認の思想は江戸時代の初めにも出てこない。そういう思想家はとくに出なかったと思う。

ただ、中国の儒者のあいだではずいぶん長いあいだ論争の伝統があって、それは悪い王様が出たときに、それを征伐してもいいかどうかという問題です。夏《か》の国の最後の王は桀《けつ》といって人を殺す悪王でした。そこで、元家臣だった湯《とう》が桀を倒して殷《いん》王朝をつくった、それが湯王国です。ところが、儒教によれば主君に忠誠を誓わなければならないことになっているから、王を殺してもいいかどうかという問題が生じます。殷は栄えるのですが、紂《ちゅう》という最後の王がまた悪いことをした。そこでその家来でのちに周の武王となる発が紂を殺して、新しい王朝を建てます。王朝を建てるときに王を殺すのですから、ある意味で暴力です。悪王を滅ぼす暴力は、肯定されるかされないかという問題が、そこでも出てきます。これは儒教の枠組みのなかで中国で散々議論された話で、それが、「湯・武王の王殺しの肯定か否定か」という問題です。

中国での議論は日本の儒者にも当然伝わった。日本に入ったその話は二つに分かれるのですが、徳川時代の儒者のなかには肯定説を採った人もいます。そうでないと少しまずいことがおこる。家康は豊臣氏を滅ぼした。結局、暴力を行使したわけで、徳川家康を肯定するためにはそれも肯定しないとちょっとうまくない。林羅山《らざん》がそうです。御用学者はだいたい悪王は殺してもいいというふうに傾きます。細かくいえば、豊臣氏が悪かったかどうかという問題になるけれど、その前に、原理的問題として、王に絶対服従ならば暴力はよくないという説もあります。

江戸時代後期に大坂に出た大塩平八郎は陽明学の系統の人ですが、農民を救うために、王ではないけれど、政府に反抗して暴力を使った。「大塩平八郎の乱」という事件です。大塩には理論があって、人民を虐げる代官だったらそれを取り除かなければならない、取り除くのに相手が抵抗するならば、暴力を行使することもやむをえないという考えかたです。ですから日本にも暴力を行使してでも悪い権力を倒すという思想はあることはあった。しかし、「大塩平八郎の乱」はたちまち弾圧されて成功しなかった。

源氏と平家、豊臣家と徳川家とのあいだのような権力者同士の闘いというのはあったけれど、そうではなくて、明らかに権力に対して下から暴力を行使したという例は、日本では少ないし成功した例はない。すべての一揆は分断されているのが特徴で、盛んなときはこちらの村でも向うの村でも方々で無数に発生したから、政権はかなり揺さぶられるが、一揆の側にはヨコの連絡がなかった。だから一つひとつ潰していけばよかったのです。

抵抗が個別だから権力は生き延びていく。唯一の例外は「一向一揆」です。一向宗の講を通じて一揆と一揆のあいだで連絡をつけていました。これは日本史上最初にして、いまのところ最後です。農民の反抗——一六世紀ドイツの農民戦争などもそうですが——に対して武士の権力は軍隊を送り込んで弾圧し、支配を取り戻そうとするけれど、一揆が一度ヨコの連絡を持つとそう簡単には敗れない。抵抗する農民側が連帯して戦うからです。そうなると武士権力は村のなかへ入れなくなる。結局、越中のほうで一〇〇年から一五〇年くらい解放区ができて、サムライはなかに入れませんでした。税金も取れなかった。彼ら自身だけで生活した。それが日本で唯一、暴力を使った反抗が成功した例です。

その一向宗の背景は浄土真宗で、浄土真宗の本山は本願寺です。本願寺は自身で武力をもっていました。一六世紀後半まで各地の大名たちも「一向一揆」には手をつけられなかった。最後に手をつけたのが信長です。本願寺を焼き払って信長は弾圧に成功した。一揆の側からいえば、信長に敗けた。あとはない。すべての一揆は弾圧されました。

信長というのは独創的な人で、日本で初めて大坂湾で金属製の船をつくった。本体は木製ですが、周囲や屋根を金属製にして防御し、海からも本願寺を攻めて落としました。信長はなぜそういう面白いことをしたのかはまた別の話です（笑）。

アナーキズムが日本で流行らないわけ

アナーキズムがなぜ日本で流行らないかという理由は、日本人は個人主義ではないからです。アナーキズムこそは最終的には社会を個人に分解するものです。どういう権力であれつぶしてしまえ、個人の自由意志によって権力をつぶしてしまえというのでしょう。それはある意味で徹底的な個人主義、政治的個人主義の空想的極致がアナーキズムです。

アナーキズムには、しかし弱点がある。個人の自由を絶対とみなして、個人はいかなる政府によっても束縛されないという体制をつくれば政府はなくなります。ところが、政府をなくすると、今度は強盗の親玉みたいな個人が政府の代わりに威張ることになって、結局平等にはならない(笑)。平等な社会のために、乱暴なやつが威張らないよう政府をみんなでつくろうといってるのに、政府を取り除いてしまえば、また腕っ節の強いやつが命令しはじめます。それよりは、みんなで相談して、なるべくましな政府をつくったほうがよかろうということになる。アナーキズムには矛盾があります。

ただ、アナーキズムの精神というのは、たえず民主主義的な、社会主義的な政府を維持するために必要だと思います。なぜならば、相談してつくった政府でも、政府はみな独善的になっていく。人民の意思に反し、人民の利益に反することをやるようになります。外国に従属する場合は、日本国民のいうことを聞かないで外国の親玉のいうことを「これは支持するっ」なんていう(笑)。占領下でもないのに、政府というものにはかならずそうなっていく傾向がある。

どうやってそういう傾向に対抗するかといえば、アナーキスティックな考え方が大事です。個人みんなが操作された大衆の組織によってではなくて、個人一人ひとりの信念によってたたかうということを浸透させることで、政府の権力の乱用を防ぐ。だから、アナーキズムのある社会主義のほうがいいのです。でないと、スターリニズムになってしまう。スターリンはもともと人民の敵だったわけではなく、ボリシェヴィキは人民のための社会主義革命組織だったのですから。それがどうしてスターリニズムになったかというと、一つの根本的な問題は、スターリンはアナーキズムを全部消しちゃったからです。トロツキーを暗殺して、永久革命はいけない、アナーキズムは反動だということになるとスターリンが蘇る。そうではなくて、スターリンで革命は終るのではなく、革命は永久に続くもので、大衆の利益を裏切れば代えるべきだといったほうがいい。政府は絶対の権威ではないし、一人ひとりの個人のなかに価値があるといわなければいけないです。

多かれ少なかれ、西洋にはアナーキズムの影響があるといいます。英国もそうですが、もっと徹底しているのがフランスの個人主義、républicanisme〈共和国主義〉です。フランス革命以来、人民は集団として自分自身の主人であって誰の命令も受けない、王制はやめると宣言した。さらに集団のなかでも、一人ひとりの個人がまた自己を主張する。それがデモクラシーだという考え方ですから、フランス人は極端にいえば、ややアナーキズム的です。典型的な例では、非常に穏やかで保守的な個人主義者に見えるけれど、アランがそうです。アランの哲学は少しアナーキスティックです。日本からあれほど遠いものはない。日本人は一人でやらないでみんなで一緒にやる。少しアナーキズムの精神を輸入したほうがいいかもしれません。

日本の社会主義運動は、ソ連の革命がおこったあとに日本共産党が結成され、アナーキズムの時代がないんです。大杉栄はアナーキストでしたが、それも一九二三年まででです。大震災のときに殺されましたから、大杉の虐殺で日本におけるアナーキズムの運動は急に弱まってしまいます。あとは残らなかった。一九一一年に幸徳秋水を殺し、二三年に大杉を殺してアナーキズムはなくなってしまい、日本の社会主義運動はボリシェヴィキだけになった。そうなると、ソ連の革命党がスターリン化すれば、理想はそのままスターリンになってしまう。

アナーキズムは個人主義ですからスターリニズムにはなりません。スターリンの場合、社会主義国家を守り発展させようという〈組織〉が問題でしょう。そのために個人がどうなるかといえば、ちょっと待ってくれ、先になればいつかいい日がくるだろう、いまは我慢しなさい、です。その「いま」はいつまで続くかという問題。「歌う明日Le lendemain qui chante」の「明日」はいつ来るのか。アナーキズムは、「歌う明日」が来るだろうではなくて、今日歌わなければだめということです。

第四講

第九章　第四の転換期・上

第十章　第四の転換期・下

第十一章　工業化の時代／戦後の状況

第九章　第四の転換期・上

文学史における〈近代〉の区分

〈近代〉の区切りをどこでつけるかというと、文学史の九九パーセントはそうですし、さまざまな専門分野でもそうですが、明治でつけるのがふつうの習慣です。第四の転換期というのは一般には「近代文学」とか「近代日本」といわれます。大学の専門家たちの分け方も〈明治以後〉というもので、日本史を明治維新で〈以前〉と〈以後〉に切って対応させるかたちになっている。第四の転換期という『序説』のつくりかたはそれに真っ向から反対です。第一から第三までの転換期があって、「近代文学」といわれているものは実は第四の転換期に過ぎないということをいった。たいへん挑戦的な考え方です。

歴史は三日では転換しないわけで何年かかかるのですが、日本歴史で大きな転換がおこると、だいたい一〇〇年くらい続いています。第一の転換期というのは九世紀のことで、文学者はあまり使いませんが、美術史家が「平安前期」といっているこの時代は約一〇〇年続いた。第二の転換期は鎌倉時代ですが、これも一二世紀末から一三世紀末までおよそ一〇〇年。第三の転換期は、これは意識して約一〇〇年をとってみようと考えました。一六世紀半ばの戦国時代は徳川家の勝利で終るけれど、しかし関が原の戦いが終ったら直ちに幕藩体制が完成するわけではありませんから、典型的な幕藩体制が成立するまではまた半世紀くらいかかって、結局、一七世紀半ばまでの一世紀が第三の転換期に該当する。その流儀でいくと、明治維新から今日までだいたい一〇〇年ですから、四番目の転換期ということになるのです。

明治維新の続きみたいなもので、結局一〇〇年経って明治以前とは変ったものになってきた。明治以後は、同じ水準で平安朝初期と鎌倉時代と江戸時代初期に該当する。明治維新の一〇〇年後は現在ですが、しかし転換期があればあとがあるでしょう。平安時代のはじまりは九世紀初期で一〇〇年かかった。鎌倉時代の封建制のはじまりも一〇〇年。もういっぺん権力の集中がおこり、単純に封建体制とはいえない独特の政治形態・社会組織をもった幕藩体制がまた何百年か続くのですが、その最初の一〇〇年ということになる。そうすると明治以後を〈近代〉と称するのは実は転換期の一〇〇年で、このあとに何が来るのかはあとで見ましょうということです、まだ来てないんだから。

各転換期のつりあい

見方はずいぶん違う。明治維新で〈近代以前〉と〈近代以後〉というふうに分けることには反対です。これは形式的な問題ですが、ほとんど自動的に〈明治以前〉と〈以後〉とに分けている。一五〇〇年くらいの日本歴史があって、最後の一〇〇年とそれ以前全部の一四〇〇年を上巻・下巻で対置するというのはおかしいと思う。だから、ちくま学芸文庫の『序説』上・下巻は明治維新で切れていない。大雑把に見合うような年数になっている。それは第四の転換期という命名のしかた、何期、何期という歴史の区切り方、掌握自体がそのことを示しています。第四の転換期を他の人たちは〈近代文学〉といいますが、私はそうではなく第四の転換期といいます。もちろんそれぞれの転換期の内容は違います。

そういう観点から近代文学を見るということです。そうして二つに分けると、前のほうはよほど偉い人の大事件、たとえば藤原定家の『明月記』といった大きな話になるでしょう。しかしそういう歌人はたくさんいたのです。多くの人がああでもない、こうでもないといったけれど、それははぶいた。鴨長明《かものちようめい》などに言及するのは当たり前ですが、明治以後になると歌人はやたらに大勢出てくる。もし日本歴史全体の観点から見て、そのなかの一つの一〇〇年間というのだったら、名前を挙げるのでも歴史は偉い人を上から採るから、鎌倉時代の採り方と、江戸初期の採り方と、明治以後の第四の転換期の採り方が見合うのでなければ、密度のつりあいがとれないと思う。鎌倉時代は藤原定家しか書いてないけれど、定家は天才です。

明治維新以後の近代文学では福澤諭吉は無条件でしたが、自然主義文学者はたくさんいる。「私小説」ですから自分の経験したことをくどくど書くわけですが、誰だって経験したことはあるわけで、みんなが経験したことをくどくど書き出したらきりがない、それらの作家たちを詳しく書いてあるから「近代文学」は一冊になる。私はばっさりばっさり切ったわけです。島崎藤村は免除します。だけど藤村の手下のまた手下くらいまで一々名前を出して、いつ生まれてどこへ行ってつまらない小説を書いた、なんてことを書けば、つりあいがとれません（笑）。そうすると、こういう人が落ちてますといわれるけれど、落ちているんじゃなくて、文学史のつりあいをとるためにそうしたのです。

たとえば、明治以後の歌人のなかで誰が定家や俊成のレヴェルなのかということになると、歴史に与えた影響と革新性という点で正岡子規は入ります、もちろん。だけどアララギの歌人は何千人といる。そこまで立ち入ることはつりあいがとれない。私はつりあいに敏感だったから、第四の転換期は一〇〇年といったのです。一〇〇〇年以上の歴史の流れのなかで残るような人、影響のある大事な仕事をした人を載せる。一〇〇年のなかで、もっと微視的に細かく載せることはないと思う。

そういうふうにしたのですが、戦後の記述などがあまりにも少ししか出てこないので、内外よりいろいろ反応があった。それで「あとがき」で補遺を付け加えましたが、それは歴史とは区別している。私の歴史の立場からいえば、「近代文学」というものを第四の転換期と見た場合に誰が残るのかということです。それに対する私の回答はこうですといったわけです。

——渡辺崋山《かざん》は幕末転換期の政治家であると同時に画家でもあった興味深い人物。「崋山は蘭学者になったから幕政を批判したのではなく、幕政を批判していたから蘭学者になった」（下175頁）という記述は、現実に抵抗していたからたたかいの方法論を学問に求めたという点で、天皇制に抵抗して後年マルクス経済学にたどりついた河上肇に対する先生の評価と同じものを感じる。崋山の人物像について。

崋山について簡単にいえば、外圧じゃないということです。圧力ではなくて、外の知識でもない。世界情勢についての知識を蘭学で獲得したら幕藩体制がおかしいということになったのではなくて、内側から見ていて幕藩体制はおかしいと思った。儒者で政治にかかわっていたから体制の矛盾を散々感じていたのです。

ところが、もっと深めて、もっと緻密に、どういう点が悪くてどういう点を変えたらいいか、つまりオルターナティヴ、代替案についての知識を正統的儒学のなかから引き出すことには限界があります。なぜなら、もともと朱子学は幕藩体制を維持するイデオロギー、あるいは知識体系として導入されたものでしょう。それを使ってどこが悪いかと指摘するのは、ある程度はいえるけれど、しかし、どうすればいいかということは朱子学に書いてあるはずがない。だから、そのときの彼の考えをもっと精密に、改革するならどうやるかをオルターナティヴまで踏み込んで考えようとしたときに、崋山は蘭学が役に立つのではないかと思ったから勉強した。そうすると、はたして新しい視野が開けた。たとえば、開国の問題が出てきます。幕府はどうにもならないから、これはいっそ倒したほうがいいのじゃないかという考えも出てきたのです。外からの圧力や国際情勢ということは崋山も認識していたでしょう。それまでは、鎖国ですから国際情勢というのは視野になかった。朱子学のなかに外国との関係について触れたものはまったくないです。外からの刺激というのは明治維新では大きかったのだけれど、それだけではない。内部に幕藩体制自体の矛盾があった。矛盾のいちばん先鋭的なかたちであらわれたのが百姓一揆です。いまは一揆の研究はいろいろあるので入手できますが、ヨコ軸に年代を書いて、タテ軸に一年間の一揆の発生数を書くと一目でわかるグラフができます。

グラフを見ると、一揆の数は一八世紀末からだんだん上昇していますが、天明の時代にふえている。文化・文政でもさらにふえ、明治維新が近づくと二次曲線みたいになって急激な増加を見せる。そこに注目した左翼の歴史家は多いのですが、それ以前のアカデミックな歴史学は百姓一揆をあまり強調しない。学校の歴史の授業は保守的ですから、百姓一揆の話はしません。このグラフを教科書に載せるべきだと思います。文化・文政の話をするときに、為永春水《ためながしゅんすい》だけじゃだめだ。春水や蜀山人《しょくさんじん》〔大田南畝《なんぽ》〕は文化・文政の作家で、それはそれなりに意味はあるけれども、つまるところ遊里の話です。吉原は非常に大きな文化的役割を演じたけれども、日本国中まさか吉原で間に合ったというわけではないでしょう。吉原のそとで何がおこっているかという重大

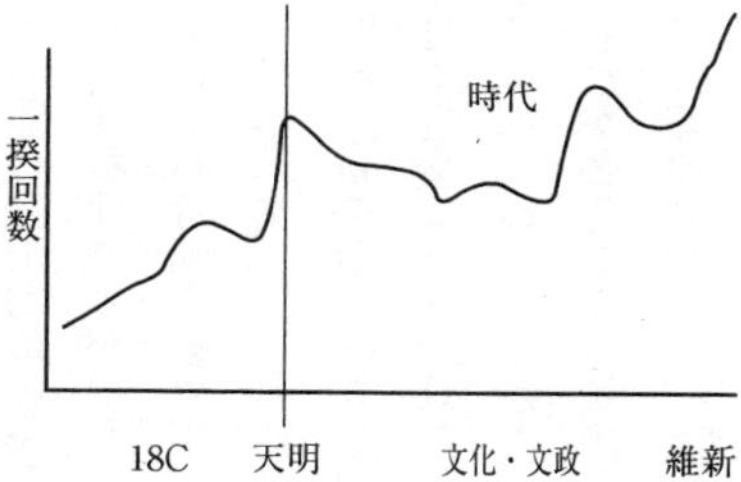

な問題は、一揆です。一揆は各藩の経済政策の破綻を示しています。食べられないから一揆をおこす。

そのグラフは重大ですが、百姓一揆は西洋帝国主義とぜんぜん関係がない。西洋帝国主義以前の話です。日本にはまだ経済のグローバリゼーションがおこっていないし、国際市場に日本経済は組み込まれていない。純粋の国内問題。体制の矛盾がそこにあらわれていたということです。一揆の百姓たちと、体制の矛盾から目をそらせて吉原の人情を詳しく描いた人たちの両方がいたわけでしょう。ただ、一部の知識人は一揆を見た。行政に関係のある人たちは借金

による藩の経済的破綻を見ています。崋山はそういうところから出てきて改革をしようというわけですが、もっと詳しくそれを知るためには外国との関係はどうかとか、ヨーロッパ帝国主義の圧力をどう見るかということも必要になった。文化・文政の頃から日本にやってくる西洋の船はどんどんふえていましたから。

明治維新の前、一九世紀初めに二つのグラフが書ける。一つは一揆の数、もう一つは日本近海にあらわれる外国船の数です。外国船のなかには燃料と水と食べ物を補給してくれという穏やかなものもあるのですが、おとなしくないものもあった。どうしても水が必要なんで鎖国なんて知ったことじゃない、水をくれなければ水兵を上陸させて無理やり取るぞ、というのもある。鎖国だから外国船は入っちゃいけないことになっていたが、一九世紀の初めのうちは少なかったものの、明治維新に向ってどんどんふえていった。ペリー提督の艦隊は強引に入ってきた。そこから先はよく知られていることですが、一揆と外国船という二つの数字がふえたことが大事です。

一揆は、長く続いた幕藩体制の、ことに経済政策の破綻を意味しているし、外国船の増加は西洋の帝国主義の圧力です。崋山が見事なのはその両方を踏まえたことだ。ここで私が書いたのは、蘭学が最初にあったのではなくて、まず国内の矛盾を押さえて、その矛盾を突き詰めていくと、今度は外圧はどう加わっているのか、どういう対応が可能かという展開が開けてくるということでした。

遠近法とリアリズム

崋山は絵描きでもあって、たくさんのオランダ絵画の技術を導入しました。長崎から入ってきたオランダ書の挿絵から学んだ。挿絵は印刷物ですから銅版画になっています。オランダの絵画の日本への影響は二つあって、一つは幾何学的遠近法《パースペクティヴ》。東アジアは幾何学的遠近法をもっていませんでしたから、崋山は面白いと思った。浮絵という立体的に見える画法がありますが、そういうのを江戸の人はおつだとして好奇心で面白がりました。一八世紀の早くから、画家は幾何学的遠近法を劇場の室内画などで盛んに使い出します。建物は直線ですから遠近法が強く出る。浮世絵のなかにも木版画に遠近法が入ってきますが、彼らにとってのそれは、非常に長いあいだ一種の冗談、絵画的遊びだった。本当の作品は遠近法と関係ないと思っていた。遠近法というのは冗談みたいなもので、たいへん深く見えるから面白いということだけだった。それが第一の影響。

第二の影響はリアリズム。日中の絵画的伝統のなかに西洋の技術をとり入れることで先へ出られるか、ということです。先へ出られる方角はリアリズムです。西洋の銅版画は日本の絵画より迫真性がある、その迫真性を、われわれの絵画にも採り入れたいということになったわけです。おつだろうがおつじゃなかろうが、画家としての本業のなかでもっと迫真性のある絵画をつくりたい、それには西洋的技法を採り入れたいとなった。どう入れるか。いちばん早いところでは円山応挙《まるやまおうきょ》や司馬江漢《しばこうかん》にあらわれています。応挙、崋山は少し抑えたかたちですが。

その二つの影響があった。幾何学的遠近法を使うということは、視点の固定を意味します。あっちへ行ったりこっちへ行ったりしない。中国の絵も日本の絵も視点が動きます。それを意識的に使ったのが葛飾北斎です。橋の上で遊んでいる人がいて、船が見えていて、しかも橋桁《はしげた》も見えている。これは不可能な視点です。橋桁が見えれば人物は見えないはずで、両方描いてあるということは視点が上がったり下がったりして動いている。ところが西洋の近代絵画では、日本人が最初に接したのは長崎経由のオランダ銅版画ですが、視点を動かさない。幾何学的遠近法を使うためには動かしてはだめなんで、動かない視線がいわゆる vanishing point に向っていく、視点を動かないようにするということが根本です。

そこで、いろんな問題が発生します。大事なことの一つは幾何学的遠近法ですが、もう一つ、視点を動かないようにすることとからんで出てくるのは、光の方角の不動性です。ありとあらゆる方角から漫然と光が射すのではなくて、ある一点からある方角へ入ってくる。フェルメール、レンブラントらの光は一方向です。極端な場合はスポットライトみたいになる。そういうふうになると、次の問題は影です。中国の絵画には影がない。人物画にも影を使っていない。ところが、光が一定方向から来れば明暗がはっきり分かれます。明暗が分かれると、それだけに留まらないで、物の立体性、つまり三次元的空間を表現するのに強烈な武器になる。だから、幾何学的な遠近法とシャドウイングは、ただ面白いというだけじゃなく、面白かろうと面白くなかろうと、三次元的な現実の空間を二次元的な平面にとらえるための強力な手段になるのです。

それを崋山は採り入れた、いま私のいったことを全部。そうなると真面目な話で、そういう技術をいままでと違うだろうと強調するのではなく、むしろ反対です。応挙もそうですが、遠近法を使ってるかどうか、よほど注意深く見ないとわからないように使う。崋山は影も使っています。どうだ影を使っているだろうというのじゃなく、描いている人物の立体性に対してどういう効果があるかということを計算している。どうしてそういう立体的な効果が生じたかというのは、それは画家の秘密だ。よく見れば立体的に見えるでしょうといいたいわけです。そのために影をどこでどう使っているかというのは画家のほうの技術問題で、誇示しない。ほとんど隠れるように抑えて、しかし勘所で使っています。崋山は肖像画でも使っています。

一流の肖像画家崋山

中国でも日本でも、肖像画はただ単に似顔絵ではない。肖像画と似顔絵は違います。肖像画は人物の精神や人格、個性というものを強く押し出すように描きます。見た目の骨相や顔付きではなく、ある瞬間におけるその人の精神の在りかたみたいなもの、表情と顔がつくり出しているものを読むのです。肖像画はたくさんありますが、たとえば一七世紀のレンブラント、江戸時代の初期に光琳たちが描いていた時代のオランダの画家ですが、彼の肖像画のすべてがそうで、見る人をたちまち惹きこむ。顔を描いているのだけれど、肖像画の背景にはその人の人生がある。お婆さんの顔なんてすばらしい。それは似顔絵ではありません。

アジアには文人画などそれなりの伝統があるのですが、〈達磨《だるま》〉は写実ではない。雪舟の〈達磨〉は目玉の迫力みたいなもので訴えるのですが、崋山が望んだことは、そういうことを放棄しないでリアリズムをつきつめることだった。似顔絵を描くのに西洋的な技術が便利だから使おうというのではなくて、肖像画を通じて精神を描く。崋山は儒者の肖像画をたくさん描いていますが、『序説』下巻172頁でふれた《佐藤一《いっ》斎《さい》像》や《松崎慊堂《こうどう》像》などの一流の儒者の肖像画は眼光炯炯《けいけい》として、キャラクターが非常に強く出ています。いくつか焼失もしていますが、さっきいったシャドウイングの技術もうまく使いながら、彼は目的をはずさない。どこの国の肖像画も共通しているところの、単なる似顔絵ではなくて、似顔絵を越えて人格の現在をあらわすという目的に向っています。だから崋山の絵はすごい。画家の側に人格を見抜く眼がなくては上手な似顔絵になっちゃう。私は渡辺崋山は上手な似顔絵描きではなく、一流の肖像画家だと思います。最後のところでは、狙いは油絵で描いても墨で描いても同じです。

当然の話ですが、高野長英《ちょうえい》や佐久間象山《ぞうざん》などの先進的な知識人は、日本の置かれていた閉塞的な状況を見破り、蘭学を勉強して手を打たなければならないと考えていました。

そして彼らのかなりの部分は幕府によって暗殺されました。幕府は末期になって画家も殺したのです。芸術家が怖くなった政府は近いうちにかならず滅びるようです。江戸幕府も、ヒトラーも、スターリンも。

――そういう崋山たち知識人の流れが出かかりながら、弾圧されてしまい、他方、水戸国学の尊皇攘夷ナショナリズムが大義名分にせよ旗印になっていったことの歴史的意味は?

もともと二つの動き、百姓一揆の増加に加えて外国からの圧力が加わってきたことがありました。徳川幕府は鎖国をやりましたが、例外があった。オランダ船は数を決めて長崎に入れましたし、中国と朝鮮半島の船はオランダ船よりも多く入港していました。長崎にはかなりたくさんの船が入っていて、もちろん貿易を続けていました。一九世紀の前半に中国で阿片戦争〔一八四〇〜四二年〕がおこると、日本の知識層に対しては強い警告になりました。その知識はあまり大衆には知られていなかったと思いますが、知識層はみな知っていたようです。香港で何がおこったか、直接蘭学からでなくてもオランダ人から耳に入ってきた。これは西洋の軍事力の強大さがよくわかったということですが、それだけではなくて、敗北したのが清国だったということも衝撃の理由になったでしょう。日本の知識人は何百年ものあいだ中国に学んで、中国が世界の中心だと思っていたのですから、中国に近づくことがいわば理想でした。ところがその中国が英国の艦隊と戦って勝てなかったわけで、すくなくとも武力に関する限りは圧倒的に英国が優れていた。それは日本の知識人にとって非常なショックでした。

日本の知識層の反応は二つの流れに分かれます。一つは、このまま行けば日本も植民地化されるのではないかという考え。英国とかオランダの圧力を非常に恐れた。外国に対する反発を組織・理論化したのが水戸学のイデオローグで、尊皇攘夷となってたいへん強く反発しました。これが一つのナショナリズム。もう一つは、高野長英や佐久間象山、渡辺崋山のような蘭学者たちは開明的なナショナリズムで、このままではかなわないということを見抜いて、相手に学んで開国しなければしようがないという立場をとった。徳川幕府は、両方とも弾圧してしまった。

明治維新以前はナショナリズムのほうが強かった。そこに第三の流れが出てくる。薩摩藩の大久保利通です。彼は「尊皇攘夷」を利用しました。水戸学ナショナリズムを使って、大衆を煽動して幕府を倒すほうにもっていった。恐らく一揆も利用したでしょう。一揆も外国船も防げない状態をあげつらうことで幕府の無能を暴き、強いイデオロギー的なスローガンで「尊皇攘夷」ナショナリズムを組織しました。西郷隆盛も象徴的で、ナショナリズムで幕府を倒して明治維新を完成させましたが、明治政府では朝鮮征伐を主張して反外国のナショナリズムを煽ったことで、たいへん人気があったわけです。

ところが、大久保は明治維新の翌日から変った。私は変節したとは思わないけれど、幕府を倒すまでは表向き「尊皇攘夷」を唱えていた。そうでなければ幕府は倒せなかったでしょうが、倒れたら、「攘夷」どころか直ちに外国人教師を雇って、エリートの若者を英国や米国に留学生として派遣した。それで法律をつくり立憲君主制にもっていく。もちろん西洋モデルです。その近代化の象徴が岩倉使節団だった。「攘夷」の真っ向からの反対です。薩摩藩は英国の艦隊と戦い、結局敗けたのですが、敗けたあとが香港と違う。香港は占領されましたが、日本は占領されないで、半年経ったら薩摩藩から英国へ留学生を送っている。あぜんとするような話です。

リソルジメントと明治維新

しかし普遍性もあります。明治維新よりも早く、一九世紀の半ば頃ですが、イタリアはオーストリアやフランスなどの占領下にあった国土を多く抱えていました。それに加えてヴァティカン法王庁が独立国として膨大な土地を所有している。そこで独立しようとしたとき、イタリアのナショナリズムも「尊皇攘夷」でした。まあ「尊皇」の面は弱いけれども、北部地方のヴィットーリオ・エマヌエーレ二世をイタリア全体の統一のシンボルにして王制を謳った。パルチザンの抵抗からはじまって、外国の軍隊と戦い結局彼らを追い出して統一に向うのですが、そのときシチリアから蜂起してイタリア統一運動で大活躍するのが、よく銅像になってるガリバルディです。

ガリバルディの話は明治時代の日本でも人気がありました。なぜかというと、ナショナリズムを梃子にして外国とたたかった点が同じだったからです。当時の日本は、いつ植民地化されるかわからない状況のなかでやっとのことで独立していた状態で、〈独立〉を求めるナショナリズムの運動はイタリアと酷似していた。それから〈統一〉、そして〈天皇制〉とくれば、まったくイタリアと同じ。英雄が出てくれたらなおいい。日本では西郷隆盛で、西南戦争の謀反のあとでさえ、しばらく経つと上野公園に銅像が建ちます。維新の英雄。その次は西南戦争で国賊。しかし死んでからはまた西郷人気になった。西郷隆盛は〝ガリバルディ・ジャポネーゼ〟だな(笑)。

ところが、そんな矛盾だらけのことをやっていてはうまくいかない。実際に立憲君主制の制度をつくる必要があります。憲法や法制度を整備して、統一したら防衛問題、軍隊とか通貨とか国内市場を強化しないといけないでしょう。国立銀行も必要だし関税の管理も必要。ガリバルディは旗を立てて馬に乗って突進するほうですから、そんな細かいことは馬上ではできない、オフィスでやらないとね(笑)。誰がオフィスでやったかというと、カブールという男。戦争がすんで、リソルジメント(イタリア統一運動)を建設したのはカブールです。イタリアの独立・統一運動は、ガリバルディ＝カブール体制の役割分担です。

日本のカブールは大久保利通。西郷は民衆的人気のある英雄で、やや排外的ナショナリズム。ところが明治維新以後の日本はとても韓国遠征どころの騒ぎじゃない。経済的基盤も脆弱で、なんとかしなければいけなかった。それをやったのが大久保です。

大久保は人気がなくて、結局暗殺されて死ぬ。西郷のほうが一〇〇倍も人気があったけれど、明治国家を組織したのは大久保です。このようにイタリアとの並行関係は面白い。カブールは日本では知られていないけれど、ガリバルディは明治初期ではもっとも有名な外国人の一人でした。

――福澤諭吉の評価について。日本の近代化をすすめた面と、他方、「脱亜入欧」にみられるアジア観をどう理解されるか。

福澤は長く生きましたから、時期によって彼の思想は変っています。そのことを念頭におかないと正確な評価はできないと思う。明治維新のもっとも初期の段階から彼は「天賦《てんぷ》人権」をいっていました。「天は人の上に人をつくらず……」とか「一身独立して一国独立す」。「天賦人権」というと、これは社会が追求すべき究極的価値あるいは目標であって、手段ではない、便宜的手段ではなくて価値体系の基本ということになる。人権は「個人」が成立する基本的条件ですから、そこにはほとんどアナーキスティックなニュアンスまで滲んでいます。ところが、晩年の福澤は次第に変化してきて、人権概念がもっと具体的になると同時に現実的になって、究極の目的というよりも、だんだんに手段化する面が出てきます。

それはこういうことです。「富国強兵」は必要だということ。そうでなければ植民地化されてしまいますから、「一身独立して一国独立す」る方向へは進めない。そこで、「強兵」を実現するにはどうすればいいか。福澤がいうには、ふだんから日本国の政治に参加しないで、お上にいわれたことにただ従う兵隊――従わない人間は力で兵隊に取るのだけれど、そういう兵隊は日本国と自分をアイデンティファイできないから強い兵隊たりえない。自分たちの国だという感情をもったときに国を守ろうということになって、本当に強い兵隊ができる。

ではどうすれば「自分たちの国」を意識するようになるか。それは政治的参加です。政治的に参加しなければ考えるはずがない。自由で批判力があって、自ら政治に参加することが、「強兵」実現の条件です。

議会開設を福澤は強く要求していますが、それには手段的側面があります。みんなが投票して、議会に出て、政治過程に参加すれば日本は自分たちの国になるという主張です。自分たちの国になる感情というのは、つまりナショナリズムだけれど、それを媒介として軍隊は本当に強くなるので、ただお上からいわれたから「はい」と従っていたのでは強くならない、と福澤はいったのです。そうすると、ある意味では人権が「富国強兵」の道具になります。その程度は、福澤において、時期によりニュアンスの違いがあります。福澤は見事に現実主義的理想主義者でした。

愛国心の条件

一九世紀半ばの福澤にとってナポレオンの戦争はわりに近い話でした。ナポレオンは最後のロシア攻撃で敗けましたが、それまでは連戦連勝です。コルシカから出てきた身分の低いナポレオンが戦えばかならず勝った。どうしてなのか。司馬〔遼太郎〕さんが書けば軍事的天才になるでしょう（笑）。もちろんナポレオンには天才もあったでしょうけれど、使った武器は同時代の他国のものよりとくに優れていたわけではない。ナポレオンの天才だけで百戦百勝というのはちょっと怪しい。それ以外の面も二つあります。

一九世紀前半のフランスは人口でヨーロッパ最大の国でした。それが軍事的天才にかかわらず与えられた一つの条件。もう一つはナショナリズム。愛国主義でできた最初の軍隊です。それまでの軍隊は封建的ですから城主が領内から農民などを徴兵するのですが、彼らに政治的権利はない。そのためパトリオティズム（愛国主義）があるはずがないんです。しかたがないから泣く泣く兵隊に行く、『万葉集』の「防人」と同じです。だから、「防人」はあまり強くなかったと思いますよ（笑）。パトリオティズムはナポレオンが発明したのではなくて、フランス革命が生みだしたものです。王制を倒して、フランス人民の国がフランスだということになった。ナショナリズムとパトリオティズムは革命の側にあって、革命を弾圧する王制の側にはなかった。あらゆる政治過程に参加する権利があるということ、現実に政治参加していることの感情的表現がナショナリズムです。それをつくったのはフランス共和主義。

そのナショナリズムを使って軍隊を組織したことがナポレオンの天才だと思う。軍事的天才というよりも、政治的・思想的な意味での天才です。ナポレオン軍は、そもそもそういう意味で最初の徴兵制度による軍隊、イデオロギー的な領主に対する忠誠ではなくて、自分たちの集団、つまりネイションに対する忠誠です。そういう軍隊が戦場で対峙したら向うところ敵なしという感じになったのでしょう。

福澤はそういうことを百も承知していた。愛国心の条件としては、政治参加なしの愛国心がありえるかどうかということです。いまの日本国に少しふれると、強い自衛隊をつくって派兵するには「愛国心」が必要だと政府はいいますが、いまは二一世紀でしょう、パトリオティズムで戦争して勝ったというのは一八世紀末から一九世紀初めの事件ですよ。かなり時代錯誤《アナクロニズム》じゃないかという強い疑いが生じるのは当然だと思う（笑）。では「愛国心」をどうやって涵養するかというと、教育基本法を変えて、文部科学省が指導要領に「愛国心」を入れるなんていいますが、指導で「愛国心」は生まれないでしょう。だから議会を開けと福澤はいっている。デモクラシーのないところ、つまり大衆の政治参加がないところで大衆に「愛国心」を期待するよりも、むしろ大衆の権利を、労働者の権利を、労働組合の権利を強調することによって「愛国心」は生まれると福澤が一〇〇年も前にいっている。ちょっとは福澤先生でも読めといいたいが、文部科学省の役人は『福澤全集』を読んでないのでしょう（笑）。

一〇〇年前の福澤は勘所をいってます。「富国強兵」をほんとうに実現する気なら、「愛国心」はどうしても必要な要件です。「愛国心」をどうやってつくるかといえば、政治参加です。政治参加を何によって表明するかといえば、まず第一に選挙、議会です。議会で足りなければほかの大衆組織。偉い王が国民を可愛がるのが政治ではなくて、いくら可愛がったって権利じゃないからね、そういうお恵みじゃなくて、権利の行使としての選挙や議会。〝お国のため〟に命がけで働くことは、自分たちの国だという意識がなければできない。そういうことを福澤はいったのです。

福澤は帝国主義者か

「脱亜入欧」という言葉はスキャンダルになりましたが、そこだけを取り上げるからです。その前に福澤は一種の「大アジア主義」です。西洋の帝国主義が香港、上海からだんだん迫ってきて、終着点は日本でしょう。黙って座っていたら植民地化される可能性が大きかったから——それは空理空論じゃなくて現実に危機的状況があったから——、ではどうすればいいかというと、中国と朝鮮半島と日本が連携して防ごうということを福澤は強調しています。

ところが〝言うは易く行うは難し〟で、現実にどこの中国政府と交渉するのか。清国はもはや瀕死の状態でしたし、朝鮮半島には中国の軍隊が入っていてその影響が強い。李朝の朝鮮半島自体を改革して強い政府をつくるという方向には、簡単にいかなかっただろう。その福澤の判断は間違ってなかったろうと思います。東洋の海上には英国の艦隊がいる。じっと待っていては危ないのだから、唯一の方法は、やむをえず中国と朝鮮を飛ばして、つまりアジアを飛ばして「入欧」することだ。なるべく早くヨーロッパの技術を導入・消化して製鉄や造船をおこすより方法がないと福澤は判断した。それが「脱亜入欧」論です。彼がそこへ変ってきたのは、現実の情勢に対して適応した結果です。

ただ、福澤の適応だけが唯一の方策だったかどうかは問題です。そこを議論するのはいいことだと思いますが、福澤は帝国主義論者ではないと思います。より防衛的ではないか。複雑な状況のなかで独立を維持するのだったら、そのために現実的な手を打たなければならない。中国、朝鮮半島と日本の同盟関係は現実的にできないという判断に立つならば、「脱亜」で「入欧」しなければしようがない。

しかし批判は残るわけで、入欧すると技術の輸入だけで済まなくて、「欧」のほうは植民地帝国主義ですから、「脱亜入欧」の日本も植民地帝国主義のほうにすべっていく傾向があらわれます。福澤のなかにそういう要素が生じなかったとはいえないでしょうね。それが批判の要点です。中国をとることが目的ではなくて、日本がとられることを防ぐためには一緒にやれないから一人でやる、それには日英同盟が必要ということになる。一九〇四〜五年の日露戦争がその分かれ目でしょう。福澤的な論理はそこまで続いている。日露戦争に至る日本側の反応はかなりの部分が恐怖です。ロシアが満州から入って朝鮮半島に来ることを怖れた。ロシアが朝鮮半島に来ては困るということを日本人は明治維新から考えていて、その恐怖感は日露戦争まで続く。第二次大戦後でさえ、外務大臣をやった藤山愛一郎さんは釜山に赤軍が入ったら怖いと、一九六〇年の安保闘争のときに語っていました。彼の考えは中国とソ連の力が朝鮮半島を支配することが怖いということです。

――中江兆民《ちょうみん》の『三酔人経綸問答《さんすいじんけいりんもんどう》』では福澤的でない登場人物が出てくるが、兆民と福澤の接点はあったのか。

接点はあったと思います。福澤や兆民が活躍していた時期は薩長官僚制でしょう。明治維新のあとは薩長閥が支配するところの天皇制官僚寡頭政治《オリガーキー》があった。その官僚独裁の政権に対する抵抗は、福澤がやったもう一つの大事なことで、現に彼は一度も役人にならなかった。政府の役職には就かなかった。慶應大学を創立したのは、官僚ではなく民間で行くんだという宣言です。

兆民は時期的に福澤より少し後になりますが、〈国権〉と〈民権〉の関係を考え、対外的にも対内的にも国家権力の強化が〈国権〉の核心だと主張しました。〈民権〉は主として国内的には〈国権〉に対してたたかう。〈民権〉を拡大することによって〈国権〉を強化することが目的であるべきだと考えた。兆民の〈国権〉に対する〈民権拡大主義〉と、福澤の〈民間強調主義〉、反官僚独裁の思想は酷似しています。接点どころかほとんど同心にみえる。その点に関しては、二人とも一貫しています。

――兆民の「我日本《わが》古《いにしえ》より今に至るまで哲学無し」の意味は？

「哲学」という言葉で兆民が何を意味したか、哲学の定義によります。

彼は一八七一年にフランスに行っていますが、それはパリ・コンミューンの直後でした。ナポレオン三世の第二帝政を破ったコンミューンのラディカルな政治がつぶされたすぐあとのことで、兆民のパリ到着は比較的穏健なブルジョワ的な共和制がフランスに戻ってきた初めの時期です。コンミューンの過激な市民たちは政治権力闘争では敗けたけれど、彼らの思想は搔き消されたわけではなく、生きていました。

一八七〇年代のパリの知識層や政治学者にはラディカルな人たちが多かったのです。言論界では、パリ・コンミューンや共和主義の支持者たちはまだたくさん活動していて、兆民が接触したのは、まさにその生き残りたちでした。コンミューンはつい昨日の話です。彼らを通してフランス革命までさかのぼり、フランス革命の背景に政治的なジャン＝ジャック・ルソーを見たわけです。だから彼は『社会契約論 Contrat Social』を翻訳した。どうしてルソーかというと、パリ・コンミューンの知識人を通してフランス革命の立場に立ったからです。その思想的背景はヴォルテールではなく、ルソーです。兆民はそれが中心問題だと思ったのです。

政治哲学としてのラディカルな共和思想が哲学の核心だと兆民は考えていました。もし、フランス革命の共和主義を政治哲学というふうに考えると、日本にはそんな過激な共和思想は安藤昌益以外にはなかった。しかし昌益は当時まだ知られていませんでしたし、昌益だって天皇制に直接には向ってない。フランス革命の思想は、王制反対です。そういうことをいっては陛下に申し訳ないし、日本国の醇風《じゅんぷう》美俗が守られませんから、日本ではフランス革命記念日を「パリ祭」というのです（笑）。みんながダンスしている映画があったけれど（笑）、フランスの七月一四日は「パリ祭」ではなくてバスティーユです。旧体制に捕われていた囚人を全部解放した記念日です。「パリ祭」で「ダンス」というのは中心問題からはずれていて、兆民にいわせれば、

「日本に哲学無し」となる。哲学があれば、王制と人権の問題を論じるでしょう。兆民は福澤よりもある意味でかなり過激です。福澤はジョン・スチュアート・ミル的な個人主義と民主主義でしょう。兆民の先生は過激だった。

——J・S・ミルが指摘した「集団的凡庸」と同じことをいった日本人がいたか。

いないでしょうね。ミルは「集団的凡庸」と同時に、「集団による圧制 tyranny」つまり、「多数意見の圧制」というのは民主主義制度のなかでいちばん怖いということもいっています。民主主義の敵は〈多数派〉だと。ミルは、そもそも民主主義に行く前に徹底的な個人主義です。〈個人の人権主義〉、一人の人の少数意見でも守るべきだという立場です。民主主義制度の下で、個人を圧迫するのは、王や独裁者ではなくて〈多数意見〉。このことは私も何度か書いたことがありますが、ミルとほぼ同じ意見なのが、一九世紀フランスのトックヴィルです。アメリカ・デモクラシーについて書いた『アメリカの民主政治』という名著がありますが、トックヴィルも多数派の圧制こそが民主主義の敵であり、アメリカ最大の欠点はそれであるといっています。ミルは英国について、「集団の凡庸」「集団の圧力」、それが民主主義の敵であるといった。

そういう考え方は徹底個人主義から出てくる。フランスの場合はフランス革命からだいぶ経っていますし、ミルの場合も名誉革命からずいぶん経過しています。ミルの前はクロムウェルがいました。英国とフランスはヨーロッパのなかでも最も個人主義の強い国です。だから「多数派の凡庸」「多数派の圧制」は民主主義最大の敵であるといいきれる。日本にはそういう個人主義はない。みんな集団に属してる。「凡庸」のほうに属している。日本人は集団主義です。

――日本におけるプロテスタンティズムとカトリシズムの受容について、どのような違いがあるか。

プロテスタンティズムは明治維新のときに初めて日本に来ます。明治以前はみんなカトリックです。維新の初期はまだ弾圧が残っていましたが、外圧もあって一応取り下げたのです。それで両方入ってきた。入り方はかなり違っていて、プロテスタントのほうは宣教師と学校の教師で、大部分はニューイングランド出身のアメリカ人、ほとんどは男ですが、女の人もいました。プロテスタント教会の立場からいうと、アメリカ本国でも男女差別は強かったのですが、それでも徳川政府とは違う。プロテスタントたちは女性の教育程度も高ければ高いほどいいという立場ですから、それは比べものにならない。もちろん彼らは教会もつくりました。

プロテスタンティズムが日本人に入ってきたことで二つの反応がおこります。教会を道具として使ったのが一つの立場。日本の自然主義の作家たち、田山花袋《かたい》、島崎藤村、岩野泡鳴《ほうめい》らはみんな一度はプロテスタントになっています。田舎だと英語学校はなく、彼らは英語を習いに教会に行ったのです。教会に行くのにはクリスチャンにならないとバツが悪い。それで彼らは洗礼を受けてクリスチャンになった。

教会で英語を覚えたか、あるいは覚えないで諦めたかして、とにかく彼らはキリスト教をやめてしまう。私の調べたかぎりでは平均五年だな（笑）。あとからあとから自然主義の作家はみんなそうなった。まず田舎で宣教師に英語を習い、いい加減習ったところでキリスト教をやめて早稲田大学に入って、そこで坪内逍遥《しょうよう》に文学を習う。それが一つの日本的反応です。プロテスタンティズムを通して英語を学ぶというのは、ちょっとほかにないでしょう、英語圏以外でも。キリスト教国では考えられない。

もう一つの反応は、札幌農学校のクラーク先生のエピソードのように、まるごと信服してしまう。これは、いきなり〈神様〉というより、どちらかといえば、〈ひと〉でしょう。人間としてのプロテスタント牧師に感服するんです。そこへ出かけて行ったのは地方の地主や侍の息子たちで、武士のつくった倫理的価値観がまだ日本社会のなかで生きていたから、多かれ少なかれその影響を受けている青年が札幌農学校へ行く。

そこで勉強するのは農学ですが、教師は従軍経験者だったのです。彼らは、ニューイングランドから来た信仰の篤いプロテスタントの牧師さんたちでした。明治維新が一八六八年で、牧師たちは一八七〇年代に来日しますから、アメリカでは南北戦争が終ったところだった。維新前のサムライの息子たちが教会で出会った牧師は、戦場を駆け巡った経験のある北軍の元将校だった。維新の動乱のなかを生き抜いてきたサムライの子弟にとって、話を聞いてみると、彼らはうちの親父に似ている、ということになったでしょう(笑)。戦争の現場にいたことがあるだけに度胸があって、一人でもたたかうというサムライに気に入りそうな連中で、牧師の経験と日本の元サムライの経験がぴったり合ったのでしょう。「あの先生のためなら」です。必ずしも神様はいらない。

もともとスコットランド系の多いニューイングランドの教会は日本に来たプロテスタントとつながっていて、そこに南北戦争のエピソードが加わった。日本側ももちろん維新のときにチャンバラをいくらかやりましたから、実際に戦火をくぐってきた者同士のあいだに、極端にいえば連帯感が生まれた。それで、プロテスタントが非常に強い影響を与えたのだろう、と思います。

後年の日本のキリスト教指導者たちの留学先は、ほとんどがアメリカのニューイングランドで、内村鑑三《かんぞう》や新島襄《にいじまじょう》はボストン郊外の古いアムハースト大学に留学し、プロテスタンティズムを今度はほんとうに日本に持ち帰った。植村正久は日本のプロテスタンティズムの教会システムをつくり、内村は無教会主義の再臨信仰の思想家になり、新島は教育者になって京都で同志社を創立した。彼らはみな頭がよくて、ややサムライ的です。禁欲的で男性的で、意志が強くて、「人生を愉《たの》しむ式」よりも、「大いにたたかう式」のキリスト教を日本に持ち帰った。

日本のカトリック神学

日本のカトリックとプロテスタントの信者の数はおよそ同じです。しかし、文化に対する影響力は、比べものにならないくらいプロテスタントのほうが大きい。カトリック教会は人生を愉しむ。お酒も飲むしね。愉しみすぎちゃっていろんな問題もおこってますが（笑）、あれもこれもしてはいけないというのではなく、ゆっくりやりましょうという感じです。カトリックは上流階級のお嬢さんの躾《しつけ》教育に熱心で、男子だと暁星《ぎようせい》中学とか、女子では雙葉《ふたば》とか聖心といったミッション・スクールをつくり、どちらかといえばお行儀がよくて良家の子弟教育に役立った。プロテスタントのほうは、極端な場合には堺利彦と組んだ内村鑑三のように「萬朝報《よろずちようほう》」や「平民新聞」で日露戦争に反対することになる。それはカトリックからは出てこない。

上智大学はドイツ系のイエズス会の大学ですが、カトリックの学校からは一流の神学者はあまり出なかった。一六世紀のザビエルや外から来た人は別です。日本人カトリック神学者の例外は岩下壮一です。岩下神父は後年、実践活動に入ってハンセン病院で献身しましたが、若い頃は理論活動をした、たいへん学識のある優秀な人で、両大戦間で活躍しました。あとで極楽に行くというカトリックじゃなくて、知的カトリックとして戦前・戦後の若い日本人が影響されたのが岩下神父です。いま岩波書店から『岩下壮一著作集』が再刊されています。

もう一人は吉満義彦《よしみつ》。フランスに留学し、第一次大戦後のフランスでおこったカトリックの復興運動の指導者、ジャック・マリタンやシャルル・ペギーらの〈ネオ・トミスト neo Thomiste〉と交際した神学者です。〈ネオ・トミズム〉というのはトマス・アクィナスの神学の現代化というかカトリック・ルネッサンスの運動で、吉満はマリタンを挙げながら、その周辺からプロテスタント神学まで論じました。私は彼が東大文学部倫理学科の講師をしていたときに講義を聞いたことがあります。『吉満義彦著作集』（講談社）の編集に少し参加したこともある。

しかし日本の知的指導者のかなりの部分はプロテスタントで、内村・植村・新島以後大勢です。たとえば経済学の矢内原《やないはら》忠雄や政治学の南原繁《なんばらしげる》、もう少し若い隅谷三喜《すみやみき》男《お》もみな真剣なプロテスタントでした。彼らのような知的指導者でカトリック神学の立場をとっているという人は少なかった。それがカトリックとプロテスタントの違いです。

――九章を終えるにあたって、司会者からひとこと。
下巻二四五頁に、

「吉田松陰の思想には独創性がなく、計画には現実性がなかった。しかし「狂愚誠に愛す可《べ》し」といった青年詩人は、体制が割りあてた役割を超えて、歴史に直接に参加するという感覚を、いわばその一身に肉体化していた。その感覚こそは、一八六〇年代に、若い下級武士層を維新の社会的変化に向って動員した力である。」とあります。一九六〇年代の青年であった私もまた、歴史に直接に参加するという感覚をもっていたなぁということを感じました。

第十章　第四の転換期・下

――尾崎紅葉の『多情多恨《たじようたこん》』を読まれて再評価されたと聞きましたが。

尾崎紅葉や広津柳浪《りゆうろう》といった「硯友社《けんゆうしや》」について、かならずしも文学史でなくても、文芸批評家や作家など文学に関心のある人たちには、通俗的なイメージがあります。やや形式化された美文家集団で、当時の保守的な、〈江戸〉からのつながりのほうを代表しており、他方、二葉亭四迷とか島崎藤村は西洋文学の影響があって、明治の新しい文学の代表者とされています。私は『金色夜叉《こんじきやしや》』を材料にとって紅葉を『序説』に書いたのですが、『尾崎紅葉全集』は読んでないのです。代表作は読みましたが、だいたい社会的通念と近い印象をもっていました。私もほぼそれに乗っていたわけですが、『金色夜叉』に関する限り説得力はあるかもしれないものの、『多情多恨』などを読むと、そうはいかないところがあるんですね。
具体的にいうと、『多情多恨』という小説はわりに平易な、口語に近い文章で書いています。会話の扱いもそう。主人公はほとんど病人に近いひきこもりです。誰とも会うのがいやで、人間嫌いみたいになっている。独身の若い男で友達は一人しかいない。その親友は別ですが、親類もふくめてほかの誰とも会おうとしない。女の人に会って、きれいだと思ってもそれを口に出せないで、ほとんど恐怖をおぼえるくらい病的に臆病です。そういう性格ははっきり書かれている。

　これは作者の自己の体験ではないと思う。作者の観察の結果だけれども、自分の生活の経験を換骨奪胎《かんこつだったい》して描いたいわゆる私小説ではない。これはフィクションで、自分が見た人物を少し誇張して一つの人格、性格をかたちづくったと思います。それは本格小説の手法です。描き方は客観的で、登場人物たちが思っていることでも外側から書く。作者には何でも見えるというタテマエです。いわゆる〈神の目〉といわれているもので、どういう人物でも、彼はこう思ったとか、彼女はこのように感じた、などと作者は書けるわけだ。他人が感じたことなど本当はわからない。それでも作者だけは例外で〈神〉のように書ける。

『多情多恨』は紅葉が主人公をつくって、その性格を描写して、そこから生じるいろんな事件を書いていきます。ところが、主人公の性格があまりに極端なので、親友がどうにかしようと自宅に呼ぶのですが、今度は親友の細君を怖がります。親友には会いたいのだけれど、細君が出てくると怖いので逃げ回ることになってなかなかうまくいかない。そのうち借家を追い出され、行くところがないから親友の家に寝泊りすることになる。そこには細君がいるわけだから、同じ家のなかでは怖くて夜も眠れない。結局最後には、とくに怖がっている女の人と恋愛関係になります。そんな話が叙述されているのですが、主人公はほとんど〈病気〉です。いわゆる〈病気〉という言葉は紅葉は使ってないけれど。その頃は心理的な病を〈病気〉とみなす見かたは普及していませんでしたから性格の病ということにしていますが、われわれから見ればあまりに極端なんで、一種の〈病気〉です。それが破れるのは、いちばん怖がっていた女の人との恋愛だったという話。

『多情多恨』は私小説ではない

第一に、これは私小説ではありません。親友の描写にしても、会社員か何かのふつうの健康な人です。紅葉自身は文学者ですから社会的立場としてはかなり例外的で、登場人物は自分の経験のとおりの人物ではない。〈本格小説〉に限りなく近い。形式からいえば、初めに主人公の日常生活を全部描写して、性格がはっきり出てくるように描いて、出てきたやや病的な性格からもろもろの事件が生じる。たとえば家を追い出されると行くところがないというのもそうです。それが最後にどういうふうに壊れるかという話になる。〈起承転結〉があります。意外な展開で、いちばん怖いと思っていた女の力で病的な性格が治るということなど、小説が首尾よく知的に構成されています。本筋にかかわらないことは書いてないわけで、一つのテーマを追求する過程で、初めがあり展開があって、最後に解決が来るという、かなりきっちりした構図をもっています。

そうすると、明治初期の小説として、それが伝統を代表しているのかという話になります。『多情多恨』を少しまえの逍遥の『当世書生気質《とうせいしょせいかたぎ》』や藤村と比べると、構成は彼らのほうがはるかにルーズですよ。藤村は明治の新しい文学をつくる人で、紅葉とその仲間は保守的で江戸時代を引っ張りながら、どちらかといえば新しい動きに対して伝統的なところで勝負していたという通俗的イメージは、ちょっと違うんじゃないかと思う。これを読んで紅葉に対する私の考え方は変わりました。「硯友社」の作家だけれども、例外といわれていたのは泉鏡花です。鏡花については人々は例外性を認めていた。しかし紅葉は「硯友社」の中心中の中心でしょう、彼が全体を率いていたところがあったわけです。そういう、中心部の解釈が変わると、硯友社の文学の評価、位置づけが根本的に変ると思います。日本の文学はものすごい力で〈私小説〉のほうに引っ張られていく。藤村もそっちの方角へどんどんいくわけですが、紅葉はぜんぜん違う。どこからそれは来たのか。

紅葉は伝統的な江戸文学から影響を受けているだけではなくて、西洋文学からの影響もかなり強いのではないかと思います。いままでのイメージとは違って、むしろ一九世紀の西洋の小説に近いようなものを感じさせる。トルストイやブロンテの『嵐が丘』のような大傑作といきなり対抗しないにしても、肉はそれほど豊かに付いていないけれども、骨格部分は藤村よりも西洋の小説に近い。これは補足したいことで、転換期の明治以降の文学の話をすれば、いままでの文学史の常識をひっくり返すものだと思います。もっと追求したらおもしろいでしょう。

紅葉はリアリズムじゃない。たしかに美文で、たいへん様式化した、理想化した世界ですが、それは彼独自のものであって〈私小説〉ではなく、江戸時代の文学と比べると美文でもない。リアリズムというか、実際の生活を生き生きと描くものだという建て前からいうと鏡花とはぜんぜん違う。鏡花はたいへん美化した、美しい場面というか情景、あるいは感情の動きをつかまえることに要点があります。ある場合には、鏡花の主人公は直接に芸術家です。『風流仏《ふうりゅうぶつ》』もそうなんで、露伴はそういうものとして『序説』に書きましたが、紅葉は違います。ここで付け加えるというか、将来の課題です。

私が明治文学をもう一度論じるなら、「硯友社」を読み直してひっくり返す。ひっくり返さなきゃおもしろくない、みんながいってることを紹介するだけではね。文学史は文学案内じゃないので、評価が変るような独創性がないといけない。紅葉についてはそういうことです。意外でした。文学作品というのは読み返してみると違ってくる。原作を読むと、世間に通用しているイメージとは違ったものが出てきますね。ほとんど常にそうです。

——紅葉をあらためて読まれたきっかけは？

岩波書店の広告みたいになるけれど、岩波書店は文庫を送ってくれます。新版で『多情多恨』が来たから読んでみた、そうすると、私が常識的なイメージにしばられていたということがわかりました。『金色夜叉』ではこれまでの評価は矛盾しないけれど、『多情多恨』では真っ向から矛盾すると思った。だから、全集を読まなくちゃいけない。一つ二つ代表的なものを読んで、というのは危ない。紅葉をもっともっと読んでいけばどうなるか、です。

『多情多恨』をそういう観点から読んでいけば、細かい点についても明らかに英文学の影響がありますね。当時の明治の人だったらいわないようなことをいってるのは、英語の小説を読んでいたからでしょう。ていねいに拾って論文を書けば、業績になるし、助教授から教授になれるかもしれない。ところが私は教授になってやめたので(笑)、これからさき助教授になるわけにもいかないし、出世することに何の関心もないので、もし関心があれば差し上げます。「尾崎紅葉の再評価」のようなテーマで書くとか、あるいは博士になるためにあまり時間を使いたくなければ、『多情多恨』をばかていねいに読んで一行一行検討すればいい(笑)。

――島崎藤村の『夜明け前』について、維新史の解釈では独創性はないけれども、「日本の小説家が書き得たもっとも壮大な叙事詩の一つ」(下363頁)であって、激動期の人々の運命をていねいに描いている点を評価されていると思うのですが、宣長以後の平田篤胤《あつたね》などの国学の影響がこの作品の中心テーマの一つになっているのではないか。

宣長以後からいえば、国学の正統支持ということで平田篤胤、大国隆正《おおくにたかまさ》の順序でだんだんクレイジーになっていくのですが、国学者で面白いことは、幕末から明治にかけて地方に国学の中心が移る傾向です。どういう人が地方で活動していて、どういう議論をしていたかについて書いたものは残っているものの、そういうことはあまり詳細に調べられていないと思います。江戸とか京都の話ではなくて、地方の国学者や国学の影響を強く受けた人を調べると面白い、ことに明治維新との関係です。水戸学派や国学の主流としての平田篤胤だけではなく、地方の国学者たちがどういう態度をとったか、明治のナショナリズムという観点からいっても大事な問題ではないか。ところが藤村の『夜明け前』はそのことにふれている。木曾の教師は国学者でしょう。これはもっと調べたら面白いと思います。

「国学ナショナリズム」といいましたが、国学の発生は、漢学や儒学といった中国崇拝の学問に対抗するためというのが一つの大きな動機です。宣長のなかにはそれが強くあらわれていました。「漢意《からごころ》〔唐心の意〕を排せ」といってるわけですから。それが国学という学問を確立した彼の推進力になった。宣長は『古事記』を研究することで、中国の影響を受けない日本人の世界観を探したのですが、そういう内容はどこから来たのか。

宣長の最大の学問的業績はもちろん『古事記伝』です。『古事記』のなかにはそういうものは出ていますが、『古事記』から〈大和心《やまとごころ》〉を学んだのではなくて、〈大和心〉を悟ったから『古事記』を研究して、もっと詳しく学問的水準でその問題に立ち入ったと思います。その問題に一生をかけた宣長は、『古事記伝』にほとんど生きがいを見いだした。やる前からこれは生涯の仕事だと考えていたと思う。

彼は多くの儒者と違って松坂の田舎の医者でした。祖先は武士階級だったらしいけれど、民間に下って農民になってから医者になった、主として小児科医です。小児科医の役割は病気の子どもを扱うので、病気の子どもは医者のところへ一人では来ない。

母親なりがついて来ます。そうすると、宣長は開業医ですから一日中母親と会話していたはずです。貧農はあまり来なかったかもしれないが、中流程度の農家から裕福な農家、農村に住んでいる商人のおかみさんたちが宣長の最大の話し相手だったでしょう。

そういうおかみさんを相手にのべつまくなしに会話をしている——そんな儒者は京都にはいません。京都の儒者は先生になっていて、弟子が集まってきてお金をとっている。そうでなければ藩から給料をもらってますから、町の人とは接触していない。しかも宣長の話し相手は女性が多かった。女性はイデオロギーの浸透の度合いが男性よりもはるかに弱いし、政治的にも組織される度合いが少ない。男と比べると生活に密着していて、官製の、役人が強制するイデオロギー教育、あるいはブレイン・ウォッシング〔洗脳〕に影響をあまり受けていない。偉くなる可能性もぜんぜんないわけで、松坂の農家のおかみさんが突然米国に留学して、帰ってきてから選挙に出るなんてことはないでしょう（笑）。そんなことは考えないので、子どもや家のことを心配してる。

宣長は京都に留学していたことがあり、京都の儒者をよく知っていました。ところが、京都の儒者のいうことと松坂のおかみさんたちのいうことが、まったく違う。あれだけ頭のいい人が、――ひた隠していたけれど、宣長という人はよくうそをつく人です（笑）、そのことに気づかないはずがない。問題は知識の程度が違うといったことではなくて、そもそも根本的に世界観の構造が違うということです。そのことを日本の知識人で初めて見抜いたのです。

小児科医宣長の勘

京都の儒者のいってることとは、要するに中国の儒学の影響でしょう。官製イデオロギーとからんで、彼らはいろいろな解釈をしているけれど、松坂の農家では中国のことに誰も興味をもっていなかったでしょう。儒者と農家のおかみさんとのちがいは、決して頭の良し悪しや教育程度や知識の差ではない。もっと根本的な、ものの考えかたの一番基本的なルールというか原理というところでのちがいです。その農家のおかみさんがいっていること、考えていること、あるいはイメージしていることをよく聞いて、よく調べて、彼らに代わってそれを代弁し、情報を収集して分析し、知的な体系に組み上げた人というのは、開闢《かいびゃく》以来一人もいなかった。しかるに、宣長はそれこそが日本的世界観だと思ったのです。それが彼のいう〈大和心〉。〈大和心〉は『古事記』から学んだのではなく、開業医としての日常の体験から悟ったものです。まさに〈漢意〉とは対照的に違うものです。

〈漢意〉についてはみんながしゃべりすぎるほどしゃべっている。しゃべっている儒者はみんな〈漢意〉。〈大和心〉については誰も語っていない、それでは俺がやろうということになれば、学問的な問題ですから、古代日本語の語学的研究が必要になってくるし、最古の文献は『古事記』ですから、『源氏物語』などにいかずに『古事記』に向ったはずです。日本で使うことのできるいちばん古い文献と、松坂の農家のおかみさんとは呼応する。そうに違いないと思ったから、一生をかけて、何十年もかけてそのことだけに没頭した。

宣長の予想は当たったわけで、それが国学というものの核心だと思います。国学というのは面白い。国学を消すことはできません。日本の権力者はイデオロギーを組み立てるときにいろんなものを使いました。西洋のイデオロギーも使うし、近代的なナショナリズムも使うし、儒者の価値観も使うけれども、それだけではすべての国民を動員できない。〈精神総動員〉にはかならず国学的なものが入ります。なぜならそれは〈大和心〉だから。〈大和心〉というものは容易に外部の多様なイデオロギーに浸透される、けれどもなくならない。執拗なものです。

それを丸山さんは日本人の意識の「古層」といったのです。私は「土着世界観」といいました。国学は〈大和心〉の意識化です。おかみさんのほうは〈大和心〉を説明しろといわれても説明できない。〈大和心〉は実際に働いているのだけれど、整理して、知的システムとして理解し、叙述することはできない。それは宣長の国学者としての役割です。国学者があらわれるとき、しばしば地方の中にあらわれるのは当然です。木曾の山のなかには〈大和心〉しかない。儒教はそんなに入ってこないし、中央の政治的取引とか出世の野望もない。そうすると国学はますます強くなります。それは伝統的な土着世界観、あるいは感受性、あるいは物の見かたの意識化、プリーズ・ド・コンシャーンス prise de conscience です。だから面白い。

国学とナショナリズム

その脚注ですが、一九三〇年代になると国学を日本の戦争イデオロギーに使ったでしょう。われわれはそれを戦後拒否したわけですが、そんなこともあって国学の研究はあまり進んでいない。国学院大学などでやっていたのは極度に反動的で、侵略戦争支持の国学者が多かったし、そういう方角に利用した。ヒトラーにとってのヴァーグナーみたいなものです。ヴァーグナーを演奏するならプログラムは受け容れられないと、つい最近までイズラエルはいっていた。ヒトラーとナチがヴァーグナーを利用したからです。しかしヴァーグナーのほうがナチより早いんだ（笑）。利用されることを予想してつくったわけじゃない。

ヴァーグナーは御用音楽家ではありません。ナチが勝手にやったのであって、ナチに反対ならヴァーグナーにも反対だというのはうまくない。同じ仕掛けで、国学者を散々使ったのは東条政権や陸軍情報部です。陸軍情報部が利用すると汚れちゃって、みんなまじめに相手にしなくなったけれど、それは迷惑な話なんで、国学が発展しはじめた頃は陸軍なんてなかった。〈漢意〉という話はそういうことを考えていたのではない。〈漢意〉を排するというのは中国侵略と関係ありません。日本の侵略戦争のイデオロギー、道具としての国学の面は遠い過去になるから、そろそろまじめに国学を勉強すべきときであるという境目あたりに、この『序説』が出たんです。

そう思っていたけれども、これからまた何をするかわからなくなってきました。侵略戦争がもっと進めばまた国学を利用しないとも限りません。遠くなったからいま自由に研究、なんてのんきなことをいってられなくて、危ないと思う。また利用されるかもしれません、ほかに代わりがないんだから。「愛国心の涵養」のために！『万葉集』のときに話をしましたが、「防人」の歌は例外だ。宣長の「敷島の大和心を人問はば朝日ににほふ山桜花」を引くのは牽強附会《けんきょうふかい》です。桜はきれいに咲いてぱっと散るからといって「同期の桜」とかなんとかいい出した（笑）。宣長はそんなことはいってない。ぱっと咲いて天皇や領主や主人のために潔く死ぬという歌じゃないです。宣長は〈もののあはれ〉を研究していたので、「敷島の大和心を人問はば」どうかといえば、それは〈もののあはれ〉だといってるわけです。〈もののあはれ〉は何かというと、たとえば、美しい感動です。桜の花がぱっと咲いたところが美しいというので、それが〈もののあはれ〉。それが早く散るから、ますます一種の哀しみを伴った美しさ、つまり美の脆弱性と一回性みたいなものです。そういうものが〈もののあはれ〉で、〈大和心〉の核心だといっている。討ち死にするなんていってないのです、戦争の話じゃないんだ。〈もののあはれ〉の典型は『源氏物語』です。『源氏物語』的『古今集』的美意識というものは、たとえていえば、山桜のようなものだといっている。そのどこに軍国主義がありますか。

第十一章　工業化の時代／戦後の状況

――第十一章に堀辰雄が出てくる。「「菜穂子」は谷崎潤一郎の『細雪』と共に、ほとんど軍国主義に対する文学的抵抗のようにさえみえた」（下467頁）とありますが、今日における堀辰雄の意味、また先生と堀辰雄のエピソードがあれば――。

反戦とかファシズムに対する抵抗という立場からいうと、出発点は、どんな抵抗でも、抵抗する当人が戦争に反対でなければ、当人がファシズムや戦争に対して極めて否定的批判をもっていなければ、抵抗ははじまりません。賛成ではどうにもならない。第一の問題はそこだと思う。心から戦争を支持したのではなくて、戦争を支持するふりをしたり、それはいろいろあると思います。しかし、いろいろある前に、そもそも自分の心の底ではいったい戦争に賛成だったのか反対だったのか。賛成だった人が私は多いと思います。そうすれば当然、行為に反対が出てこないのは当たり前でしょう。つぎに、では心の底では反対だった人はどういう行動に出たかという問題になる。これは状況によります。ある人は本当に組織的な抵抗をしようとしたが、一九三〇年代の終り頃にはもうできなくなっていました。日本は軍部および内務省による警察国家ですから、組織はみんな摘発されつぶされていた。そうすると個人はばらばらにされて、何ができるかというと、反対だという遺書を書くことか、自身に対する証として、反戦の意見を形象化するために何か書いておくことくらいになるでしょう。

最後の段階では、戦争にふれないということが、抵抗です。つまり戦争に反対する意見を表現する唯一の方法は、そういう意見を書くことではなくて、別の話をすることです。戦争から非常に遠い話をする。谷崎潤一郎の『細雪』は戦争中も書き継がれていました。最後は発表が中断されますが、谷崎は自宅で書いていた。堀辰雄の『菜穂子』には戦争はまったく出てこない。ただの一語も出てこないということ自体が異様なことでした。すべての雑誌、新聞に掲載される、あるいは出版される小説はみんな戦争に触れていたからです。

『細雪』にも戦争は出てこない。大阪のブルジョワの話ですが、なんとかちゃんの結婚話とか、あの娘は電話をかけるのがへただからあなたがかけてやりなさいとか、戦争とぜんぜん関係ない。今度の平安神宮のお花見はどんな帯にしようかとか、半ページぐらい議論があったりする（笑）。「撃ちてし止まん」とか「大東亜の建設」とかいう勇壮な話ではありません。大学生が戦争と無関係なことを同人雑誌や文学誌に書いたとしても無視されるだけですが、谷崎がそうすれば黙認されないですよ。日本中が知ってますから。谷崎が今度新しい小説を出したが、戦争とぜんぜん関係ないことを書いたということになれば、これは相当強い影響を与えます。ほとんど戦争否定に近い。私は戦争に反対だといっているのとほとんど同じだと思います。

堀辰雄も有名な作家でしたから、もし病気でなかったら、あの立場を維持するのはかなりむつかしかったと思います。一方では、堀さんは日本の古典、王朝文化に強い関心があって、『大和路・信濃路』など本も書いたのですが、さっきいったように、国文学はむつかしい。ナショナリズムを動員するために徹底的に国文学を使ったでしょう、その方角にからめとられるおそれがあった。一歩進めれば『源氏物語』だって世界一の文学になる。富士山は美しい、世界の人が仰ぎ見るという歌もつくったのですが、世界の人は知りませんよ、日本人だけが騒いでいる。世界的に見ても低い山でしょう。かたちがきれいだといいますが、世界中の火山は同じようなかたちをしている。真ん中で噴火して周りに溶岩が流れるから、均整のとれたかたちになる（笑）。

後鳥羽上皇という、天皇で『新古今集』の最後の歌人について、保田與重郎《やすだよじゅうろう》が「戴冠詩人の御一人者」という後鳥羽院論を書いています。「防人」の歌や宣長などの伝統的なものによって天皇を賛美し、戦闘的な文句を引き出してきて戦争を側面から強化し、支持しようとしたのが〈日本浪漫派《ろうまん》〉で、保田、亀井勝一郎、芳賀檀《まゆみ》やその周囲の詩人たちもいました。追分にもそういう人たちの一部が来ていて――保田はあまり来ませんでしたが――、堀さんも彼らを知っていた。そういう付き合いもあった。にもかかわらず、堀さんは反戦を通したと思う。病気を使えるだけ使った。立原道造は堀さんの愛弟子でしたが、立原でさえかなり〈日本浪漫派〉に惹かれていたらしい。仲間のなかでさえ、堀さんは反戦の立場で、ひとりだったと思います。わたしたちも反戦の考えははっきりしていたけれど、世の中に対してまったく影響力がなかった。だから堀さんとは違います。

では、学生のなかではみんな自由に考えられていたかというと、そうでもない。学生の大部分も心の底では戦争を支持していました。われわれは学生のなかでも例外で、少なくとも、心のなかでは徹底的な反戦でした。それは堀さんのお陰だとはいえないと思う。堀さんの立場を反戦だと受け取ったことは非常に大事なことなんで、われわれが近づいたことの一つの条件ですが、しかし堀さんから反戦を教えられたわけではない。反戦を学んだのは、いまだからいう式にいえば（笑）、レーニンです。もう一つは渡辺一夫。

渡辺先生は一六世紀フランス文学の専門家で、ラブレーの研究家で、フランス語が非常によくできました。戦争中は東大仏文科の教師でしたが、「撃ちてし止まん」とか「同期の桜」のときですから、ラブレーなんていっても誰も興味をもたない。しかもフランスは戦争に敗けていたので、軽薄なフランス文学者のなかには「だからフランス文化はだめだ」という人が出てきたくらいです。講義を聴きにくる学生もどんどん減っていった。それでもロンサールとかプレイヤードとか中世文法の話——一六世紀のフランス語はいまとかなり違います——を聴きにくる学生というのは、やや変な学生です。そもそもすでに怪しいわけで、あまり戦争に勇み立つような学生ではなかった。四、五人というところかな。

そうなるとほとんど仲間うちみたいになりますから、講義のなかでも、渡辺先生は戦争に反対だという意味のことを一六世紀のフランスに託してよくいわれました。先生が何をいいたいのかはわれわれには非常によくわかった。途中から入ってきた学生にはわからなかったでしょうね。ですからそんなに怖くはなかった。学生のなかには憲兵にいいつけたりするのもいましたので、そうなるとたいへんですが、そういう学生は入ってこないし、入ってきても充分にわからなかったでしょう。もし「お前はこういうことをいってけしからん」といわれても、「いや、そういう意味じゃない」っていえば憲兵にはわかりませんからね(笑)。そういう意味ではかなり安全でした。

それは強硬な反戦でした。彼は仲間うちではそのことを皮肉なかたちで表現していました。辰野隆《たつのゆたか》教授と鈴木信太郎教授に渡辺先生が助教授、それに中島健蔵講師で、少数の教師たちと助手が二人と学生が三、四人くらい。私はその一人でしたが、本郷の喫茶店〝白十字〟なんかに集まっていました。そういうときに、鈴木先生が「秘密の戦艦があるからアメリカが攻めてきても水際におびき寄せて撃滅するんだ」とかいう。すると渡辺先生は「ああ、そうなるといいですねぇ。そういうふうな奇跡なような、戦艦がどっかに隠れていたらどんなにいいでしょう。やっぱり大和心かなんかで、アメリカも神ながらの道には抵抗できないということでしょうか」なんていう。全部、逆の意味です（笑）。われわれにはわかったけれど、反対なのか賛成なのか、喫茶店の給仕にはわからなかった。そういうことはよくありました。

渡辺一夫先生のことは『序説』には書きませんでしたが、私はだんだん公表してもいいような気がしてきました。時が経てば経つほど、世の中が変る。戦争がはじまる前まではリベラルだった人が、はじまると戦争支持者になって、戦後になると自由主義者に戻って、最近また空気が変ってきたので、また変るという気配でしょう。戦前、戦中、戦後と時代と共に動いて来た人が大部分でしょう。全く変らないのは、渡辺一夫です。そういうことがどのくらいまれかということと、そのことにはどういう意味があるかということをいう価値はあると思います。

戦争直後はみんな「戦争反対」を唱えました。みんなと一緒に変ったのか、それとも最初から「戦争反対」の立場を貫いていたのか、どっちだったのか。

中野好夫先生は貫いたと思います。彼は戦争をゆるく支持したけれども、戦後に自己批判をして、その後は亡くなるまで逆コースに対して抵抗しました。見事だと思います。自己批判したらもういっぺんずるずるということはない。変ってないです。自己批判しない人のほうが危ない（笑）。戦争中は戦争を支持して、戦後になると平和主義者になって、またそろそろきな臭くなると、憲法も改正して再軍備したほうがいいでしょうとなる。多くの人はそうですね。しかし変らない点、変らない人とその人の変らぬ原理を、どこにも持たない社会は不健全だと思います。

——大きく変っていった知識人のひとり、清水幾太郎《いくたろう》さんについて。

清水さんはオポチュニストではないと思います。初めはリベラルで、戦争中も戦争を支持しないで、戦後はリベラル左派として大いに活躍した。反戦運動をずっとやりましたが、突然、極度に右翼的な立場に転向しました。彼は改憲して日本は核武装すべきだという立場に変った。この最後のオチは粗っぽいし粗雑だと思う。私は彼の立場に反対でしたが……。

あれだけ頭のいい人がどうしてそんな粗雑な考えに変ったのか、そこのところがよくわからない。ただ、清水さんの場合、様子を見てこっちのほうが都合が良さそうだから、みんながぞろぞろ動く方向に動いたというのではないでしょう。おカネで買収されたのではない。彼は本当にそう思ったのじゃないかな。転向の動機の一つとして、基地反対運動を一緒にはげしくやった仲間に対する幻滅もあったのでしょう。それで反対側に飛んだ。

いつかある出版社で会ったときの雑談で、その頃の清水さんは基地反対運動のスター的知識人だったのですが、彼はこういったんです。「加藤さんね、どうして私がスターになっているか。内灘《うちなだ》闘争でどうして大衆を惹きつけることができるか、わかりますか」って。私は「へえー、それはどういうことですか」と聞きました。「それはね、私が学習院の教授だからですよ」といいました。「大衆というのはばかなもんですよ」、——これは味方に対する痛烈な批判というか、失望感なんだろうな。そういうことが彼を反対の方向へ押しやったのじゃないかという気がします。少なくともそれは一つの要因だったでしょう。

だけど、もちろん問題はそのことだけに還元されません。彼を支持する人がどういうメンタリティで支持しようがしまいが、日本が核武装すべきかすべきでないかは別の問題でしょう。もしアメリカからの独立を求めるならば、またそのために軍備の必要を認めるならば、軍備の内容は核武装に行き着くことはありうると思う。そもそもアメリカから独立すべきかどうかということは日本国民の意思なのですが、独立をするのだったら、独立した軍事力を持つ必要はないのかどうか。むつかしい問題です。そうきれいに「いらない」とはいいきれないと思いますよ。

一度、もし軍事力は必要なんだという立場をとれば、なしくずしに第九条解釈をごまかしながら少しずつ軍備を増強していく姑息な手段ではなく、もし独立の軍隊を本当に欲するんだったら、核武装も検討すべきでしょう。その点は清水さんははっきりしていた。検討して、彼は必要だといった。私はかならずしも必要だとは思わない、むしろ必要でないというほうに傾くけれど、議論の余地はあります。議論はオープンだと思います。

核武装はアメリカがしていてもカナダはしていない。インドは最近したような話ですが、アフリカではどこもしていない。欧州で核武装しているのは英国とフランスだけ。独立であるためにはどうしても核兵器が必要だとはかならずしもいえない。ただ、いらないということを断言するにはなかなかむつかしい面もあると思います。清水さんが核武装すべきだという結論を出したのは、粗いけれど。

しかし清水さんという人は汚くない。私は彼が間違っていたと思うけれど、間違っていたということはかならずしも薄汚いということにはならない。カネで買われるやつは他にたくさんいるでしょう。

核武装の問題は日本についてだけでなく、北朝鮮にもあります。北朝鮮は抑止力としての核兵器でアメリカの攻撃を防ぐ構えを見せていますが、核兵器を開発することがアメリカの攻撃に対する最も有効な、あるいは唯一の抑止力であるかどうかは検討を要すると思う。私は大いに疑います。抑止力として作用しないんじゃないか、北朝鮮は計算を間違えているのではないかな。

――現在は第五の転換期ということですが、それはいつからなのか。高度経済成長は転換期規定の基準なのか。第五の転換期の特徴と根拠は？

高度経済成長の前までは、戦後日本の方角がはっきりしなかったと思います。どういう方角に進むのかわからなかった。日本国内の要素からいってもはっきり決まっていなかったように思いますが、占領軍の日本に対する態度、つまり米国の態度もよくわからなかった。

途中から入ってきた大きな要素はもちろん冷戦です。占領の初期に米国が日本に対してとった非軍事化とか民主化とか経済復興といった政策は、冷戦の道具として日本を使おうとする政策と矛盾する面がありました。はじめから矛盾する二つの原理によって日本の将来が議論されることで、混乱が生じました。米国自身が内部に矛盾をふくんでいて、日本側にいろんな混乱がおこった。たとえば、非武装一つとっても、それを強く押し付けたのはもちろん米国ですが、あとになって再武装を押し付けたのも米国です。いったい武装することが米国に対する抵抗なのか、武装しないことが抵抗なのか、それは時期にもよるし、非常に複雑なことになってきた。

私は、日本の方角がいちおう決まったかたちで出てきたのは、六〇年代の高度経済成長期だと思います。GNPを大きくする、経済的膨張をするという目標でした。それはかなりはっきりした目標で、かなりはっきりした成功を収めました。しかし、はっきりしすぎで、ほかの目標――たとえば環境保存、福祉、平和主義、人権徹底など――を伴っていませんでした。成長一本槍、GNPを大きくしさえすればいいとなった。池田首相の標語でいえば「所得倍増」です。「所得倍増」論というのは、ほんとうに所得が倍増したら何を買うかということは何もいってない。とにかく「所得倍とです。

増」で原理も方向もないわけだ。そういう種類のまっすぐ一本の行き方は成功はしたけれど、ほかのところには原則がないのですから、たくさん矛盾が出てきたということです。

方向転換であるということはそのとおりです。明治維新以後は「富国強兵」。幕藩体制はそれをまったく意識していなかった。明治政府が対外的な「富国強兵」をいい出したのですが、同時にはできないから、まず強兵を前面に出して戦争し、「強兵」一本政策は失敗しました。あとに残ったのは「富国」政策です。明治以後の日本が「強兵」の目標をもっていたように、「富国」政策にも一本の線が通っていて方向性があった。ただ一つの目標しか追求しない点が、戦前と戦後で似ています。「富国」のほうもその先はどうするかわからない。戦後には「所得倍増」以外にも「文化国家」などもいったけれど、あれは口先だけ、無内容で、誰も本気で追求したわけではないでしょう。いま、ちょっと不思議な、停滞状態になってる。方向性はいまのところない。国全体として何をしたいのかわからない状態じゃないかな。

「第五の転換期」ということにはちょっと躊躇しましたが、あえてそういったのは、以前の転換期、たとえば九世紀の転換期のあとには三〇〇年の平安時代が来ました。一三世紀の転換期のあとには一四世紀から一六世紀までのすくなくとも三世紀の鎌倉室町時代が続きます。江戸時代の一七世紀のあとにも三〇〇年近い時期がある。最後は明治維新で一〇〇年の転換期です。明治維新のあとに明治体制が三〇〇年続けばいままでと同じパターンですが、今度は敗戦になったから、失敗を通しての半ば強制的な転換期があらわれたと思う。「強兵」で失敗し、「富国」で失敗したから、「今度は文化だ」というのはちょっと簡単すぎる。そう簡単にいかないと思います。

ひとつは、「富国」も「強兵」もそうなのですが、政府だけではできないけれど、政府のやれる範囲はどちらも広い。ところが文化について政府がやれる範囲は大学の予算をふやすくらいのことで、そうたいしたことはできない。だからちょっと違う。政策的目標にはなりにくい。

フランスの文化予算は日本と比べものにならないほど大きく、予算に占める割合も高いんです。ある意味でフランスは文化国家に近いといえるかもしれません。ソヴィエト連邦もそうでした。文化に対して非常にお金を出した。しかしかならずしもそれが成果を生んだとはかぎらないのです。ソ連の場合も文化にお金は出しましたが、イデオロギーの強い、善きにつけ悪しきにつけ中央集権的な政府です。フランスの場合には世界に君臨した文化の長い歴史があります。歴史的なモニュメントを保存するためにフランス政府は大きなお金を出しますが、日本政府は出さない。フランスの文化的モニュメントの保存政策には長い歴史があって、それを踏まえてアンドレ・マルローも活動したのです。日本に突然マルローが出てくるかもしれないということは期待できません。

日本で国民的目標が文化だというわけにはいかないので、まぁ、ちょっと方角なしの転換でしょう。どこに転換するのか、よくわからない。

──現代の大衆社会に新しい文学が生まれにくいわけは？

昔も大衆社会に創造的文化は生まれていないでしょう。社会主義社会でもそういうことを期待したのだけれど、生まれなかった。文化が創造的になるのはどういう条件のもとなのか、という問題はむつかしい。

大衆社会に現在おこっている事態は、むしろ文学から関心がそれるようになっている。関心がほかのエンタテインメントに向っていて、エンタテインメントとしての文学の魅力はそがれていると思います。たとえばスポーツとか、あるいは音楽とか映像とか、そういうものが大衆文化を形成している。大衆的小説はありますが、たいへん限られた範囲の活動であって、むしろ少なくなっているのではないかと思います。文学的創造は科学的な思考に圧倒されつつあるのでしょう。

二つの別のものの考え方というものがある。文学的なものの考え方、感じ方というのは個人に、個別のケースに関心を持ってそこから出発するわけですが、科学的な思考というのは統計的に集めた資料から出発する。それは程度の違いではなくて、方角の違いです。ものの見方が違う。科学的なものの見方が盛んになれば、文学的ものの見方は低下するという傾向がどうしても出てくる。たとえば大学ではすでにその傾向が強くて、文部科学省は予算の配分にもその傾向を反映させようとしているのです。

——『17歳のための読書案内』(ちくま文庫)で先生は『論語』を薦めておられますが、若い人に薦める文学について何かお話を。

みんなが読む本というものがあると、すこぶる便利なんです。それを引用するとすぐわかるし、新しい解釈を出してもすぐわかる。解釈の程度が微妙に高くなってくるのです。一つのものをみんなが読んでいると非常に便利です。そのために、というわけにはいかないけれど、パロディもつくりやすくなる。『伊勢物語』をみんなが知ってるから『仁勢物語《にせ》』が面白い（笑）。『伊勢物語』を読んでいなければ『仁勢物語』は面白くないでしょう。そういうことはたくさんあって、大勢の人が知っている古典があるということ自体が非常に大事です。

いまの日本では何がおこったか。共通の古典は戦前のほうがまだ少し残っていたでしょう。『論語』は日本人にとってもはや共通の古典ではなくなった。近代日本文化のちょっとあやしげな、いかがわしいところは古典としての『論語』がないことです。西洋語圏では『旧約』もふくめて『聖書』が広く読まれています。フランスは比較的に古典主義の教育をやっていましたから、一七世紀のモリエール、ラシーヌ、パスカル、デカルト、ラ・フォンテーヌなどは共通の古典です。みんながかなりよく知っています。日本には何があるでしょうか。何もないのは、残念なことです。漱石でさえみんなが読んでいないということになると、そもそも何もないのじゃないか。私が『論語』といったのは、共通の古典をもたない社会は野蛮に近づいたということではないか、という思いからです。

最終講

自由討論

――一九七〇年代、「朝日ジャーナル」に『序説』を連載されていたときに読んでいた。序文「日本文学の特徴について」が書かれたのは最初か。あとで書き換えられたということは？

序文は本を出版するときにかなり手を入れています。全体の構想は下書きとまではいかないけれど、だいたいのことはまとめて、それを元にして書き加えたり少し変更したりしました。

――かなりの枚数だが、あれだけの内容を毎週連載するのは相当厳しかったのでは？

相当厳しい以上で、ちょっと生活の破壊に近くなっちゃった。友達にも会えないし、映画の一本も観ることもできなかった。つまり眠ってないときと食事していないときはあれを調べているか書いていました。締め切りが一週間だと、一日抜けると相当痛手を受けるわけ。ほかのことは何もできません。

――なぜ週刊誌を選んだのか。月刊誌とか書き下ろしの単行本にしなかったのは?

それは週刊誌が多くの読者を持っていたことと、編集者が非常に熱心に支えてくれたからですね。こちらの都合だけじゃなかった。それと、一種の自発的強制なんですよ(笑)。書き下ろしとか月刊ならもう少し余裕があるわけですが、そんなに毎日、あらゆることを一度にやるということはできない。だからそういうふうに自分で強制したんです。

そうでないとなかなか終らない。書く材料はいくらでもあるけれど、作家の名前は絞りに絞ってああなった。主な著作を読めば全部入れたくなるし、参考書は無限にあるし、どの程度まで読むのか、どこかで見切り発車しなければあの本は終らないですよ。たとえば鷗外なら鷗外を今週書くのなら、何がおころうとそれで終りとします。何が何でも一週間で書く。週刊誌ならそういう強制力がある。研究を待っていたらキリがない。鷗外の研究を一生やってる人もいるんですから(笑)。一人の作家だけで一生かかっちゃう。どこかであきらめないとね。

週刊誌は強制的に書かせるということと同時に、見切ることも強制します。ここで考えることはやめて、ここから書くと。一週間ですから、四日調べて三日書くか、三日調べて四日書くかということになる。

——そのときは大学で講義しながら書かれたのか。

初めは大学で書いて、あとのほうは日本で書きました。「子規と漱石」、「鷗外とその時代」だけで一節とってるでしょう。日本文学史は一〇〇〇年以上の歴史ですからそこだけ長く書いてるわけにはいかない。一節でだいたい一週間ですが、鷗外と漱石の資料はこれくらいある。漱石全集とか鷗外全集はこれの二倍あって(笑)、それから参考書がテーブル全部埋まるくらいある。読んでるだけで数年かかっちゃう。しかし前に読んだことがあるから書けるので、初めて読んで書くことは誰にもできないと思う。

読まないで書くことはしない。読まないで書くと人のいってることを繰り返すだけですから。私はほとんど読んでいた。つまり忘れたところとか、考え直すところをもう一度読み直すわけで、初めて読むのではない。だからあれを書けた。いつ読んだのかというと、それは大学で読んだ。ノートに書いたものと記憶をもとにして、もういっぺん開けてみて、それで書いた。ちょっと開けるといっても一週間ではつらいんです。準備期間に三日から四日かかる。一節を三日か四日の準備だけで書くのはたいへんなことでした。前に長い時間をかけて読んだ記憶があるから書けた。

――『日本文学史序説』の刊行以降、日本における文学定義の狭さがよくいわれるようになったが、明治初期から半ばころまでの文学の概念は、確実にいま考えられているより広かったと思います。それは第四の転換期の大事な部分の一つとして福澤諭吉から田口卯《う》吉《きち》、陸羯南《くがかつなん》までをふくんでいた。なぜそれが狭くなっていったのか。

その問題の全体を大きくつかむと、だいたい明治二〇年くらいが境になると思う。詳しくはいろいろあるけれど、およそそのくらいまでが革命の二〇年間だった。開国と明治維新後しばらくは、これからどういうふうに近代日本を建設するかという政治的オプションがいくつもあって、政治的なイデオロギーの面でも教育政策の面でも不安定な時期です。その時代には福澤まで文学にふくむような非常に広い考え方がありました。ここまでが文学でその先は文学ではないという一線はなかった。きれいな明瞭な日本語で書かれていれば、それは文学作品だとみなされたということはあったのですが、自由な解釈はだんだん狭くなっていきます。

それが何年からとはっきりいえないが、およそ明治二〇年頃を境に、日本は政治的にも社会的にも、たくさんあった選択肢の一つを選んで、明治天皇制官僚国家が安定し、固定していく。それはやがて明治の帝国憲法や教育勅語、軍人勅諭に収斂《しゅうれん》していき、一九世紀の終りには完全に軍国的な天皇制官僚国家ができあがる。政治的、社会的な大きな枠組みが動いていくとき、それに応じて文学の定義もまた固定していきました。たくさんの選択肢を開いたままにしておくのではなくて、そのなかの一つに集中していくという傾向が文学の定義についても生じたのです。狭いところで固定して、いままで続いているということだと思います。このことは意識すべき問題であって、非常に大事な点だと思う。

それがいちばん根本的なことですが、もう少し詳しく、具体的にどう狭くなっていったのか、具体的にどういう影響が内外から及んでいたのか、どういう歴史解釈が背景にあったのかを正確にみる必要がある。『序説』にはそういう話は全部書いていません。

だいたい、『序説』というのはかなり禁欲的な本なんですよ（笑）。いまいったことはたいへん面白い、しかも重要な問題だと思いますが、『古事記』からはじまって近代に及ぶ文学史の流れのなかでその〈流れ〉を書くことを目的にしたから、個々の作品の扱い方に対して不満のある人もいると思います。それは当然なんで、残念だけどそこからはずれる二次的なファクターは『序説』から全部省いた。その例はいくらでもあります。それはそれとしてたいへん面白い問題ですから、こういうリラックスした「『日本文学史序説』をめぐって」みたいな話だと禁欲主義的に切り捨てたことをしゃべることができます。

それには国文学界で研究が進んでいないとある程度以上は踏み込めないという理由もあった、二次的文献を使うわけですから。それをいちいち自分でやっていたらたいへんなことになる。学界に知られていないことを書くわけにはいかない。

たしかに明治の初期には文学史のなかに福澤諭吉も出てくる。福澤についていえば、教育問題から歴史、社会問題など彼は多岐にわたってふれていますが、文章は一種の口語体で、明治に口語体をつくった著作家のなかでも非常にすぐれていると思います。いまも古くなっていないといえるほどの口語体をつくりましたが、どうして口語体の話をするときに福澤の話をしないのか。文壇の連中が集まっては福澤は文学者ではないというけれど、どういう文士と比較しても劣らない口語体文章をつくることに福澤の貢献は計り知れないですよ。

〈文学〉の定義——国学の影響

では、なぜあのような形で狭くなっていったのか。

二つの非常に大きな力が働いたと思います。第一の力は国学。これからお話しすることは、この合宿でもすでにふれたことに係りますが、国学というのは賀茂真淵以来なんだけれども、ことに本居宣長の力が強かった。その影響下にあった国学の、政治的な面ではなくて文学的な面からいうと、一八世紀の後半に宣長が日本文学を定義するわけですが、たとえば『源氏物語』を代表的な文学作品として擁護したのは宣長です。『源氏物語』というのはそれまで批判のほうが強かったのです。誰が批判していたかといえば、漢学者、儒者。江戸時代のインテリゲンチャとは儒者であり、医者であり、中国古典の教養を備えていました。中国の儒教はたいへん道徳主義的だから、ああやたらに恋愛ばかりしていたのでは困ったものだと（笑）、あのようなものは教育上よろしくないというので儒者は反源氏的だった。

宣長の著作は『紫文要領《しぶんようりよう》』とかいろいろありますが、はじめてやった仕事は道徳と文学作品の分離、つまり子どもに道徳を説くことと文学は違うんだといったことです。文学は倫理的にいいとかよくないとかをいうためにあるのではなく、〈もののあはれ〉といったような美的な感動の表現である。intensive な強い感動の表現が文学であり、具体的に代表的な作品は『源氏物語』だと言い切った。『源氏物語』は文学的傑作であって倫理の教科書ではないと批判したのです。

しかも宣長は京都ではなくて伊勢の松坂ですから田舎の少数派です。彼の学問＝国学は圧倒的に独創的で、広範な学識を踏まえていましたが、多数派とは勝負になるものではなくて、一〇〇倍の儒者にわずか数人の支持者と共に対立していたのです。滅びないために戦闘的になるのは仕方がない。圧倒的な力をもつ儒者たちに敢えて小人数で反抗していたわけですから、彼は非常に攻撃的で、だいたい漢文なんてものは中国語で書かれたもので、中国語で書かれたものは日本文学とはいわない、日本文学は日本語で書かれた文学だと主張しました。歴史とか社会の方角とか政治とか倫理とか、そういうことはすべて文学ではない、文学は〈もののあはれ〉の自然な感情的反応の表現だということを宣長は強調した。少数派だから戦闘的になったのです。

そこで、明治維新以後の国学はどうなったか。漢文の能力は一世代ごとに急激に落ちてきます。漢文の教養の水準がどんどん下ってきたために、二世代くらい経つと儒者が支配しているとはいえなくなりました。義務教育の小学校から官立の大学まで漢文をあまり教えなくなって、どんどん事情が変っていく。宣長がたたかった、圧倒的多数派の儒者対圧倒的少数派の国学者という対立はもはや過去の話になってしまった。明治以後は誰もそんなことでたたかってはいません。

ところが、国学に影響された「国文学者」は、宣長の「文学」の定義をそのまま継承した。国文学者は国学者の系統を引くのです。文学の主題は哲学的、社会的問題ではなくて、恋愛問題ということになり、言語は漢文ではなくて日本語ということになった。例外的に、新渡戸稲造《にとべいなぞう》は『武士道』の本を、その前には岡倉天心が『茶の本』の原文を英語で書きましたが、岡倉が英語で書いた文章は、日本文学ではないということになりました。文学の狭い定義にはまさにそういうところがある。言葉は日本語、内容は美学。感情生活だけで知的生活は文学の領域に入れないという、宣長のたたかいの継承みたいなものです。

そうすると、そういう国文学者が大学で教えるようになってきて、彼らが日本文学の定義を狭くしていきます。ところが敵はもういなくなったわけで、いわば存在しない敵とボクシングしていたようなものです。それが国学の伝統、日本文学の定義を狭くした第一の要素です。

宣長自身は、国文学だけではもたないから、知識人としてこっそり漢文を読んでいました（笑）。その漢文の読み書きの水準についてはいろんな人が指摘していますが、吉川幸次郎さんの指摘によれば、〈漢意《からごころ》〉の漢文は何の価値もなくて日本語を破壊しただけと宣長がいったのは表向きの話で、なかなか上手な漢文を書いていたということです。そんなものを冗談では書けない。日本人にとっては外国語ですから、よほど熱心に勉強しなければ書けないという漢文です。要するに宣長はうそをついていた。しかしそのうそは好都合ですから、一部の国文学のエスタブリッシュメントはその話をひとこともしない。吉川さんは国文学者ではありません。

そういうわけで、影の敵のために、見当違いの、時代錯誤のたたかいで国文学者は文学の定義を狭くしました。

西洋モデルの定義

ところが問題はそれだけではないのです。他方には西洋モデルの近代化ということがあります。西洋モデルの近代化は、政治や経済の組織、紡績や鉄道といったテクノロジーだけではなく、大規模な近代化を進めれば、高等教育も巻き込み、文学なども影響を受けてくるのです。近代化の第一のモデルは英米で、後からドイツがついてきて、フランスの影響は限られています。外国語を習う人は開国を境にしてオランダ語から英語に切り替え、英語が中心的な外国語になりました。

英国の大学で文学といっているものは何か。英文学が大学の教科になったのはそんなに古い話ではなくて、文学の授業というのは古典、ギリシャ語とラテン語を中心とした授業をしていました。英文学というのはわりに新しい科目なんです。とはいうものの、英文学という考え方は英国に長くあって、近代文学の歴史のなかではフィクションが大事な要素になっています。人によっては「小説の国」だというほど、一八世紀、一九世紀以後の英文学ではフィクションが盛んです。

もっと古く、英国はまたシェイクスピアの国です。芝居も非常に盛んで、芝居は文学だとみなされます。シェイクスピアは詩人であり、劇作家であり、俳優であり、シェイクスピアに代表される英文学は劇作を中心とします。それで詩と小説と劇が英国文学の中心になりました。抒情詩は世界共通ですが、散文の文学に関してフィクションを強調するのは、それが英国の歴史だからです。

それがそのまま日本にも入った。芝居と小説が文学の中心だという考え方は英国からの輸入です。ところが、英国から輸入したときに宣長を思い出すと、ちょうどぴったりなんです、国学の『源氏物語』中心主義とシェイクスピアが合致したわけです。だから、ほかのものはいらないということになって、文学の考え方は狭くなりました。中国の文学の定義だと、中国文学史では伝奇小説、フィクションとしての小説は高い位置を占めていません。「四大奇書」なんていわれて、あまり正統な文学ではない。劇は〈元曲《げんきょく》〉です、それも中心ではない。中国で文学というときはあくまで詩と散文であって、散文は内容の問題ではなく非常に技巧的な散文で書かれたものを文学として扱っていた。中国の文学者はそういうものを書いていたわけで、小説を書いていたのではない。だから中国と英国では文学概念がぜんぜん違う。歴史が違うからです。しかも日本では英国の定義が国学に重なった。敵が漢文だった時代の習慣も残っている。ということでますますその傾向が強くなってしまった。それが、近代日本の文学の定義が狭くなって戦争で固定したことの理由だと思います。

もうひとつ付け加える必要があるのは、もっと新しい時代、第二次大戦後も文学の定義はかなり狭くなりました。それは惰性ということもありますが、アメリカの大学の影響でしょうね。アメリカの大学の文学科は、社会学科や歴史学科、哲学科と独立していますし。文学科の講義はpoetry 詩とdrama 芝居とfictions (novels) で、これが文学の三大ジャンル。英国の場合はこれに伝記が重んじられますし、歴史も、たとえばギボンの*The Decline and Fall of the Roman Empire*（『ローマ帝国衰亡史』）という歴史書が英文学科の散文講義の代表的なテキストとして使われます。伝記とそういう歴史書、それからサミュエル・ジョンソンなんかが英文学の傑作として扱われているのが特徴です。そういうことはありますが、ことにアメリカでは歴史さえも文学から排除され、poetry とdrama とfictions が文学だという考え方がひろがった。その影響が戦後の日本にも及んで、狭く定義した文学を固定するように作用して、それを拡大するようには作用しなかったということだろうと思います。

『日本文学史序説』でいえば、文学の定義は私は国によって違うという立場です。なぜなら国によって実際につくられた作品の重点が中国と英国のように違うから、定義も違ってくる。では日本において文学とは何かといえば、日本の文学史を考えながら定義したほうがいいということです。そうすると、日本の場合は国学と英国式の定義と合体したもので、振り返ってみると、英国ではなにしろシェイクスピアが中心ですから、日本のシェイクスピアは誰だということになるでしょう。そこで一生懸命探せば、近松門左衛門を再発見する。近松門左衛門とシェイクスピアは同じではありません、しかし何がなんでもシェイクスピアに該当するものを発見しないと日本には文学がないということになってしまいます（笑）。

日本のフィクションも明治以後に発見されました。文学作品として高く評価されたのは西鶴。西鶴の評価は明治以後で、江戸時代に西鶴はたいして評価されていなかった。私はどうしたかというと、古い、狭い定義は、日本文学史をいちばん面白く読むための道具ではないと思った。日本文学史は劇作家によって代表させられないし、フィクション小説によっても代表させられない。英国の一九世紀ヴィクトリアン・ノヴェルズは面白いですが、江戸時代の小説については、西鶴は発見したけれども、あと滝沢馬琴とか為永春水というのは半分通俗小説です。一九世紀の英国小説と同じものではない。大衆のエンタテインメントです。それでも何がなんでも文学を狭く定義して、「読本」とか「人情本」を小説研究の中心におくということはずいぶん見当違いだと思う。

そういう狭い定義を採用しておきながら、日本文学には思想がないとかろくな哲学がないとかいいますが、それは当たり前の話なんです。漢文で哲学を書き、思想を表現していたんだから、あらかじめ漢文を除外してしまって、日本語で書いたフィクションが文学だと定義するから、いくらがんばったって為永春水しか出てこない。春水にも哲学はあるかもしれないけれど、真面目に長く騒ぐほどのものではないでしょう。「遊女はうそをつくから気をつけなさい」なんていいますが（笑）、それはかなり単純な哲学です。文学概念を拡大すれば、ことに日本人が漢文で書いたものを考慮すれば、江戸時代の文学はそんなに無思想なものではない。たとえば新井白石です。白石は歴史家で言語学者で政治家でもあったわけですが、彼には日本語で書いたものと漢文で書いたものと両方あって、著作の量は漢文のほうが多い。白石は独自の哲学をもっていて、その知的世界は極めて豊富です。春水や西鶴とはちょっと比べものになりません。

もっと進めば荻生徂徠。彼も歴史家、言語学者ですが、徂徠が漢文で書いた仕事は非常に面白い。作者の個性が出ているだろうか。大いに出ていますよ。現在英国で文学といっているもの、ことにアメリカの大学で文学といっているもののカテゴリーには入らないけれど。たとえば『論語』の注釈である『論語徴』は徂徠の知的世界躍如たるものがあって、個性もはっきり出ているけれど、ただ、古典の注釈だけを取り出して大作品だという習慣は英国にはないだけのことです。ところが中国にはそれは大いにあったし、江戸時代にも中国の影響であったのだけれど、明治以後になると忘れられてしまった。私はそれを復活させたいのです。もういっぺん日本文学を広い視野で見わたせば、社会思想も哲学思想もはるかに豊富に出てきて、日本文学史が豊かになると思うんです。そうでなければいけないとはいわないけれど、それを入れたほうが面白い。

そのように定義を広くとりましょうと私がいっても、どうせみんな聞いてないから（笑）、実際にひろげた文学史を書いてみせて、これがそうですよ、どちらが面白いか、面白いほうを採りましょうといったのです。

『序説』は文学概念をひろげるということだけが目的ではなかったけれど、私が強く意識した目的の一つです。そのことと主要言語の問題、漢文ですね。いままでの文学史は宣長・英国コンプレックスだから消されてしまったけれど、漢文の文学は大事です。漢文を通して空海が文学史のなかに入ってくる。空海は著作を日本語で書いていないから。

もう一つは口承の文学です。書かれたものではなくて、口伝えで継承された昔話なども私は文献で読んだのですが、ただ、いくつかの口承の文学をある人がある機会に記録するということがある。『梁塵秘抄《りょうじんひしょう》』なんかもそうで、元々は歌詞であって書かれたものではないけれど、『梁塵秘抄』をつくるときに集めたものでしょう。記録するために書いたものです。そういうものを見ると口承の文学はかなり豊富な内容をもっている。笑話とか落語とか、江戸時代にずいぶん栄えていたのに、それらはほとんど記録されていないのです。しかしごく一部は例外的に文献として残った。『昨日は今日の物語』などがそうです。

そこで、言葉の点では、私はいままでの書かれた日本語だけを対象にしないで、漢文で書かれたものも考慮しました。同時に大衆的な口伝えのものも考慮して文学の範囲をひろげたのです。日本は仏教国で、儒教を公式のイデオロギーとして採用したわけですから、儒教と仏教に関連した概念、議論、習慣、儀式、それから文学的表現は豊富でした。たとえば日蓮の書いたものとか親鸞の書簡集とか『歎異抄《たんにしょう》』――これは弟子が書いたものですが、いろんなところにそれが出てくる。フィクションの『御伽《おとぎ》婢子《ぼうこ》』みたいな大衆文学はカネや太鼓で探せばもちろんあります。しかし同時代の親鸞の深い宗教的天才から出てきた文章にも別の味があり、それは別の文学だと思う。そういうふうにして私は文学の定義をひろげようとしました。ひろげれば、当然仏教にも儒教にも文学的、哲学的アイデアがたくさん入っているということです。

――『日本文学史序説』を刊行した後の内外の反応はどんなものがありましたか。

文学の概念をこのような考え方によってひろげるという文章はとくに目にしていませんが、ただ、『序説』の後で出てきた日本文学全集とか古典文学全集がそのなかにどういう文学をふくめているかといえば、明らかにひろがった。それは『序説』だけの影響ではもちろんないけれど、その一助にはなったのではないか。文学の概念を私は拡大しようと考えて、事実としてそれは拡大したと思います。それが私のやりたかった目標で、誰がやってもいいことです。大事なことは、日本古典文学大系というものを編纂したらそこに何が入ってくるかということです。それはフィクションと芝居だけではない、ということはかなり実行できたと思います。いろんなエピソードがありますが、それがいちばん大事なことです。

そこであなたの質問、どういう反応があったかということですが、直接に書かれた反応でいちばん面白かったのは、日本語では内田芳明さんの書評です。何に書かれていたか忘れましたが、かなり長い書評で高く評価してくれました。彼はマックス・ヴェーバーが専門で、『古代ユダヤ教』といった大きな翻訳の仕事もあり、ヴェーバーの宗教社会学に通暁している人です。『序説』を読んで思想史的な意味をよく評価してくれたのですが、『序説』について彼のいちばん論じたところは、日本の土着思想というものがあって、外国の強力なイデオロギーやシステム、仏教や儒教やキリスト教、マルクス主義といったものが入ってきたときに日本側がそれにどう反応したのかというのが大きな問題で、その問題を文学を通じてみているという指摘でした。そういう観点から彼は論じたのであって、瑣末な、あるいは細部の議論ではなくて、書物全体を貫く、主要な「問題意識」を正面から受け止めて論じました。

彼の批判は、土着思想というものの定義と内容がかならずしも明瞭ではないというものだったと思うんですが、その批判は非常に大事なことで、要するに著作の主要目的というか中心部分を批判して、瑣末的なところにこだわったのではない。そういう意味で、深い理解だと思います。彼のいっていることはまことにもっともなことです。簡単にいえば、加藤もよく書いたけれどもマックス・ヴェーバーのほうがもっと偉いということだな（笑）。それには私も大いに賛成で、そりゃヴェーバーと同じではないですよ（笑）。そういうわけで名誉ある有難い書評であると同時に、中心部分を狙った本質的な書評で、印象的でした。ほかの書評はもっともな紹介が多かったです。

外国のそれで記憶に残っているのは二つあって、一つはアメリカの日本文化紹介誌。名前は忘れましたが、かなり長い意外な書評を載せました。『序説』の著者はスーパーナショナリストだ、日本のことはすべてめでたいなんて主張ばかりしていると書いてありました。要するに軍国主義の再来だと示唆しているんだと思いますが、私はそれは完全なる誤解だと思うね（笑）。ぜんぜん読めてないですよ。それ以上立ち入る価値はないのですが、私は左翼だ、左翼だって散々攻撃され、そのために日本ではいろいろトラブルもあったけれど、「右翼」だっていわれたのはそれがはじめてで、私を嫌ってる人たちにそれを見せたいくらいでした（笑）。

もう一つは「ル・モンド」紙で、Jacqueline Pigeotの書評。彼女はたいへんよく評価してくれて有難かったのですが、ただ、『梁塵秘抄』にふれていない点について批判していました。それは確かに不用意だったと思います。『梁塵秘抄』について充分な叙述がないのが欠点だという批判に私は完全に承服します。だから彼女の指摘があった後、『梁塵秘抄』について補足して、『古典を読む　梁塵秘抄・狂雲集』（岩波書店）という本を書きました。そこで充分にいえることはいったと思います。あれを要点だけでも『序説』に組み込んでいたらと思いますけれども。

ひとつには文献の動き方もあります。そういう古典についての研究というのはわりと新しい。その後は新しい文献も増えたと思う。要するに、儒者たちの高度な知的エリートたちの表現は漢文で、その次は中間にいろんな作家がいて、それは自由に読めないと消化できませんからかなり教養のある人たちです。使用言語は日本語。それから大衆で、読むことはおっくうだけれども口伝えで日本語の表現をしていた。それと歌謡もある。〈今様〉なんかは一つの例ですが、それをいちばん〈下〉とすると、いままでの日本文学史は〈上中下〉の〈中〉だけなんです。私はそこに〈上〉と〈下〉

を加えようとした。すくなくとも意図はそうで、そういう方角をめざしました。

内田芳明さんが指摘した問題は、仏教などの国際的な強い思想体系が入ってくる前の日本人の世界観は、本来どういうものだったかということです。それを私は「ベクトル」という概念で説明した。丸山眞男さんはそれを「古層」という言葉で表現し、後に「バッソ・オスティナート」と表現した。「古層」というときに「古い」というといつの時代かが問題になるから、それよりも構造上の基底になっているものに着目して、それがあらゆる外国のイデオロギーの変化を引きおこすというふうに考えた。

バッソ・オスティナートというのは、持続する低音があり、楽器でいえばコントラバスですが、その上の高音部をメロディーが流れるのだけれど、ただ単に低い音が続いているというだけではなくて、それとの関係においてメロディーが展開されるということもふくまれていると思う。だから、「バッソ・オスティナート」のほうがただ「古層」というより正確かもしれない。私が「土着思想」といったのはほとんど同じことですが、われわれが特別の関心があったことの一つは、「古層」とは、「バッソ・オスティナート」とは、あるいは「土着思想」とはいったいどういうものであったかという疑問に答えたかったのです。

――それが武田清子さん、丸山眞男さん、木下順二さんと話された内容（『日本文化のかくれた形』岩波書店）ですね。言葉の問題ですが、丸山さんは「古層」の後に「通奏低音」、さらに「執拗低音」と変化させていきました。丸山さんが「通奏低音」という言葉でいわれたときに強調されたのは〈繰り返し〉ということでした。「執拗低音」という言葉を使いはじめてからは、先生がいまいわれた、ベースになっている低音がほかの音との関係でメロディーが成立しているという点が出てきて、その三段階の説明の仕方が非常に面白かった。〈繰り返し〉という場合、単純な反復というほうに力点が置かれてしまう。

ボストン・シンフォニー・オーケストラにバーンシュタインというすぐれた指揮者がいたでしょう。一時はヴィーン・フィルの指揮者も兼任していましたが、彼がハーヴァード大学で「音楽とポエジー」という講義を何回かしたことがあります。それを映像に撮って、アメリカの公共放送ＰＢＳが全米に流した。ハーヴァードの学生が集まっている真ん中にピアノが置いてあって、バーンシュタインが音楽の話をしながら詩の話もするわけ。その話が実に面白い。いろいろありましたが、話の一つは〈繰り返し〉。彼が強調したほどには〈繰り返し〉の意味を意識していなかったけれど、ポエジーにルフラン（リフレイン）という技法があるでしょう。ポエジーの一小節の終りに〈繰り返し〉の一行とか二行が出てくるわけですが、それが音楽の構造と似ているというんだ。音楽にもよるけれど、古典時代の代表的なベートーヴェンとかブラームスは繰り返しが多い。バーンシュタインは詩も音楽も〈繰り返し〉と〈ヴァリエーション〉から成っているというわけ。

丸山さんは、どちらかといえばまず〈繰り返し〉を強調して、後に〈ヴァリエーション〉のほうを強調した。〈ヴァリエーション〉は新しくなるということと〈繰り返し〉との総合でしょう。その話がわれわれの関心のあったところです。それは最後に「日本人とは何か」という問題に行き着く。丸山さんならば「日本の思想」というテーマの、それこそひとつの〈ヴァリエーション〉になる。私もかなり近い。通奏低音的な主調になっている土着思想はあるという仮説で、それはどういうものなのか。そういうことを著者はいいたかったというのが『序説』の文学史概念の特徴で、そのくらいは読んでもらいたいと思います。

――中国と韓国の『序説』への反応はどうでした?

私がいままで見てきたところでは紹介的だけども反応は非常にいいですね。いろんな学校でテキストとして使われているらしいし、日本の歴史とか日本の文学といった日本文化を研究する人たちに利用されているようで、高く評価してくれていると思います。具体的に非常に分析的な文章は読んだことはありませんが、紹介してくれた書評はいくつか読みました。

中国人は、あれに書いてあることはたぶん当たり前だと思っているんじゃないですか(笑)。新井白石は日本の古代史を叙述してそれはこういう時代だったとか、「神は人也」なんて過激なステイトメントを発したとか、その背景はこうだとか、朱子学との関係はこうだとか、そんな話が文学史に出てくるのは当たり前だと思っているのでしょう、驚いたのは日本人だけかも知れませんよ(笑)。中国の文学の話をするのに『論語』や『孟子』の話をしないなんてことはないです。唐の歴史小説というのはありますが、それは杜甫の文学とは比べものにならない。杜甫は日常身辺的な庭や景色の話もしているけれど、同時に戦争のことにもふれている。

——ヨーロッパの国々でも翻訳されていますが、普遍的な文学の歴史の叙述だと受け止めたのでしょうか、それとも特殊日本文学の歴史だと受け止めたのでしょうか。

その話をすれば、双方に責任があると思う。文学一般の理論としてそこから汲んで、それを批判して、同時にそれを使うというようなことは非常に少ないと思う。日本の文学史については『序説』はほとんど大学生の古典になっていると思いますが、文学の範囲をひろげるという話も、それを全面的に受け入れる人はむしろ少ないのではないでしょうか。あれはやはり大海の一粟《いちぞく》ですよ。外国の日本語を読める研究者の人たちが、山ほどある東京大学や京都大学の専門家の本を読めばみんな狭くやっているわけで（笑）、当方はあまりにも少数派ですから、やっぱりそこまで理解がいかないということがあると思う。

というのは、外国文学研究者は、できる人ほど現地の人の意見を尊重します。現地の意見を尊重するときは、どうしても多数派の意見ということになる。私の場合は、日本における多数派の意見にチャレンジしているわけで（笑）、そういうことを外国の人に求めるのは無理でしょう。日本のフランス文学研究者が、フランス人の大部分はフランス語でこう考えているけれど私はそうは考えない、というのには勇気がいる。

――ヨーロッパ語翻訳の書評者は内田芳明さんのような思想史家はほとんどいなくて、文学の専門家が多かったのですか。思想史方面の人がもし書評を書いていれば、違った角度からの批評が出たのではないかとも思いますが。

そういう評価をある程度出しているのは、狭い意味での日本文学研究者ではなくて比較文学の専門家たちです。そういう人たちのなかに評価する傾向はありますね。フランス語版二冊のうちの一つに序文を書いてくれたエティアンブルはパリ大学の比較文学の元教授ですが、彼は日本文学の専門家ではないので比較的自由な立場から批評しました。方法上のマルクス主義といった問題にもふれています。マルクス主義の影響は明らかだけれども、教条主義的ではないこういう分析の仕方を歓迎すると書いてくれました。彼は左翼とみなされていません。

それは一般知的世界に触れた話ですが、大きく見れば、私自身のことはふれないとしても、丸山眞男は日本の「超国家主義」の、あるいは徳川時代の政治思想史の分析で、国際的な権威です。すべての研究者が読むべき代表的な古典の一つです。しかし、丸山さんの方法を応用してアメリカ史を書き直すとか、ヨーロッパ史を解釈し直すというようなことはちょっとないと思う。それが丸山さんとマックス・ヴェーバーとの違いです。ヴェーバーはドイツの話をしていたのではない。ドイツ史のための古典ではなく、世界の考えられるすべての宗教社会学のための新しい方法を提供したのです。丸山眞男以後もう一歩先まで行けば、日本の話ではなくて、政治史とか思想史という分野で、世界に影響を与えるような方法を日本からつくりだしていくことになるでしょう。しかしそういう兆候はまだない。

社会科学の分野ではそうなっていないんです。最高峰が丸山さんで、見事に日本を説明しているということです。

——いま海外で翻訳されている『序説』は七カ国語ですか。

英語、フランス語、ドイツ語、イタリア語、ルーマニア語、中国語、韓国語の七つ。翻訳の事情はお国柄で少し違っていて、ドイツですと、その後どうなったのかを書いてもらいたいといわれた。現代文学は歴史ではないので、私は歴史書と同じように書くことはできないと答えました。しかし、現代日本の文学についての感想みたいなノート（覚書）を、その前の各章と同じ意味の歴史ではないけれど、付録として書いたものはあります。日本語で書かずにはじめからドイツ語で書きました。

——（司会者）『序説』下巻の最後の三行を引用して、この合宿のお開きにしたいと思います。

「時代の条件は、——あるいは一世代の現実は、その受容や描写よりも、それを批判し、拒否し、乗り超えようとする表現の裡に、またその表現の裡にのみ、抜きさしならぬ究極の性質を、あらわすのである。」

五日間にわたってわたしたちにお付き合いいただいた加藤先生にあらためてお礼申し上げます。どうもありがとうございました。（拍手）

あとがき

この本は白沙会の皆さんと『日本文学史序説』の著者加藤周一との合作です。まず加藤が『序説』(とここでは略記します)に補足したいと考えるいくつかの点を要約して話し、その話を含めて『序説』に係る質問を白沙会が提出し、著者と読者が同じ話題について議論しました。質問は実に多岐にわたり、直接に『序説』の内容を論じる場合と、間接に『序説』が喚起した多様な問題をとり上げる場合がありました。この本は前者を中心にして私どもの五日間にわたる議論の内容を整理したものです。断片的にみえる話も、『序説』を前提とすることで実はいくらかのつながりを持ち得るだろう、と考えています。

もちろん時代はここにも反映しています。補講の集りは二〇〇三年夏。日本国では「心の問題」に没頭した小泉首相が、靖国神社に参拝していました。それに伴って中国や韓国との外交関係は戦後最悪の状態になります。イラク征伐に失敗した米国政府でさえも対日批判を始めるであろうことはすでに時間の問題でした（この「あとがき」を書いている二〇〇六年九月末には早くも事実となりました）。白沙会の皆さんと著者は、「補講」の枠の外で、そういう話にも触れました。

『序説』の補講の枠内、つまり文学の世界と、枠外すなわち政治的な現実との間には、何らかの関係があり、共通の接点があり得るでしょうか。常にあるとはかぎらないが、場合によってはあり得るでしょう。接点はたとえばこの国の有権者の投票行動と世論調査による多数意見とがくい違う場合にあらわれます。世論調査では憲法の第九条を変えることに反対、政治家の支持率では、九条改めを主張する政治家の支持が、それぞれ半数を越えることがあります。そういうことがおこれば、なぜそうなるかを理解する必要も生じるでしょう。理由はもちろん沢山あり、複雑に入り組んでいます。世論調査のやり方、多くの争点の中での九条問題の比重、個別的利益の重視、各種の世論操作……しかしそのすべてが世論調査の結果と選挙における投票行動の乖離を十分に説明するとはいえないでしょう。それならば、有権者大衆の全体に係るところの伝統的な思考の習慣、精神的構造、世界観と価値観とでもいうべきもの（フランス語で

mentalité というのに近い）が問題にならざるをえない。現状の理解を望めば、文化的伝統の理解が必要になるのです。文化的伝統は単に知的論理的なものではなく、また同時に感情的さらには感覚的な心理を含みます。どうすれば文化的伝統を理解することができるでしょうか。そのためのもっとも有力な手段の一つが、日本文学史の分析です。かくして政治的経済的現実の世界と文学的芸術的表現の世界の接点は、そこにあらわれるし、あらわれざるをえないのです。

接点を同時的にみれば、個別の文学作品は全く政治的世界と係らないようにみえます。たとえば平安時代の『源氏物語』、『今昔物語』、『往生要集』。しかしその三者の美学と人生哲学と宗教的信念をまとめてみれば、その全体は院政という特異な政治制度を支える文化的体系に他なりません（閉じた空間の中での細部の洗練）。またたとえば鎌倉時代から室町時代へかけての二重政府と封建的な権力分散の時代。その政治的状況と能狂言の美学、『正法眼蔵』の超越的な哲学、法然・親鸞の他力信仰の三角形が作る文化的体系とは、ほとんど不可分でした。その同じ接点を通時的にみれば、歴史は院政から封建制へ発展し、文化はそれとならんで、――まさに文学史が鮮かに証言するように、個人化され、内面化され、超越化されたのです。個別の問題に立ち入りながらも『序説』の著者と白沙会の皆さんの念頭には絶えずそういう考えも浮かんでいたように思われます。

私たちはこの本が要約する議論を大いに愉しみました。さらなる読者と同じ愉しみを分つことができれば、この上もない幸いです。

二〇〇六年一〇月一日　上野毛にて

加藤周一

もう一つの補講　加藤周一が考えつづけてきたこと

大江健三郎
＊
小森陽一
成田龍一

加藤周一さんの一周忌にあたる二〇〇九年十二月、第61回紀伊國屋サザンセミナー「加藤周一とともに――いま、『日本文学史序説』を語る」が開かれ、大江健三郎さんの基調講演と、小森陽一さん・成田龍一さんを交えた鼎談が行われました。本書の文庫化にあたり「もう一つの補講」としてその記録を掲載いたします。

（ちくま学芸文庫編集部）

大江　この人は自分の時代の大きい見事な人だと思ってきた方の訃報に接して、若い時は悲しむだけだった。それが年をとってきて私が経験するのは、驚きに打たれて、ほとんど恐怖するということです。わずかな数の友人や家族とその人のことを話す。『新約聖書』「ルカ書」の終り近いところにある通り、「暗い憂鬱な顔をして」。あるいは一人「暗い憂鬱な顔をして」その人のことを思っている。

ところが時が経つと、あのような人に会え、話を聞くことができたことを、「あの人の言葉を聞く間、我々の心は燃え立ったではないか」(これも「ルカ書」の最後に出てくる言葉です)と考える。

加藤周一さんが亡くなられたときに経験したのは、まさにこの通りでした。

私は新聞に加藤さんへの追悼文の代りの談話のようなものを書きました。そこで加藤さんを「大知識人」と呼んだことが、真面目な雑誌で批判された。それをアメリカのやはり古い友人に訴える手紙を書いていて、さて「大知識人」にあたる英語があるのだろうかと考えました。辞書の例文を見るとsome important figures in European intellectual lifeというのがあった。「大知識人」という表現は単独で存在するのではなく、たとえばヨーロッパの知識人の中に、あるとても重要な人々がいて、その一人が彼だ、というような言い方をするらしい。

そこで私は日本にインテリジェントな人たちの生活というものがあるだろうかと考え、あるとしたら、そこで大切な人物とはだれだろうか、と考え進んで、確実に、加藤さんは日本にありえたインテレクチャルライフを生きたなかのもっとも大切な一人だと思いました。

そうした知識人のことは、『日本文学史序説』に読み取ることができます。

日本最初の知識人――紀貫之と菅原道真

大江　この本で「知識人」という言葉が初めて使われるのは八世紀の山上憶良についてです。大陸文学の教養を持った憶良型の知識人官僚は、しかし単独で、孤立していた。一〇〇年たち、そういう人がようやく群を成して現れ始めた。これが九世紀の社会的な特徴の一つだと分析されています。

そのようにして現れてきた知識人に二つの型がある。一つは、藤原氏の一派が権力を独占したために、政治的に没落した貴族のなかから現れた知識人。政治的権力の中心から遠ざけられた紀氏からの、代表的な人が紀貫之だというのです。もう一つは、上流貴族ではなく、比較的下級の儒家から出て、官僚として高位に昇った人物で、祖父の代からの儒者で右大臣となった菅原道真がその典型、と書かれています。

紀貫之は、『万葉集』以後の秀れた歌を全日本の規模で『古今集』に編纂した、きわめて知的な人。『土佐日記』という旅行記も書きました。

八～九世紀の僧、慈覚《じかく》大師円仁《えんにん》のことも、加藤さんは最初の優れた知識人たちの一人としますが、円仁が書いた『入唐求法巡礼行記《にっとうぐほうじゅんれいこうき》』という旅行記には、旅で遭った民衆の苦しい人生が描かれている。しかし紀貫之は、実際の生活のことは書いていない。

漢文で書く円仁には、そういうリアリズムが可能だったけれども、紀貫之は、貴族が集まって歌をつくる会合を主宰し、その一人としての旅行記を書けても、民衆の生活を見極めて書くということはなかった。それは日本語と中国語との言語の違いでもあるし、だいたい日本のインテリは、まずリアリズムでないところから出てきたのだ、と加藤さんはいいます。

一方、菅原道真は中国語で優れた詩をつくったわけですが、つまりは彼の中国語の作品を鑑賞し、理解することのできる知識人グループが既にできていたのだという。それは、紀貫之の日本語の歌を受け止めるグループと同じように、九世紀初めのインテリ集団の出現を意味しています。

そこには共通点も相違点もあると加藤さんはいう。「月は鏡のように澄んでいるが、罪の無実を明かしてはくれない、風は刀のように鋭いが、かなしみを破らない、見るもの聞くものみじめであり、此の秋はただわが身の秋となった」、こういう意味の漢詩を、菅原道真は自分の経験に即してつくり出した。他方、紀貫之が『古今集』に択んだ歌には、「月みればちぢにものこそかなしけれ　わが身ひとつの秋にはあらねど」(大江千里)というのがある。

状況は対照的です。一方は、政治的に追い詰められて地方に流されたインテリがつくった歌。他方は、宮廷の歌人が歌合《うたあわせ》で詠ったもの。中国語と日本語という違いもある。にもかかわらず、同時代の詩的表現に明らかに相通うところがあります。

八世紀までは、たとえば『懐風藻《かいふうそう》』の漢詩と『万葉集』の日本語の歌とを比べても、こうした共通な感情、共通の表現はなかった。ところが九世紀を経て一〇世紀初めになると、宮廷歌人の大江千里と、追い詰められた官僚で漢詩を書く菅原道真とのあいだに、同時代の人間としての同じ内面が感じられる。こういう作品をつくる者らが知識人だというのが、加藤さんの考え方です。

外国語を読み、外国人と議論し、協同の仕事ができる人を、加藤さんは高く評価されました。自分の研究をし、海外での経験も積んで、普遍性を持ったところで世界的に活動できる人こそが知識人なのだと。だから若い人たちは外国に行ってきちんと議論できる者になる必要がある、少なくともそれが知識人となるための第一歩なのだと考え、自らの人生でそれを証明されました。

外国語で詩をつくった菅原道真のような人というのは、非常に加藤さんに近い。一方で『古今集』の歌人のように、日本語の世界で、狭い宮廷のなかにいた人のつくった歌がある。その二つのなかに通じ合うものがある、それが同時代なのだと。そして、一つの時代に、違った教養や職業の立場を持ちながら、ある文化的なものを共有できるということが知識人の条件であると、加藤さんは示しているわけです。

加藤さんは常にさまざまな問題について、非常に理論的な分析をされました。しかも、文学について、歴史書について、あるいは哲学について、さまざまなものについて、日本文学の歴史のうえで分析された方ですが、かれの原則の一つに、文学作品を高く評価するという態度があります。一人の女性歌人が詠んだ歌、一人の農村の老俳人がつくった俳句を、つねに丹念に読み解いていく。近松門左衛門の浄瑠璃についても、井原西鶴の小説についてもそうです。そういう文学作品には、同時代を生きた人たちの共有する感情があり、それを読み取ることが時代を読み取ること、社会を読み取ること、日本語の実質を読み取ることだ、という確信を具体的に示されました。

『序説』について、有名な外国人の文学研究者が「優れた作品だが文化史であって文学史とはいえないのではないか」と批判しました。しかし、それは間違っている。加藤さんのように一つ一つの作品を文学的なテキストとして深く読み取る文化史家・文学史家はいなかった。具体的な読みの上に立った、日本社会、日本文化、日本の歴史についての結論が、この本にはあらゆるページに満ちている。知識人とはどういう条件を持つ者なのか、加藤さんは厳格にかつ寛大に様ざまなタイプを取り上げ、かれらの作品をこのように重んじているのです。

＊

百年前の知識人——石川啄木

小森　大江さんから、『序説』において初めて「知識人」という言葉が、山上憶良について出てくるところという指摘をふまえ、紀貫之と菅原道真を中心に、しっかりとしたお話がありました。

では時代は飛んで、近代に特有の「知識人」というと、だれになるでしょうか。『序説』の下巻で、加藤周一さんは一八三〇年生まれの、江戸幕藩体制末期から明治維新を三七歳ぐらいで生き抜いて活動した世代と、夏目漱石や徳富蘆花、尾崎紅葉など、一八六七年頃、明治維新の年辺りに生まれた世代について取り上げています。いわゆる日本の近代小説作家のビッグネームです。

成田　『序説』では、知識人というラインとともに、「世代」が大きな要素として取り上げられているように思います。

なぜ世代を問題にしたのか。ここには、恐らく加藤さんが終生考えられていた戦争経験の問題が、あると思います。戦争を経験した人びとにとり、世代によって戦争経験の持つ意味が違っている。戦時においても、戦後、それをどのように反復するかにおいても異なる点に着目したのではないでしょうか。

小森　一八三〇年生まれの人たちは、社会の一番中心的な位置を担わなければならないときに、戊辰戦争という内戦、二六〇年続いた制度が決定的に転換するということを経験した。

一方で、戊辰戦争のただなかに生まれた夏目漱石の世代は、物心つく辺りで、西南戦争という最後の内戦を経験しています。そして、自分が徴兵されるかどうかという微妙なときに日清戦争、小説を書き始める頃には日露戦争、命を終える頃が第一次世界大戦だった。そうした、日本が関わってきた戦争と、それぞれの知識人がどのように渡りあったのかが大事だということでしょうか。

成田　はい、そのとおりだと思います。具体的に述べていただきました（笑）。

そしてまた、加藤さんは世代を一つの軸として考えたと同時に、知識人の型、類型というものを考えていたと思います。近代の場合は世代と類型の組み合わせになっていますが、『序説』を通じて、類型はつねに抽出されています。知識人が、同時代にどのような型を提出していたかを探り、それを抽出することが、加藤さんが『序説』を書いたときの一つの方法であると思います。

大江 私は、加藤さんは「世代」を考えたというよりは「時代」を考えた人だと考えています。そして、明治初年の歴史的な出来事を簡単に整理すると――これは加藤さん自身が整理されているものですが――、加藤さんは日清戦争を重視します。日本で軽工業が発展する。繊維製品によって国がある程度豊かになる。そして、日清戦争を戦うことができた。その次に日露戦争が戦われるのですが、日露戦争の時代は重工業が発展する時代です。それによって大きな戦争ができるようになったわけです。日清戦争から日露戦争の頃、文化的活動を展開していた人たち、正岡子規、幸田露伴、夏目漱石、森鷗外らも、明治維新、日清・日露戦争という時代の刻印を大きく受けた知識人たちですが、加藤さんが重要視するのはその次の世代、維新から二つの戦争までの時代に生まれ、青年になって不安かつ不幸な時代状況をもろに引き受けた文学者、端的に言えば石川啄木です。

一八八五年に生まれて一九一二年に死ぬ石川啄木は、日清戦争に至る社会の変動を知っている。そして二十代初めに文学者として活動し始めるとたちまち、大きな時代の壁にぶつかってしまった。日露戦争後から十月革命前という、一九一〇年前後の時代の特徴を、もっとも明瞭に生き、かつ書いたのが石川啄木だと加藤さんは考えています。

今から一〇〇年ほど前の一九〇七、〇八年には、大学を卒業しても就職がないという、現在の日本と同じような社会現象が起きていた。石川啄木は、それを批判して、「時代閉塞の現状」を書きました。閉塞というのは、閉じるという意味だし、閉じさせるという意味でもありますが、時代が閉じていて若い人が希望を持てない。しかも一九〇五年に日露戦争が終わって新しい経済状況になり、国際関係が進展して、日本では、国家自体が社会を閉じさせるまでの大きな権力をコントロールするようになった。しかし、その制御のまま若者は閉じてはいけない、そこを自由に突き破っていく力を、言葉を、行動を起こさなければいけない、と啄木は書いたわけです。

若者の心をなぐさめる美しい歌をつくりながら、もう一方で大逆《たいぎゃく》事件の幸徳秋水に、すなわち「テロリスト」に共感するものが自分のなかにあると歌うような、そういう知識人の文学者がここで現れた。これが加藤さんの着眼点です。

新聞社にいた啄木は、幸徳秋水が獄中から弁護士に書いた手紙を、入手して書き写します。クロポトキンの本を引用しつつ、自分たちアナーキストは天皇家を攻撃しようとしたものではない、と書いた手紙です。啄木はそこに自分の感想を書き加え、クロポトキンの英語の文章も写しています。

外国語を勉強して新しい思想を学ばなければいけないと考えていた、当時の生真面目で不安な青年に、加藤さんは大きな関心を寄せています。啄木は時代の病である肺結核になって、貧しさから死に、家族も滅びてしまう。しかし、違う社会状況であったならばどうなっていたか。

その一〇〇年前、ハインリッヒ・ハイネは、同じような閉塞状況のプロシアから逃げ出し得た。ヨーロッパ文化の中心地パリで亡命生活をしつつ、啄木と同じように美しい詩をつくり、激しい政治的言論を展開するジャーナリストとなりました。

もしも充分なお金があって、満足な教育を受け、きちんとした生活ができ、日本が「孤立した島国」でなくて外国に亡命できるような状況だったら、啄木は日本のハイネとして、全く新しい文化状況をつくっただろう、そうした文学者が確実に誕生したはず、と加藤さんは想像します。

啄木が苦しんだ時代が、つい一〇〇年前のことにすぎないのを、いまの若いみなさんに考えていただきたいと思います。一〇〇年前のことが、いま再現しつつあるのです。

そこで、いまはどういう文学があるだろうか、啄木はいるだろうか、と考えます。ハインリッヒ・ハイネになるような豊かさも、外国に行く力も、強い「円」もあるいま、ハイネになる人はいるだろうか。いないとしたら、それはいけないのではないか。そのことを反省しようではないかというのが、加藤さんが現代について考えるもう一つのモチーフだったと思います。

啄木から一〇〇年後の現在、新しい閉塞状態がある。そのちょうど中間の時期が一九四五年頃です。戦争に敗けた後につくり上げられた日本には、新しい文化への動きがありました。時代閉塞を打ち破るような可能性があの時代にはあったのだというのが、加藤さんが証言していられることです。

そういうことも、やはり「世代」の問題というよりは「時代」の問題だと思います。

時代のことを確実に捉えて、それを型にするというよりも、論理的に整理して正確に表現するというのが加藤さんの書き方だったと思います。

「日本」「文学」「歴史」をどう捉えるか

小森 石川啄木を加藤さんがどのように論じ、位置づけたかといういまの大江さんのお話では、「世代」ではなく「時代」だということですが、さて、『序説』は日本の歴史であると同時に文学史です。つまり、歴史というものをどのように捉えるのかという問題が問われている。そこに、政治と文学は対立項ではなく、まさに、最も政治的であることが最も文学的であり、最も文学的であることが最も政治的である、そのように生きた人たちの具体的な文学表現を深く読み取るという、この本の大事な方法論が明らかになってきました。

成田 「時代」か「世代」かというのはとても興味深く、かつ難しい問題を提起していると思います。

大江さんのお話の通り、日露戦争後は、前の時代とは異なる、ある大きな転換が見られた時代です。若者にとっては時代閉塞の時代と映り、上の世代には、日本が目指してきた富国強兵という目標が実現された時期だと見える。つまり、明治維新を経てきた世代にとっては、日清・日露戦争に勝利して、いままでの課題が実現した時代が登場してくるのですが、若者にとっては、その状況は抑圧としてある。そのように、それぞれの「時代」が見えてきていたように思います。そして、啄木は、上の世代とは異なる、自分たち若者世代の考えを打ち出しています。

確かに、加藤さんは、世代だけでなく、あるいは世代ではなく、時代を考え、型を抽出していると言えるのですが、啄木に見られるように、時代と世代として、問題を二重映しにして提起しているように思います。

もう少し啄木に引きつけて考えてみると、啄木は一方で、いかに生きるかということを考えていた。同時に、大江さんが言われたように、文明の問題、あるいは国家の問題に直面してもいました。

さて、加藤さんは、近代の文学者には二つの型があると書いています。一つは内村鑑三型で、いかに生きるかということを追求したもの。もう一つは鷗外や漱石に代表される、文明との格闘型です。この二つの型によって、文学者の系譜は見事に整理される。しかし啄木は、生き方の追求と文明との格闘を、両方とも引き受けていたと言えます。

つまり加藤さんは、一本の補助線を引くことによって知識人を分節化して、見事にこの系譜を明らかにするとともに、しかし、補助線はあくまでも補助線とし、それが総合されたところに文学者なり、人の生き方なりがあると言われたのだと思います。

そして、小森さんが指摘するように、『序説』は「文学」のタイトルを持っているけれども、そこに表れているのは、同時に政治の問題である、文学として叙述の構えをつくるけれども、しかし、文学作品を定義するのは時代時代の状況です。

文学にかぎらず、例えば「日本」ということをめぐっても、何が日本であるかは、時代によって定義され、時代によって異なる。そして、そのことが政治であると加藤さんは考えていたと思います。だから、『序説』のなかで、日本は固定されていない。それを流動化させて再整理しながら、それぞれの具体的な状況のなかで、まさに時代のなかで、日本がどのように提示されているかを考えてみようとされたと思います。「歴史」に関してもそうです。歴史を流動化させて考えてみようと試みています。『序説』では文学作品を扱いつつ、文学を枠づけ規定しているものを再検討し、それらを流動化させる実践をしています。

もう一つ加えておきますと、このような形で日本や文学、あるいは歴史を窮屈にしたもの、それらの固定化をおこなった元凶は、加藤さんに言わせると二つあって、一つは国学、もう一つがイギリス、アメリカ、つまり西洋とします。西洋と国学によって切り詰められた「日本」「文学」「歴史」を書き換えようとしたのが『序説』なのだと思います。

小森　国学については、加藤さんは本居宣長から展開し、宣長が必ずしもきちんと理解されているわけではないという留保をつけて、それが日本浪漫《ろうまん》派で歪《ゆが》められて、という、さまざまな留保をつけながら、国学の系譜について議論されています。

また、西洋は日本に開国を迫り、「近代」という概念そのものを定着させていったわけですが、しかし、『序説』で提示した方向は、日本列島の、日本語を使う人々がもつ世界観に依拠した文学者が、別の大きな文明、非日本的なるものと出会うとき、その衝撃的な出会いを通して、双方がぶつかり合いながら、微妙に鎖国状況的になったときに、「日本化」が始まるということだったと思います。

この「日本化」をどう捉えるかが難しい。成田さんのお話は、同じ「日本化」といっても、それは時代によって決定的に違うのだということでした。これについてはいかがでしょう。

大江　「日本化」についてのいまの話は、江戸時代の文学思想に国学が大きな要素を持ったと加藤さんがいわれているということでしょうか。

成田　はい。加藤さんご自身が、国学と、最初はイギリス、戦後にアメリカが大きな意味を持つと述べています。それをもう少し一般化して言うと、国学と西洋と言うことができると思います。

大江　「国学と西洋によって」と言い切るのは単純化しすぎではないでしょうか。近世の始め、徳川政府が、日本が国家としてやっていくための思想としたのが儒学でした。国家の思想としての儒学を修める、権力を持った学者たちがいたわけです。しかしその儒学にも、時代に沿って変化が生じてきます。例えば、朱子学が文科省の指導要領みたいなものとすれば、それに対して、荻生徂徠のように違った古典の読み取りを考える人がいた。加藤さんは武士の陽明学と捉えています。それは政府の思想とはまた別の影響を知識人たちに与え、日本の思想を揺り動かした。一方で民衆のあいだには、近世後半別の陽明学が現れた。農民の現実感覚に即した新しい陽明学で、二宮尊徳、安藤昌益、大塩平八郎などの思想です。石田梅岩《ばいがん》の心学は六十数カ所に学校ができるほどの常民の学問の流れとなりました。

そういう二つ、あるいは三つの中国の学問があり、対するものとして国学が現れ、国学者、たとえば本居宣長らの大きな仕事があった。したがって、国学ということを考える場合、日本の複数の儒学、複数の漢学がどのように政府と民衆を刺激したかも考えなければなりません。

また、蘭学を学んだ人もいれば、それをもっとアメリカの学問に近づけた福澤諭吉のような人もいる、緒方洪庵《こうあん》のように医学を行った人もいる。彼らがこぞって明治維新に至る学問のさまざまな流れをつくったのであって、そうした多様な動きがあったのを、「国学と西洋」と単純化することはできないのではないかと思います。

加藤さんは、歴史を考えるうえで文学作品が第一資料として有効だと固く信じていました。歴史のなかに生きた人間の証拠として文学作品を読み解き、その視点から、江戸時代から明治維新に至る展開をうまく広く、魅力的に捉えている。あわせて富永仲基のように、漢学の独自な批判研究をしつつ、大坂の商人のための学問所で学び、そこでも反逆して困難な人生を歩んだ革命的な学者に、強い関心を寄せられました。

しかし維新後、日清・日露戦争に至ると、国家そのものが一つのはっきりした思想と実践力を持ち始める。一九一〇年に大逆事件と日韓併合が起こります。加藤さんの分析では、日韓併合はアジアにおける日本の侵略的膨張の時代の象徴です。その前に、国内の安全確保のために大逆事件をでっち上げ、日本を天皇の国家として確実に捉え直した。そして米騒動が一九一八年、治安維持法制定が二五年。すなわち一九一〇年からの一五年間に日本とアジアとの関係、国内の体制、天皇制の力、民衆の表現の自由の様相が、はっきりと変わったのです。

この時代、文学も明らかに変わった。この時代の変化を加藤さんがどう捉えたかを考えるべきでしょう。

成田　大江さんのお話の通り、加藤さんは明治維新に一つの大きな焦点を当てて考えていますが、『序説』では、時代は世紀割りで考えられています。明治維新後が近代だという形で歴史を切断するのではなく、複数の儒学なり漢学なり国学なりがあり、一方で西洋からさまざまな概念や影響が入ってきて、そのなかから明治維新に向かう力が出てくる。「ここまでが前近代、ここからが近代」としてスパッと切って考えるのではなく、明治維新を、一九世紀という時代のなかでの営みとして捉える。そのように歴史を把握する構想力を、加藤さんは『序説』で示しています。

そこには、歴史の断絶説をとっていた従来の文学史の叙述、あるいは歴史学研究に対する厳しい批判が含まれています。

歴史の連続説をとることによって何が見えてくるか。それが日露戦争後の社会、つまり二〇世紀とは「日本」「文学」「歴史」にとって何だったのかという問題です。日本の二〇世紀は日露戦争とともに明けたわけですが、その日露戦争の結果、国内の治安強化と、対外的な進出、すなわちまさに二〇世紀の特徴というものが出てくる。また、一九世紀、二〇世紀と世紀で捉えた瞬間に、基準が一気に世界的なものになる。そのときイギリスは、アメリカは、何をしていたのか。中国は、あるいは東アジアの状況はどうだったか。そういう問題が見えてきます。

小森　従来の日本の歴史学が常識にしていた時代区分というものを、世紀割りにすることによって、世界史との対応関係のなかで日本史をきちんと読み直すことを『序説』は可能にした。つまりいままでの、日本をめぐる歴史認識のあり方全体を組み替えたといえるわけです。

これも非常に大事なことです。日本の高校までの教育では、世界史は必修ですが日本史は必修ではない。そして世界史のなかには日本史が出てこず、日本史のなかにも世界史が出てこない。

しかしたとえば、織田信長が鉄砲で戦争をする時代は、ヨーロッパのカトリック国が、新大陸に対して、まさに人でなしになっていく方向で植民地侵略をする時代と重なる。そういうことが非常に明確に、かつ衝撃的に見えてきます。そういう従来の歴史認識のあり方全体を、『序説』は組み変えて転倒しているのです。

一九四五年の体験を核に

小森 石田梅岩のお話が出ましたが、梅岩は、町人に対して現世を生き抜く方法を提示する一方で、彼自身の自然観や宇宙観は全くそれとは違い、根源的にヘーゲル的でさえあった。つまり、一人の思想家の営みのなかに極めて異質な、果たしてなぜこれが一人の人間の中に同居しているのかと思われるような特質を読み取り、見抜いていくというスリリングなところが『序説』にはあります。こうした加藤さんの着眼点はどこから来るのでしょう。

大江 加藤さんの視点の根には明らかに一九四五年の経験があります。

小森さんと成田さんが編まれた『言葉と戦車を見すえて』（ちくま学芸文庫、二〇〇九年）はすばらしい本ですが、その軸のひとつ「言葉と戦車」は、チェコスロバキアの危機に際して書かれました。一九六八〜六九年、言論の自由のない社会主義国チェコの国民が、民主主義としての社会主義をつくろうとする運動を成功させた。悲劇がそれに続いた。直前にプラハを訪れ、その後の展開あるいは閉塞をウィーンで見ながら、加藤さんは何を考えていたか。

プラハの街から、思いを遠く故国に寄せなかったわけではない。しかしその故国は、一九六八年夏の東京ではなく、四五年秋の東京であった。そこにも検閲があり、いろいろな不自由もあった。しかしあのときは新聞・放送の大衆報道機関を通じて、政治体制の根本的な変革を公然と論じることもできた。四五年秋には、日本の古代史の事実を（これは天皇制を含みますが）、初めて公然と語ることもできた。希望や計画や、胸にたまる思い、新しいと信じる考えにあふれていた、と加藤さんは書きました。

新しい歴史の出発点として一九四五年を考え、そこから六八年に至り、もう一度日本文学、日本近・現代史、日本全体の歴史、さらにはアジアの歴史を考え直してみる。そのきっかけがチェコで生じた。そこで一九四五年の経験を思い出し、それに励まされる、と加藤さんは書きました。つまり一人の人間・加藤周一が考えたことをきっかかけに、世界の小さな国の小さな街プラハと、東洋の小さな国の小さな街東京を結ぼうではないか、社会主義の未来についてもう一つ別の意見を出そうではないか、と。

加藤さんは、東京での一九四五年の希望に、真剣に向き合い続けた人です。チェコで新しい運動が起これば、強い共感を寄せながら、日本のことも考える、こういう人を誇らしい日本人、世界的な人、本当の知識人だと思います。私はその人を記憶し続けたい。新しい加藤周一が次つぎ現れる、まず若い加藤周一読者が一〇万人生じてそれを準備するのが、私の希望です。

小森　いまのお話には、非常に感慨深いものがあります。加藤さんに最初にお会いした際、「私は一五歳のとき加藤さんの「言葉と戦車」に救われました」とご挨拶しました。私は一九六五年までプラハのソ連大使館付属八年制学校に通い、日本に帰国後あの事件が起きました。ソ連の教育を受けチェコの友達と遊んでいたわけですから、私の半分が、もう半分に戦車を乗り入れ侵略したような状態だったのです。

そのときの自分の分裂をどう考えたらいいのか。一五歳の私は初めて自分でお金を出して、岩波書店の『世界』という雑誌を買って読みました。そして「「言葉と戦車」のように考えれば、自分はこの分裂から立ち直れる」という手引をいただいた。

のちにご一緒した北京での講演で加藤さんは、医師だった自分の空襲体験、血液学の専門家として原爆の被害の調査に行かされた経験、そういう状況のなかで、意識的に文学者になることを選択しようと思ったと、中国の学生たちに語っていました。

加藤さんは、戦争に協力したり、それに乗っかっていったりした知識人を非常に厳しく批判しました。その一つが、『言葉と戦車を見すえて』に収録した「知識人の任務」という文章だと思います。

大江　戦争中、日本に言論の自由は何もなかった。そして敗けた。加藤さんは四七年に、人民のなかに入って戦争中のような間違いを起こさないように行動するのが我々知識人の仕事だ、と書きました。その文章が、「渡辺一夫先生に捧げる」という献辞がある、「知識人の任務」です。

成田　『言葉と戦車を見すえて』は、「言葉と戦車」を軸に、加藤さんの生涯にわたる持論を「知識人論」として整理してみようという意図で編んだものです。加藤さんが問題にしつづけたのは、やはり知識人についてであったと思います。知識人の責任とは何か、知識人として生きるとはいかなることなのか。加藤さんの知識人の責任論は、はっきりと戦争体験に根ざしています。

さらに、「高みの見物」という文章のなかで、知識人たるもの、分析をし、正確な認識を持つのは当然であるが、しかしそれが高みの見物であってはいけない、実践的に役立つ知識というものを考えなければいけないのだ、ということを書いています。

加藤さんの文章は、分析と実践という二重の複眼的な視線で読む必要があります。『序説』も日本文学史でありつつ、加藤さんの実践としても捉えることができる。そうした複眼的な懐の深さがますます必要な時代になってきています。単線的に二者択一で考えていては、凄まじく変化しているこの世界の状況に対応できない。そのことを加藤さんの仕事から学ぶべきでしょう。

小森　大江さん、実は『序説』の最後は大江さんで終わっているのですね。

大江　私が読んだのは、最初の版で、そこに私は出ない、出るのは文庫版から（笑）。まず私や井上ひさしは指針をあたえられた。私は、渡辺一夫という、一九四五年にはっきり出直すことを決心した知識人を裏切るまい、その渡辺さんをまっすぐ継がれる加藤周一の考え方にも結びつきたいと考えて、文学をやってきました。

加藤さんは「知識人の任務」で、大きな戦争に反対を表明せず、敗北までついて行った無力な日本の知識人を救い直す道はあるかと考える。そして、人民のなかに己を投じ、人民とともに再び立ち上がるほかに道があり得るだろうかと問いかけています。こういう若い、激しい書き方は、加藤さんの仕事全体の流れを見ると、あるいは少し馴染みにくいかもしれません。

しかし人間は、調子の高い言葉で語るときもあるし、深く沈み込んで、それこそ「暗鬱な顔」で考えるときもある。その両者を一貫することをねがいつつ、まともな人間は生きていく。

加藤さんは、八十代になって「九条の会」をつくる中心となり、実際に力を注がれた。私も加藤さんと一緒に働けた。加藤さんの文章を読み、直接に話を聞いて心が燃え立ったことを、私は伝えつづけるでしょう。

おおえ・けんざぶろう（作家）
こもり・よういち（東京大学大学院教授）
なりた・りゅういち（日本女子大学教授）

本書は二〇〇六年十一月十日、かもがわ出版より刊行された。
文庫化にあたり「もう一つの補講　加藤周一が考えつづけてきたこと」を増補した。
文庫版で編集部が補った箇所は〔　〕で示した。

戦後日本漢字史　阿辻哲次

GHQの漢字仮名廃止案、常用漢字制定に至る制度的変遷、ワープロの登場。漢字はどのような議論や試行錯誤を経て、今日の使用へと至ったか。

現代小説作法　大岡昇平

西欧文学史に通暁し、自らの作品においては常に事物を明晰に観じ、描き続けた著者が、小説作法の要諦を論じ尽くした名著を再び。（中条省平）

折口信夫伝　岡野弘彦

古代人との魂の響き合いを悲劇的なまでに追求した人・折口信夫。敗戦後の思想まで、最後の弟子が師の内面を描く。追慕と鎮魂の念に満ちた傑作伝記。

日本文学史序説（上）　加藤周一

日本文学の特徴、その歴史的発展や固有の構造を浮き上がらせて、万葉の時代から源氏・今昔・能・狂言を経て、江戸時代の徂徠や俳諧まで。

日本文学史序説（下）　加藤周一

従来の文壇史やジャンル史などの枠組みを超えて、幅広い視座に立ち、江戸町人の時代から、国学や蘭学を経て、維新・明治、現代の大江まで。

村上春樹の短編を英語で読む 1979〜2011（上）　加藤典洋

英訳された作品を糸口に村上春樹の短編世界を読み解き、その全体像を一望する画期的批評。村上の小説家としての「闘い」の様相をあざやかに描き出す。

村上春樹の短編を英語で読む 1979〜2011（下）　加藤典洋

デタッチメントからコミットメントへ――。デビュー以来の80編におよぶ短編を丹念にたどることで浮かびあがる、村上の転回の意味とは？（松家仁之）

江戸奇談怪談集　須永朝彦編訳

江戸の書物に遺る夥しい奇談・怪談から選りすぐった百八十余篇を集成。端麗な現代語訳により、古の妖しく美しく怖ろしい世界が現代によみがえる。

王朝奇談集　須永朝彦編訳

『今昔物語集』『古事談』『古今著聞集』等の古典から稀代のアンソロジストが流麗な現代語訳で遺した82編。幻想とユーモアの玉手箱。（金沢英之）

江戸の想像力　田中優子

平賀源内と上田秋成という異質な個性を軸に、江戸18世紀の異文化受容の屈折したありようとダイナミックな近世の〈運動〉を描く。（松田修）

日本人の死生観　立川昭二

西行、兼好、芭蕉等代表的古典を読み、「死」の先達から「終(しま)い方」の極意を学ぶ指針の書。日本人の心性の基層とは何かを考える。（島内裕子）

鏡のテオーリア　多田智満子

天然の水鏡、銅鏡、ガラスの鏡——すべてを容れる鏡は古今東西の人間の心にどのような光と迷宮をもたらしたか。テオーリア（観照）はつづく。

魂の形について　多田智満子

鳥、蝶、蜜蜂などに託されてきた魂の形象。夢のようでありながら真実でもあるものに目を凝らし、想念を巡らせた詩人の代表的エッセイ。（金沢百枝）

頼山陽とその時代(上)　中村真一郎

江戸後期の歴史家・詩人頼山陽の生涯は、病による異変とともに始まった——。山陽や彼と交流のあった人々を活写し、漢詩文の魅力を伝える傑作評伝。

頼山陽とその時代(下)　中村真一郎

江戸の学者や山陽の弟子たちを眺めた後、畢生の書『日本外史』はじめ、山陽の学藝を論じて大著は幕を閉じる。第22回芸術選奨文部大臣賞受賞(揖斐高)

定家明月記私抄　堀田善衞

美の使徒・藤原定家の厖大な日記『明月記』を読みとき、大乱世の相貌と詩人の実像を生き生きと描く名著。本篇は定家一九歳から四八歳までの記。

定家明月記私抄　続篇　堀田善衞

壮年期から、承久の乱を経て八〇歳の死まで。乱世を生きぬき宮廷文化最後の花を開いた藤原定家の人と時代を浮彫りにする。（井上ひさし）

都市空間のなかの文学　前田愛

鷗外や漱石などの文学作品と上海・東京などの都市空間——この二つのテクストの相関を鮮やかに捉えた近代文学研究の金字塔。（小森陽一）

増補 文学テクスト入門　前田愛

漱石、鷗外、芥川などのテクストに新たな読みの可能性を発見し、〈読書のユートピア〉へと読者を誘なう、オリジナルな入門書。（小森陽一）

後鳥羽院 第二版　丸谷才一

後鳥羽院は最高の天皇歌人であり、その和歌は藤原定家の上をゆく。「新古今」で偉大な批評家の才も見せる歌人を論じた日本文学論。（湯川豊）

図説 宮澤賢治　天沢退二郎／栗原敦／杉浦静編

賢治を囲む人びとや風景、メモや自筆原稿など、約250点の写真から詩人の素顔に迫る。第一線の賢治研究者たちが送るポケットサイズの写真集。

宮沢賢治　吉本隆明

生涯を決定した法華経の理念は、独特な自然の把握や倫理に変換された無償の資質といかに融合したのか？　作品への深い読みが賢治像を画定する。

東京の昔　吉田健一

第二次大戦により失われてしまった情緒ある東京。その節度ある姿、暮らしやすさを通してみせる、作者一流の味わい深い文明批評。（島内裕子）

日本に就て　吉田健一

政治に関する知識人の発言を俎上にのせ、責任ある市民に必要な「見識」について舌鋒鋭く論じつつ、路地裏の名店で舌鼓を打つ。甘辛評論選。（苅部直）

甘酸っぱい味　吉田健一

酒、食べ物、文学、日本語、東京、人、戦争、暇つぶし等々について、つらつら語る、どこから読んでもヨシケンな珠玉の一〇〇篇。（四方田犬彦）

英国に就て　吉田健一

少年期から現地での生活を経験し、ケンブリッジに進んだ著者だからこそ書ける極めつきの英国文化論。既存の英国像がみごとに覆される。（小野寺健）

平安朝の生活と文学　池田亀鑑

服飾、食事、住宅、娯楽など、平安朝の人びとの生活を、『源氏物語』や『枕草子』をはじめ、さまざまな古記録をもとに明らかにした名著。（高田祐彦）

紀貫之　大岡信

子規に「下手な歌よみ」と痛罵された貫之。この評価は正当だったのか。詩人の感性と論理的実証によって新たな貫之像を創出した名著。（堀江敏幸）

現代語訳 信長公記（全）　太田牛一　榊山潤訳

幼少期から「本能寺の変」まで、織田信長の足跡をつぶさに伝える一代記。作者は信長に仕えた人物で、史料的価値も極めて高い。（金子拓）

現代語訳 三河物語　大久保彦左衛門　小林賢章訳

三河国松平郷の一豪族が徳川を名乗って天下を治めるまで、主君を裏切ることなく忠勤にはげんだ大久保家。その活躍と武士の生き方を誇らかに語る。

雨月物語　上田秋成　高田衛／稲田篤信校注

上田秋成の独創的な幻想世界「浅茅が宿」「蛇性の婬」など九篇を、本文、語釈、現代語訳、評を付しておくる〝日本の古典〟シリーズの一冊。

一言芳談　小西甚一校注

往生のために人間がなすべきことは？　思いきった逆説表現と鋭いアイロニーで貫かれた、中世念仏者たちの言行を集めた聞書集。（臼井吉見）

古今和歌集　小町谷照彦訳注

王朝和歌の原点にして精髄と仰がれてきた第一勅撰集の全歌訳注。歌語の用法をふまえ、より豊かな読みへと誘う索引類や参考文献を大幅改稿。

枕草子（上）　清少納言　島内裕子校訂・訳

芭蕉や蕪村が好み与謝野晶子が愛した、北村季吟の注釈書『枕草子春曙抄』の本文を採用。江戸、明治と読みつがれてきた名著に流麗な現代語訳を付す。

枕草子（下）　清少納言　島内裕子校訂・訳

『枕草子』の名文は、散文のもつ自由な表現を全開させ、優雅で辛辣な世界の扉を開いた。随筆文学屈指の名品は、また成熟した文明批評の顔をもつ。

徒然草　兼好　島内裕子校訂・訳

後悔せずに生きるには、毎日をどう過ごせばよいか。人生の達人による不朽の名著。全二四四段の校訂原文と、文学として味読できる流麗な現代語訳。

ちくま学芸文庫

『日本文学史序説《にほんぶんがくしじょせつ》』補講《ほこう》

二〇一二年 九 月 十 日 第一刷発行
二〇二四年十一月十五日 第四刷発行

著 者 加藤周一（かとう・しゅういち）
発行者 増田健史
発行所 株式会社 筑摩書房
東京都台東区蔵前二―五―三 〒一一一―八七五五
電話番号 〇三―五六八七―二六〇一（代表）
装幀者 安野光雅
印刷所 三松堂印刷株式会社
製本所 三松堂印刷株式会社

ISBN978-4-480-09489-6 C0191